HEYNE BÜCHER

RICHARD BACHMAN

MENSCHENJAGD

Roman

Aus dem Amerikanischen
von Nora Jensen

Deutsche Erstausgabe

WILHELM HEYNE VERLAG
MÜNCHEN

HEYNE ALLGEMEINE REIHE
Nr. 01/6687

Titel der Originalausgabe
RUNNING MAN

Umwelthinweis:
Dieses Buch wurde auf
chlor- und säurefreiem Papier gedruckt.

31. Auflage

Printed in Germany 2000
Umschlagillustration: Ferenc Regös
Umschlaggestaltung: Werbeagentur Hauptmann & Kampa, CH-Zug
Gesamtherstellung: Ebner Ulm

ISBN 3-453-02291-2

...Minus 100 ... und der Countdown läuft...

Sie blinzelte mit zusammengekniffenen Augen auf das Fieberthermometer. Fahles Licht fiel durchs Fenster. Dahinter im Nieselregen die Hochhäuser von Co-Op City, bedrohlich wie die grauen Wachtürme einer Strafanstalt. Unten, im sogenannten Lichthof, flatterte zerlumpte Wäsche auf der Leine. Ratten und fette streunende Katzen durchwühlten den Abfall.

Sie blickte zu ihrem Mann hinüber. Er saß am Küchentisch und starrte mit stumpfer, beharrlicher Konzentration auf den Free-Vee-Bildschirm. Seit Wochen schon schaute er sich diese Sendungen an. Das sah ihm gar nicht ähnlich. Er haßte sie, hatte sie immer gehaßt. Natürlich war in jeder Sozialwohnung der Siedlung so ein kostenloser Fernseher installiert – das war gesetzlich vorgeschrieben –, aber es war immer noch legal, ihn abzuschalten. Die Gesetzesvorlage zur Einführung des Zwangsfernsehens hatte im Jahr 2021 die erforderliche Zweidrittelmehrheit um sechs Stimmen verfehlt. Normalerweise sahen sie nie fern. Doch seit Cathy krank war, hatte er sich jedes der Riesengewinnspiele angesehen. Das erfüllte sie mit fast krankhafter Furcht.

Cathys heiseres Keuchen übertönte das neurotische Gekreisch des Kommentators, der während der Halbzeit die Nachrichten verlas.

»Ist es schlimm?« fragte Richards.

»Nicht sehr schlimm.«

»Verarsch mich nicht.«

»Sie hat 39 Fieber.«

Er knallte beide Fäuste auf den Tisch. Ein Plastikteller sprang in die Luft und fiel scheppernd auf die Tischplatte zurück.

»Wir holen einen Arzt. Jetzt mach dir doch nicht solche Sorgen«, fing sie aufgeregt zu plappern an, um ihn zu beruhigen. Er hatte sich abgewandt und starrte wieder auf den Bildschirm. Die Pause war vorüber, und das Spiel ging weiter. Es war keine der großen Sensationsshows, nur billiges Tagesprogramm. *Tretmühle zum Reichtum.* Für diese Sendung wurden nur chronisch Herz-, Leber- oder Lungenkranke angenommen und ab und zu mal, zur Erheiterung, ein Krüppel. Für jede Minute, die der Kandidat auf der Tretmühle durchhielt (wobei er sich ständig mit dem Conferencier unterhalten mußte), erhielt er zehn Dollar. Alle zwei Minuten stellte der Conferencier ihm eine Bonusfrage aus seinem Fachgebiet; dabei konnte der Kandidat jeweils fünfzig Dollar gewinnen. Der Mann, der gerade an der Reihe war, ein Patient mit Herzrhythmusstörungen aus Hackensack, war ein As in amerikanischer Geschichte. Wenn dieser keuchende, erschöpfte Mann, dessen Herz phantastische akrobatische Sprünnge in seiner Brust absolvierte, die Frage nicht richtig beantwortete, würde man ihm fünfzig Dollar von seinem bisherigen Gewinn abziehen und das Tretband auf eine höhere Geschwindigkeit einstellen.

»Wir werden schon zurechtkommen, Ben. Wirklich, wir werden es schon schaffen. Ich... ich werde...«

»Du wirst was?!« Er starrte sie wütend an. »Wieder auf den Strich gehen? Nein, das nicht mehr, Sheila. Sie muß einen richtigen Arzt haben. Nicht so eine blöde Hebamme aus der Nachbarschaft mit dreckigen Händen und stinkender Whiskyfahne. Dafür werde ich sorgen.«

Er ging nervös in der Küche auf und ab. Seine Augen wanderten wie hypnotisch angezogen zum Bildschirm hinüber, der über dem Spülstein in die abblätternde Wand eingelassen war. Er nahm seine Jeansjacke vom Haken und streifte sie mit der ungeduldigen Geste eines Kindes über.

»Nein! Nein, das... das lasse ich nicht zu! Du wirst dich nicht...«

»Warum nicht? Das Schlimmste, was passieren kann, sind ein paar alte Dollar als Kopfgeld für eine Familie ohne Vater. So oder so, du wirst in jedem Fall genug Geld haben, um sie durchzubringen.«

Sie war nie eine wirklich hübsche Frau gewesen, und die Jahre, in denen ihr Mann arbeitslos gewesen war, hatten tiefe Falten in ihr Gesicht gegraben, aber in diesem Augenblick war sie plötzlich wunderschön... gebieterisch. »Ich werde es nicht annehmen. Lieber blase ich dem Kerl vom Fernsehen für zwei Dollar den Schwanz und schicke ihn mit seinem dreckigen Blutgeld in der Tasche wieder nach Hause. Soll ich etwa ein Kopfgeld auf meinen Mann annehmen?«

Er fuhr zu ihr herum, grimmig, wild entschlossen, als klammere er sich krampfhaft an etwas, das ihn zum Außenseiter machte. Ein unsichtbares Etwas, das die Fernsehanstalt schonungslos einkalkulierte. In dieser Zeit galt er als Dinosaurier. Kein großer zwar, aber ein urzeitliches Relikt, ein öffentliches Ärgernis. Vielleicht sogar eine Gefahr. Große Wolken verdichten sich um kleine Partikel.

Er deutete zum Schlafzimmer hinüber. »Und was ist mit ihr? Soll sie in einem anonymen Armengrab liegen? Gefällt dir diese Vorstellung?«

Seine Worte stürzten sie in tiefe, kalte Trauer. Ihr stolzer Gesichtsausdruck löste sich in Tränen auf.

»Ben, das ist doch genau das, was sie von uns wollen... was sie mit den kleinen Leuten wie dir und mir vorhaben. Du...«

»Vielleicht nehmen sie mich gar nicht«, sagte er und öffnete die Tür. »Kann ja sein, daß ich das, was sie suchen, gar nicht habe. Was immer das auch sein mag.«

»Wenn du jetzt gehst, werden sie dich töten. Und ich sitze hier und muß dabei zusehen. Willst du wirklich, daß ich mir das ansehe, während sie krank nebenan im Bett liegt?« Ihre Worte wurden von Schluchzern unterbrochen.

»Ich will, daß sie lebt.« Er versuchte, die Tür hinter sich zuzuziehen, aber sie drängte sich dazwischen.

»Dann gibt mir wenigstens einen Kuß, bevor du gehst.«

Er küßte sie. Am anderen Ende des Flures öffnete Mrs. Jenner ihre Wohnungstür und spähte auf den Gang. Köstliche Duftschwaden von Corned Beef und Kohl zogen an ihnen vorüber, quälend, aufreizend. Mrs. Jenner ging es nicht schlecht – sie half im benachbarten Drugstore aus und hatte einen fast unfehlbaren Blick für Leute mit gefälschten Papieren.

»Wirst du das Geld annehmen?« fragte Richards mit gedämpfter Stimme. »Du wirst keine Dummheiten machen?«

»Ich werde es nehmen«, flüsterte sie zurück. »Du weißt, daß ich es nehmen werde.«

Er umarmte sie unbeholfen, wandte sich hastig um und polterte die steile, miserabel beleuchtete Treppe hinunter.

Sie stand, von lautlosem Schluchzen geschüttelt, in der Tür und wartete, bis sie fünf Stockwerke tiefer die Haustür ins Schloß fallen hörte. Ein hohler Klang. Dann hob sie die Schürze vors Gesicht. Mit einer Hand umklammerte sie immer noch das Thermometer, mit dem sie eben die Temperatur des Babys gemessen hatte.

Mrs. Jenner schlich leise heran und zupfte an der Schürze. »Meine Liebe«, wisperte sie. »Ich kann Ihnen Penizillin besorgen... wirklich billig... auf dem Schwarzmarkt... wenn das Geld kommt... gute Qualität.«

»Raus hier!« kreischte sie.

Mrs. Jenner zuckte zusammen. Ihre Oberlippe zog sich instinktiv von ihren geschwärzten Zahnstümpfen zurück. »Hab' ja nur versucht zu helfen«, murmelte sie und beeilte sich, wieder in ihre Wohnung zu kommen.

Kaum gedämpft durch die dünne Gipswand hörte sie Cathys ununterbrochenes Stöhnen. Mrs. Jenners Fernseher plärrte und dröhnte vor schallendem Gelächter. Der Tretmühlenkandidat hatte eine Bonusfrage falsch beantwortet und war soeben mit einem Herzinfarkt zusammengebrochen. Jetzt wurde er unter tosendem Beifall der Zuschauer auf einer Bahre aus dem Studio getragen.

Mrs. Jenners Oberlippe hob und senkte sich wie ein Metronom im Takt des Beifalls, als sie sich Sheila Richards Namen in ihrem Büchlein notierte. »Wir werden ja sehen«, sagte sie vor sich hin. »Wir werden es ja sehen, Mrs. Tausendschön.«

Mit einem bösartigen Klappen ließ sie das Notizbüchlein zuschnappen. Dann setzte sie sich vor den Free-Vee-Schirm und sah sich das nächste Spiel an.

...Minus 099 ... und der Countdown läuft...

Das Nieseln war in Dauerregen übergegangen, als Richards auf die Straße trat. Das große Rauschgiftreklamethermometer auf der gegenüberliegenden Straßenseite zeigte zehn Grad an. *(Genau die richtige Temperatur, um sich einen Joint reinzuziehen – bringt dich in null Komma nix hoch bis zum n-ten Grad.)* Dann dürfte es jetzt in ihrer Wohnung so fünfzehn Grad haben. Und Cathy hatte Grippe.

Eine Ratte trottete faul über den rissigen, aufgeborstenen Asphalt der Straße. Am Randstein stand das rostige Skelett eines 2013 Humber auf schräg auseinandergespreizten Achsen. Der Wagen war vollständig ausgeweidet, selbst die Lenkradhalterung und der Motorsockel waren gestohlen worden, aber die Polizei schleppte ihn nicht ab. Die Bullen wagten sich überhaupt nur noch selten auf die südliche Seite des Kanals. Co-Op City war ein strahlenförmig angelegtes, von Ratten beherrschtes Labyrinth, bestehend aus öden Parkplätzen, verlassenen Einkaufszentren, leeren Stadtparks und asphaltierten Kinderspielplätzen. Hier galt das Gesetz der Rockerbanden, und all die Nachrichtensendungen über die unerschrockene Polizei des Südblocks war nichts als ein Haufen warmer Scheiße. Die Straßen waren ausgestorben und gespenstisch still. Wenn man ausging, nahm man entweder den Pneumobus oder man trug eine Gaspistole bei sich.

Er lief schnell, ohne nachzudenken, ohne sich umzudrehen. Die Luft war stickig von Schwefel. Vier Motorräder donnerten an ihm vorbei, und jemand warf ihm ein herausgerissenes Stück Asphalt nach. Richards duckte sich behende. Zwei Pneumobusse überholten ihn: Ihre ausströmende Preßluft schüttelte ihn durch, aber er ließ sich nicht anhalten. Seine wöchentliche Arbeitslosenunterstützung von zwanzig Dollar (alte Dollar) pro Woche war schon ausgegeben, und er hatte kein Geld mehr, um sich eine Wertmarke zu kaufen. Die Rockerbanden spürten wohl seine Armut. Jedenfalls wurde er nicht überfallen.

Hochhäuser, Siedlungen, Maschendrahtzäune, Parkplätze – leer bis auf ein paar ausgeschlachtete Autowracks –, Obszönitäten, die mit weicher Kreide auf den Asphalt gekritzelt und nun vom Regen verschmiert waren. Eingeschlagene Fensterscheiben, Ratten, nasse, geplatzte Abfalltüten, deren Inhalt auf dem Bürgersteig und in der Gosse verstreut war. Graffiti, in ungelenken Buchstaben auf graue, zerbröckelnde Mauern gekritzelt: LAß DIE SONNE JA NICHT ÜBER DIR UNTERGEHEN, HONKY, HÖRST DU? LEUTE VOM SÜDBLOCK RAUCHEN DOPE. DEINE MAMMI IST GEIL. SCHÄL DIR EINE BANANE. TOMMY WILL'S MIT GEWALT. HITLER WAR COOL. MARY. SID. TÖTET ALLE JUDEN. Die alten, in den siebziger Jahren von General Atomics aufgestellten Straßenlampen waren mit Steinen oder Asphaltbrocken zerschmissen worden. Kein Techniker würde herkommen, um sie zu reparieren. Techniker arbeiten nur für die neuen Kreditdollars. Techniker bleiben lieber in der Oberstadt, Baby. Die Oberstadt ist cool. Alles still bis auf das rasch anschwellende und ebenso schnell abklingende Wusch der Pneumobusse und das hallende Echo von Richards Schritten. Dieses Schlachtfeld erwacht nur nachts zum Leben. Tagsüber herrscht hier eine graue, einsame Stille, von keiner Bewegung unterbrochen; nur die Katzen sind immer da, die Katzen und die Ratten und die fetten weißen Maden, die sich durch den Unrat wühlen. Keine Gerüche, nur der Verwesungsgestank dieses herrlichen Jahres 2025. Die Free-Vee-Kabel verlaufen unter der Straße, und nur ein Idiot oder ein Revolutionär würde es wagen, sie zu zerstören. Free-Vee, das ist der Stoff, aus dem die Träume sind, das ist das Brot des Lebens. Heroin kostet zwölf Dollar das Tütchen, San Francisco Push zwanzig Dollar das Gramm, aber Free-Vee, das macht dich ganz umsonst high. Da hinten, auf der anderen Seite des Kanals, da läuft die Traummaschine, vierundzwanzig Stunden am Tag ... aber sie wird mit neuen Dollars betrieben, und neue Dollars besitzen nur Leute, die Arbeit haben. Es gibt vier Millionen andere, fast alle arbeitslos, und die wohnen südlich des Kanals, in Co-Op City.

Richards ging noch drei Meilen; die Tabakwaren- und Getränkeläden, deren Türen und Fenster vergittert waren, wurden allmählich zahlreicher. Dann folgten die Pornoläden

(!! 24 Perversionen – Zählt nach, 24 !!), die Spielhöllen und die riesigen Warenhäuser. An jeder Straßenecke saßen Greaser auf ihren Motorrädern, und der Rinnstein lag unter den Schneewehen ihrer Marihuanazigarettenstummel begraben. REICHE LEUTE VOM NORDBLOCK RAUCHEN DOPE.

Er konnte jetzt die Wolkenkratzer erkennen, die sich sauber und klar in den Himmel erhoben. Der höchste war das Gebäude der Fernsehanstalt, in dem die Spiele aufgezeichnet wurden. Die Hälfte der einhundert Stockwerke lag im wolken- und smogverhangenen Himmel verborgen. Er fixierte ihn mit seinen Augen und lief noch eine Meile weiter, vorbei an den teureren Kinos und Läden, die jetzt nicht mehr vergittert waren (doch vor jeder Tür stand ein gemieteter Bulle mit einem elektrischen Schlagstock in seinem Sam-Browne-Gürtel). An jeder Straßenecke ein Polizist. Der Volkspark: Eintritt 75 Cents. Elegant gekleidete Mütter, die ihren Kindern beim Spielen auf den Astrotorf-Plätzen zusahen. Und das hinter Maschendrahtzäunen. An jedem Tor wiederum ein Polizist. Ein verstohlener, wehmütiger Blick auf die Fontäne.

Er überquerte den Kanal.

Das Gebäude der Fernsehanstalt wuchs immer höher, je näher er kam, und es wirkte immer irrealer mit seinen ins Unendliche übereinandergetürmten Büroetagen, unpersönlichen Fensterreihen und dem polierten Mauerwerk. Die Bullen beobachteten ihn, bereit, ihn sofort zu verscheuchen oder ihm eins überzubraten, sollte er den Anschein erwekken, dort nur herumzulungern. Für einen Mann mit ausgebeulten grauen Hosen, einem billigen Standardhaarschnitt und eingefallenen Wangen gab es nur einen Grund, in die Oberstadt zu kommen. Und dieser Grund waren die Spiele.

Die Qualifikationstests begannen pünktlich um zwölf Uhr mittags. Als Richards sich hinter den letzten Mann in die Reihe stellte, stand er noch im Schatten des Wolkenkratzers. Und dieser war noch neun Häuserblocks, über eine Meile, entfernt. Die Reihe der wartenden Männer streckte sich vor ihm aus wie eine unendliche Schlange. Bald stellten sich weitere Aspiranten hinter ihm an. Die Polizisten behielten sie im Auge, die Hände an ihren Pistolen- oder Schlagstockgriffen. Ein unpersönliches, verächtliches Lächeln lag auf ihrem Gesicht.

– Findest du nicht, daß der Kerl da ein wenig schwachsinnig aussieht, Frank? Ich finde schon.

– So 'n Typ da hinten hat mich gefragt, ob man hier irgendwo aufs Klo gehen könnte. Kannst du dir das vorstellen?

– Diese Hurensöhne können doch nicht...

– Würden die eigene Mutter töten, nur um ein paar...

– Der stinkt, als hätte er nicht mehr gebadet, seit...

– Gibt doch nichts Schöneres, als so eine Freakshow, wie ich immer sage...

Den Kopf tief zwischen die Schultern gezogen, um sich gegen den Regen zu schützen, traten sie ziellos auf der Stelle, bis die Schlange sich nach geraumer Zeit in Bewegung setzte.

...Minus 098 ... und der Countdown läuft...

Es war schon nach vier, als Richards den Hauptschalter erreichte und sofort an Schalter 9 (Q–R) verwiesen wurde. Die Frau an dem ratternden Plastikterminal sah müde und abweisend aus. Sie blickte auf und sah durch ihn hindurch.

»Name. Nach- Vor- Mittel-«

»Richards, Benjamin Stuart.«

Ihre Finger flogen über die Tasten. *Ratter, ratter, ratter* rasselte der Computer.

»Alter-Größe-Gewicht.«

»Achtundzwanzig-einsachtundachtzig-einhundertfünfundsechzig.«

Ratter, ratter, ratter.

»Beglaubigter I. Q. nach dem Welscher-Test, falls Sie ihn wissen, und das Alter, in dem Sie getestet wurden.«

»Hundertsechsundzwanzig. Im Alter von vierzehn.«

Ratter, ratter, ratter.

Die Eingangshalle wirkte wie eine riesige, mit widerhallenden Geräuschen erfüllte Gruft. Fragen wurden gestellt und beantwortet. Leute wurden weinend hinausgeführt, andere buchstäblich hinausgeworfen. Heisere Stimmen protestierten. Ein- oder zweimal schrie jemand. Fragen, Fragen und nochmals Fragen.

»In welcher Schule sind Sie zuletzt gewesen?«

»Handelsschule.«

»Haben Sie einen Abschluß gemacht?«

»Nein.«

»Wie viele Jahre, und in welchem Alter sind Sie abgegangen?«

»Zwei Jahre. Sechzehn.«

»Grund?«

»Ich habe geheiratet.«

Ratter, ratter, ratter.

»Name und Alter der Ehefrau, falls vorhanden.«

»Sheila Catherine Richards, sechsundzwanzig.«

»Name und Alter der Kinder, falls vorhanden.«

»Catherine Sarah Richards, achtzehn Monate.«

Ratter, ratter, ratter.

»Letzte Frage, Mister, und versuchen Sie gar nicht erst zu lügen. Wir werden Ihnen spätestens bei der medizinischen Untersuchung auf die Schliche kommen und Sie gegebenenfalls disqualifizieren. Haben Sie jemals Heroin oder das synthetische Amphetamin-Halluzinogen, genannt San Francisco Push, genommen?«

»Nein.«

Eine Plastikkarte sprang aus der Maschine, und sie reichte sie ihm. »Verlieren Sie die nicht, großer Junge, denn wenn Sie es tun, müssen Sie nächste Woche wiederkommen und ganz von vorn anfangen.« Jetzt sah sie ihm zum ersten Mal ins Gesicht und nahm ihn wahr. Wütender Blick, schlanker Körper. Sah gar nicht mal schlecht aus. Wenigstens ein bißchen intelligent. Guter Durchschnitt.

Mit einer fahrigen Bewegung riß sie ihm die Karte aus der Hand und knickte die obere rechte Ecke ab, so daß sie eigenartig gezackt aussah.

»Was soll denn das?«

»Nicht so wichtig. Sie werden es später erfahren. Vielleicht.« Sie deutete über seine Schulter auf einen langen Gang, der zu einer Reihe von Fahrstühlen führte. Dutzende von Männern, die gerade von den Schaltern kamen, wurden angehalten, zeigten ihre Plastikausweise vor und durften weitergehen. Gerade in dem Augenblick, als Richards hinübersah, wurde ein zitternder Drogensüchtiger mit traurigem Gesicht von einem Ordnungsbeamten ausgesondert und zur Tür geführt. Er fing an zu heulen, aber er ging.

»Verlotterte alte Welt«, sagte die Frau hinterm Schalter mitleidslos. »Gehen Sie weiter.«

Richards ging. Hinter ihm fing die Litanei wieder von vorne an.

...Minus 097 ... und der Countdown läuft...

Eine schwielige Hand schlug hart auf seine Schulter, als er den Gang hinter den Schaltern erreichte. »Ausweis, Freundchen.«

Richards zeigte seinen Ausweis. Der Polizist entspannte sich. Sein verschlagenes Gesicht zeigte Enttäuschung.

»Das gefällt dir wohl so richtig, die Leute zurückzuschikken, nicht wahr?« fragte Richards. »Das macht dich richtig an, hm?«

»Willst du zurück in die Unterstadt, du Made?«

Richards ging einfach an ihm vorbei, und der Beamte rührte sich nicht vom Fleck.

Auf halbem Weg zu den Fahrstühlen drehte Richards sich noch einmal um. »He, Bulle!«

Der Polizist sah trotzig auf.

»Hast du Familie? Nächste Woche könntest nämlich du dran sein.«

»Sieh zu, daß du verschwindest!« kreischte der Bulle wütend.

Richards ging lächelnd weiter.

Vor den Fahrstühlen wartete eine Schlange von circa zwanzig Bewerbern. Richards zeigte einem weiteren Beamten seinen Ausweis, und der nahm ihn genauer unter die Lupe. »Bist wohl ein ganz Zäher, Sonnyboy?«

»Zäh genug«, antwortete Richards lächelnd.

Der Beamte gab ihm den Ausweis zurück. »Sie werden dich schon noch weichklopfen. Wie klug wirst du wohl daherreden, wenn du lauter Löcher im Kopf hast, Sonnyboy?«

»Genauso klug wie du, wenn du keine Pistole am Gürtel hängen hast und deine Hose dir bis zu den Knöcheln runtergerutscht ist«, erwiderte Richards immer noch lächelnd. »Willst du es mal versuchen?«

Einen Augenblick lang dachte er, der Bulle würde auf ihn losgehen. »Sie kriegen dich!« knurrte er. »Du wirst noch ganz schön auf den Knien rutschen, bevor sie mit dir fertig sind.«

Er stolzierte auf drei Neuankömmlinge zu und wollte ihre Ausweise sehen.

Der Mann, der vor Richards in der Schlange stand, drehte sich zu ihm um. Er hatte ein unglückliches, nervöses Gesicht, lockige Haare und über der Stirn Geheimratsecken. »Sag mal, du wirst dich doch nicht mit denen anlegen, Freund. Die haben einen Nachrichtendienst.«

»So, haben sie das?« antwortete Richards milde und sah ihm in die Augen.

Der Mann wandte sich wieder nach vorn.

Plötzlich öffneten sich die Fahrstuhltüren. Ein schwarzer Polizist mit riesigem Bauch stand vor der Tafel mit den Schaltknöpfen. Ein weiterer Polizist saß auf einem kleinen Stuhl in einer kugelsicheren Kabine von der Größe einer Telefonzelle, die im hinteren Teil des Fahrstuhls eingebaut war. Er las in einem 3-D-Pornoheft. Zwischen den Knien hielt er ein Gewehr mit abgesägtem Lauf. Die Munition lag sauber aufgereiht neben ihm, bequem zu erreichen.

»Nach hinten durchgehen!« rief der dicke Schwarze mit gelangweilter Wichtigtuerei. »Nach hinten durchgehen! Nach hinten durchgehen!«

Sie zwängten sich in die Kabine und standen schließlich so eingepfercht, daß es unmöglich war, tief durchzuatmen. Richards war auf allen Seiten von schlaffen Körpern umgeben. Der Fahrstuhl brachte sie in den zweiten Stock. Die Türen glitten wieder auf. Richards, der alle Anwesenden um gut einen Kopf überragte, konnte einen riesigen Wartesaal mit einer Unmenge von Stühlen sehen, der von einem überdimensionalen Free-Vee-Bildschirm beherrscht wurde. In einer Ecke stand ein Zigarettenautomat.

»Aussteigen! Aussteigen! Nehmen Sie Ihre Ausweise in die linke Hand!«

Beim Aussteigen hielten sie ihre Ausweise vor die unpersönliche Linse einer automatischen Kamera. Neben den Ausgängen standen drei Polizisten. Aus irgendeinem Grund wurde bei einigen Dutzend Ausweisen ein Summton ausgelöst. Die Besitzer wurden aus den Reihen ausgesondert und zu den Ausgängen gedrängt.

Richards zeigte seine Plastikkarte und wurde weitergewiesen. Er ging direkt zum Zigarettenautomaten, zog sich eine Packung Blams und setzte sich so weit weg vom Free-Vee wie nur möglich. Er hatte seit fast sechs Monaten keine Zigarette mehr geraucht.

...Minus 096 ... und der Countdown läuft...

Die Leute, deren Name mit A begann, wurden sofort zur ärztlichen Untersuchung aufgerufen. Gut zwei Dutzend Männer standen auf und gingen nacheinander durch eine Tür hinter dem Free-Vee-Schirm. Über der Tür hing ein großes Schild: HIER ENTLANG, und unter die Buchstaben war ein Pfeil gezeichnet, der auf die Tür deutete. Es war allgemein bekannt, daß unter den Bewerbern für die Spiele erschrekkend viele Analphabeten waren.

Circa alle fünfzehn Minuten wurde der jeweils nächste Buchstabe aufgerufen. Ben Richards hatte sich gegen siebzehn Uhr auf seinem Stuhl niedergelassen. Er schätzte, daß es mindestens Viertel vor neun werden würde, bevor er drankäme. Wenn er sich doch bloß ein Buch mitgenommen hätte, aber vermutlich war es ohne besser. Bücher machten die Leute mißtrauisch, besonders, wenn sie bei jemandem von der Südseite gesehen wurden. Als ungebildete Made war man sicherer.

Nervös sah er sich die Sechs-Uhr-Nachrichten an (die Kämpfe in Ecuador waren heftiger geworden; in Indiana hatte es neue Aufstände und sogar Fälle von Kannibalismus gegeben; die Detroit Tigers hatten die Harding Catamounts am Nachmittag 6 zu 2 geschlagen). Als um halb sieben das erste Riesengewinnspiel des Abends begann, ging er unruhig ans Fenster und sah hinaus. Jetzt, da er sich entschlossen hatte, langweilten die Spiele ihn wieder. Die meisten seiner Genossen saßen jedoch mit furchtsamer Faszination vor dem Bildschirm und sahen sich *Fun Guns* an. Vielleicht waren nächste Woche sie dran.

Draußen ging das gedämpfte Tageslicht langsam in Dämmerung über. Die Hochbahnen rasten mit voller Geschwindigkeit über Gleise, die etwa in Höhe des Fensters im zweiten Stock verliefen. Ihre Scheinwerfer bohrten sich in das graue Abendlicht. Unten auf den Bürgersteigen flanierten die Leute, die jetzt Feierabend hatten, auf der Suche nach nächtlicher Unterhaltung. Die meisten dieser Männer und Frauen arbeiteten als Techniker oder Büroangestellte bei der Fernsehanstalt. Ein offizieller Drogenhändler verhökerte seine Ware an der gegenüberliegenden Straßenecke. Ein Mann, an jedem Arm eine Puppe im Zobelpelz, ging an ihm vorüber. Die drei lachten über irgend etwas.

Plötzlich durchflutete ihn eine Woge von Sehnsucht nach Sheila und Cathy, und er wünschte, er hätte sie anrufen können. Aber er glaubte nicht, daß das erlaubt wär. Natürlich konnte er immer noch abhauen. Ein paar hatten das schon getan. Sie hatten den Raum durchquert, ein verkniffenes Grinsen auf den Lippen, und waren durch die Tür mit der Aufschrift ZUR STRAẞE verschwunden. Aber zurück in die kalte Wohnung, in der Cathy glühend vor Fieber im Bett lag? Nein. Das ging nicht. Das konnte er nicht.

Er blieb noch eine Weile am Fenster stehen und setzte sich dann vor den Bildschirm. Das nächste Spiel *Grab dir dein Grab* fing gerade an.

Der Mann neben ihn zupfte ihn ängstlich am Ärmel. »Stimmt es, daß sie schon dreißig Prozent bei der ärztlichen Untersuchung aussieben?«

»Ich weiß es nicht«, antwortete Richards.

»Jesus«, murmelte sein Nachbar. »Ich habe eine Bronchitis. Vielleicht *Tretmühle zum Reichtum*...«

Richards wußte nicht, was er dazu sagen sollte. Das Atmen des Mannes klang wie ein weit entfernter Diesellaster, der einen steilen Hügel hinaufkriecht.

»Ich habe Familie«, sagte der Mann leise, verzweifelt.

Richards blickte auf den Bildschirm, als würde ihn das Spiel interessieren.

Der Mann schwieg. Um halb acht, als das Programm sich änderte, hörte Richards, wie er sich zu seinem anderen Nachbarn hinüberbeugte und diesen nach der ärztlichen Untersuchung fragte.

Draußen war es inzwischen dunkel geworden. Richards fragte sich, ob es noch immer regnete. Der Abend kam ihm unendlich lang vor.

...Minus 095 ... und der Countdown läuft...

Als die *R's* durch die Tür unter dem roten Pfeil in den Untersuchungsraum gingen, war es ein paar Minuten nach halb zehn. Die anfängliche Aufregung hatte sich längst gelegt. Einige der Wartenden sahen sich eifrig die Spiele an, wobei sie ihre Furcht vergessen zu haben schienen; andere waren einfach eingedöst. Der Nachname des Mannes mit dem heiseren Rasseln in der Brust fing mit *L* an. Er war schon vor mehr als einer Stunde aufgerufen worden. Richards fragte sich ohne besonderes Interesse, ob er wohl schon ausgeschieden sei.

Der Untersuchungsraum war ein langer gekachelter Gang, der von Neonröhren beleuchtet wurde. Richards erinnerte er an ein Fließband, an dessen verschiedenen Stationen Ärzte standen und gelangweilt ihre Arbeit verrichteten.

Würde einer von euch wohl mal mein kleines Mädchen untersuchen? dachte er bitter.

Die Bewerber hielten ihre Ausweise wiederum vor eine in die Wand eingelassene Kamera und wurden angewiesen, sich vor einer Reihe Kleiderhaken aufzustellen. Ein Arzt in einem langen weißen Labormantel kam auf sie zu. Er hatte einen Notizblock unter den Arm geklemmt.

»Ziehen Sie sich aus«, ordnete er an. »Hängen Sie ihre Kleidung auf die Haken dort. Merken Sie sich die Nummer Ihres Hakens und geben Sie sie dem Sanitäter am anderen Ende des Ganges an. Machen Sie sich keine Sorgen um Ihre Wertsachen. Hier interessiert sich niemand dafür.«

Wertsachen. Sehr witzig, dachte Richards, als er sein Hemd aufknöpfte. Alles, was er besaß, war ein leeres Portemonnaie mit ein paar Fotos von Sheila und Cathy sowie einer Rechnung für eine Schuhsohle, die er sich vor sechs Monaten vom Schuster hatte anfertigen lassen, einem Schlüsselbund, an dem nur der Haustürschlüssel befestigt war, und einer Babysocke. Er konnte sich nicht erinnern, wann er sie in seine Tasche gesteckt hatte. Und die Packung Blams, die er sich aus dem Automaten gezogen hatte.

Unter seiner Hose trug er ausgefranste lange Unterhosen. Sheila bestand darauf, daß er nicht ohne aus dem Haus ging. Viele Männer waren jedoch unter ihrer Oberbekleidung nackt. Bald standen sie ausgezogen, anonym in einer Reihe. Ihre Penisse baumelten wie vergessene Kriegskeulen zwischen ihren Beinen. Jeder hielt seine Plastikkarte in der Hand. Einige scharrten mit den nackten Füßen, als ob der Kachelfußboden zu kalt wäre, aber er war gar nicht kalt. Ein schwacher, nostalgischer Alkoholdunst zog durch den Raum.

»Bleiben Sie so in einer Reihe«, befahl der Arzt mit dem Notizblock unterm Arm. »Zeigen Sie immer Ihren Ausweis vor. Befolgen Sie alle Instruktionen.«

Die Schlange setzte sich in Bewegung. Richards entdeckte, daß neben jedem Arzt ein Polizist stand. Er senkte den Blick und wartete geduldig.

»Ausweis.«

Er zeigte seinen Ausweis vor. Der erste Arzt notierte seine Nummer. Dann sagte er: »Öffnen Sie den Mund.«

Richards machte den Mund weit auf. Seine Zunge wurde niedergedrückt.

Der nächste Arzt leuchtete ihm mit einer winzigen, grellen Stablampe in die Pupillen und untersuchte anschließend seine Ohren.

Der nächste drückte den kalten Ring eines Stethoskops auf seine Brust. »Husten.«

Richards hustete. Etwas weiter vorne wurde ein Mann weggezerrt. Er brauche das Geld, das könnten sie ihm nicht antun, er werde seine Anwälte auf sie hetzen.

Der Arzt setzte das Stethoskop auf eine andere Stelle. »Husten.«

Richards hustete. Der Arzt drehte ihn um und plazierte das Stethoskop auf seinem Rücken.

»Tief einatmen und den Atem anhalten.« Das Stethoskop bewegte sich.

»Ausatmen.«

Richards atmete aus.

»Weitergehen.«

Sein Blutdruck wurde von einem grinsenden Arzt mit einer Augenklappe gemessen. Ein glatzköpfiger Arzt mit unzähligen Sommersprossen in der Größe von Leberflecken auf der Glatze legte ihm seine kalte Hand zwischen die Hoden und den Oberschenkel.

»Husten.«

Richards hustete.

»Weitergehen.«

Seine Temperatur wurde gemessen. Er mußte in einen Napf spucken. Die Hälfte hatte er jetzt hinter sich. Die andere Hälfte lag noch vor ihm. Zwei oder drei Männer waren schon fertig. Ein Sanitäter mit bleichem Gesicht und Kaninchenzähnen brachte ihnen in Drahtkörben ihre Kleider. Gut ein halbes Dutzend waren inzwischen aus der Reihe geholt und zum Ausgang geführt worden.

»Vorbeugen und die Pobacken auseinanderspreizen.«

Richards beugte sich vor und zog die Pobacken auseinander. Ein mit einer Plastikhülle überzogener Finger bohrte sich in seinen Anus, untersuchte ihn und zog sich zurück.

»Weitergehen.«

Er betrat eine auf drei Seiten mit einem Vorhang abgeteilte Zelle – ähnlich den alten Wahlkabinen, doch waren diese schon vor elf Jahren durch das Computerwahlsystem ersetzt worden – und pinkelte in einen blauen Becher. Der Arzt nahm den Becher und verwahrte ihn in einem Drahtgestell.

An der nächsten Station kam der Sehtest. »Lesen«, forderte der Arzt ihn auf.

»E – A, L – D, M, F – S, P, M, Z – K, L, A, C, D – U, S, G, A – «

»Das genügt. Weitergehen.«

Er schlüpfte in die nächste Pseudowahlkabine und setzte sich einen Kopfhörer auf. Man wies ihn an, auf einen weißen Knopf zu drücken, wenn er etwas hören könne. Wenn er nichts hörte, solle er den roten Knopf betätigen. Der Ton war sehr hoch und nur schwach zu hören. Es klang wie eine Hundepfeife, deren Klang so gedämpft war, daß das menschliche Ohr ihn gerade noch wahrnehmen konnte. Richards drückte auf den jeweiligen Knopf, bis man ihm sagte, er könne aufhören.

Er wurde gewogen. Man untersuchte ihn auf Plattfüße. Dann stand er vor einem Röntgenschirm und band sich eine Bleischürze um. Ein kaugummikauender, eine tonlose Melodie summender Arzt machte mehrere Aufnahmen von ihm und notierte seine Ausweisnummer.

Richards war mit circa dreißig Leuten zur Untersuchung gekommen. Zwölf hatten es bisher geschafft. Sie standen vor den Fahrstühlen und warteten. Gut zwölf andere waren ausgesondert und aus dem Raum gezerrt worden. Einer hatte versucht, den Arzt, der ihn zur Seite geschoben hatte, anzugreifen. Der Polizist hatte ihm mit voller Wucht den Schlagstock über den Kopf gezogen. Der Kerl war zu Boden gefallen, als wäre er abgeschlachtet worden.

Richards stand vor einem niedrigen Schreibtisch und wurde nach gut fünfzig Krankheiten gefragt, die er gehabt haben könnte. Die meisten davon bezogen sich auf die Atemwege. Der Arzt blickte ihn scharf an, als Richards erwähnte, daß jemand aus seiner Familie Grippe habe.

»Ihre Frau?«

»Nein, meine Tochter.«

»Wie alt?«

»Anderthalb Jahre.«

»Sind Sie geimpft? Versuchen Sie ja nicht zu lügen!« rief der Arzt plötzlich, als ob Richards schon den Versuch gemacht hätte. »Wir werden Ihren Impfpaß überprüfen.«

»Geimpft im Juli 2023. Booster. Ortskrankenhaus.«

»Weitergehen.«

Richards hatte plötzlich das Verlangen, über den Tisch zu langen und dem Mistkerl den Hals umzudrehen. Statt dessen ging er weiter.

An der letzten Station stand eine ernst dreinblickende Ärztin mit kurzgeschnittenen Haaren und einem winzigen Hörgerät im Ohr. Sie fragte ihn, ob er homosexuell sei.

»Nein.«

»Sind Sie jemals wegen eines schweren Verbrechens verhaftet worden?«

»Nein.«

»Leiden Sie an schwerwiegenden Phobien. Damit meine ich...«

»Nein.«

»Hören Sie sich lieber erst mal die Definition an«, erklärte sie mit sanfter Herablassung. »Ich meine...«

»... ob ich an ungewöhnlichen, zwanghaften Ängsten wie Höhen- oder Platzangst leide. Nein, das ist nicht der Fall.«

Sie kniff den Mund zusammen, und einen Augenblick sah es so aus, als hätte sie eine scharfe Bemerkung auf den Lippen.

»Haben Sie je Halluzinogene oder andere süchtig machende Drogen genommen oder nehmen Sie noch welche?«

»Nein.«

»Ist ein Mitglied Ihrer Verwandtschaft jemals wegen eines Verbrechens gegen die Regierung oder die Fernsehanstalt verhaftet worden?«

»Nein.«

»Unterzeichnen Sie diesen Loyalitätseid und das Verzichtformular der Spielekommission, Mr., eh, Richards.«

Er kritzelte seine Unterschrift hin.

»Zeigen Sie dem Sanitäter Ihren Ausweis und sagen Sie ihm Ihre Nummer...«

Er ließ sie mitten im Satz stehen und zeigte mit dem Daumen auf den Drahtkorb mit seinen Kleidern. »Nummer sechsundzwanzig.« Der Sanitäter brachte ihm seine Sachen. Richards zog sich langsam an und schlenderte zum Fahrstuhl hinüber. Sein Anus fühlte sich heiß und verletzt an. Beleidigt. Er spürte noch die schleimige Flüssigkeit, die der Arzt eingeführt hatte.

Als sie alle versammelt waren, glitten die Fahrstuhltüren auf. Die kugelsichere Judaszelle war diesmal leer. Der Polizist war ein magerer Hüne mit einem großen Geschwür an der Nase. »Nach hinten durchgehen«, sang er. »Bitte, gehen Sie nach hinten durch.«

Bevor die Türen sich schlossen, konnte Richards die *S'* am anderen Ende des Raumes eintreten sehen. Der Arzt mit dem Notizblock unter dem Arm eilte auf sie zu. Dann schnappten die Türen zu und schnitten ihm die Sicht ab.

Sie fuhren in den dritten Stock, und der Fahrstuhl entließ sie in einen riesigen, dämmrigen Schlafsaal. Die Reihen von schmalen eisernen Feldbettgestellen schienen sich bis in die Unendlichkeit zu erstrecken.

Zwei Polizisten neben dem Fahrstuhlausgang überprüften ihre Ausweise und gaben ihnen die Nummer des ihnen zugewiesenen Feldbetts. Richards' war 940. Auf dem Bett lagen eine dünne braune Decke und ein sehr flaches Kopfkissen. Richards legte sich hin und ließ seine Schuhe auf den Boden fallen. Seine Füße baumelten über die Bettkante, aber das war nun mal nicht zu ändern.

Er verschränkte die Arme unter seinem Kopf und starrte an die Decke.

... Minus 094 ... und der Countdown läuft ...

Am nächsten Morgen wurde er von einem durchdringenden Summton geweckt. Einen Augenblick lang war er verwirrt und wußte nicht, wo er sich befand. Er fragte sich, ob Sheila einen Wecker gekauft hätte. Doch dann fiel ihm alles wieder ein, und er setzte sich auf.

Sie wurden in Gruppen zu fünfzig in einen riesigen, fabrikähnlichen Waschsaal geführt. Beim Eintreten hielten sie ihren Ausweis vor ein Kameraauge, das von einem Polizisten bewacht wurde. Richards trat in eine blau gekachelte Kabine, die mit einem Spiegel, einem Waschbecken, einer Dusche und einer Toilette ausgestattet war. Auf dem Porzellanbord über dem Waschbecken lagen eine Reihe in Zellophan gewikkelter Zahnbürsten, ein elektrischer Rasierapparat, ein Stück Seife und eine angebrochene Zahnpastatube. In einer Ecke des Spiegels klebte ein Schild: RESPEKTIEREN SIE DIESES EIGENTUM! Darunter hatte irgendein Witzbold gekritzelt: ICH RESPEKTIERE NUR MEINEN ARSCH!

Richards duschte, nahm sich das oberste Handtuch von dem Stapel neben der Toilette und trocknete sich ab. Dann rasierte er sich und putzte sich die Zähne.

Danach wurden sie in eine Cafeteria geführt, in der sie wiederum ihre Ausweise vorzeigen mußten. Richards schob sein Tablett über die Theke aus rostfreiem Stahl. Er bekam eine Packung Cornflakes, einen Teller fettiger Bratkartoffeln, einen Schlag Rührei und ein kaltes Stück Toast, hart wie ein marmorner Grabstein. Dazu ein Glas Milch, eine Tasse Kaffee (ohne Milch), ein paar Gramm Salz und Zucker, jeweils in Tütchen abgepackt, und einen Klacks Buttterersatz, der auf einem fettigen Papierstückchen lag.

Er schlang das Frühstück in sich hinein; alle machten das so. Es war das erste richtige Essen, das er seit Gott weiß wie lange zu Gesicht bekam. Sheila und er ernährten sich von öligen Pizzaecken und den Ernährungspillen, die von der Regierung ausgeteilt wurden. Doch es schmeckte ekelhaft fad, so als hätte ein Vampir allen Geschmack herausgesaugt und nur noch die Nährstoffe übriggelassen.

Was hatten *sie* heute morgen zu essen? Seetangpillen. Und Pulvermilch für das Baby. Auf einmal überkam ihn Verzweiflung. Himmel, wann würden sie endlich Geld sehen? Heute? Morgen? Nächste Woche?

Aber vielleicht war auch das nur ein schlechter Scherz, ein Reinfall. Vielleicht gab es gar keinen Regenbogen und schon gar keinen Topf mit Gold an seinem Ende.

Er starrte trübsinnig auf seinen leeren Teller, bis der Sieben-Uhr-Summer ertönte und sie zu den Fahrstühlen getrieben wurden.

... Minus 093 ... und der Countdown läuft ...

Im vierten Stock wurde Richards' Fünfzigergruppe als erste in einen großen, unmöblierten Raum geführt. An den Wänden standen Boxen, die wie riesige Briefkästen aussahen. Sie zeigten ihre Ausweise vor, und die Fahrstuhltüren schlossen sich hinter ihnen.

Ein hagerer Mann mit Stirnglatze und dem Spieleemblem (die Silhouette eines Männerkopfes über einer brennenden Fackel) auf seinem Labormantel kam in den Raum geeilt.

»Ziehen Sie sich bitte aus und nehmen Sie alle Wertsachen aus Ihren Kleidern«, sagte er. »Werfen Sie Ihre Kleider danach durch die Müllverbrennungsschlitze. Sie werden Spieleoveralls bekommen.« Er lächelte großmütig. »Diese Overalls dürfen Sie anschließend behalten, egal, wie Sie bei den Tests abschließen.«

Einige murrten unwillig, doch alle fügten sich.

»Bitte beeilen Sie sich«, trieb der Hagere sie an und klatschte dabei zweimal in die Hände wie ein Lehrer, der seinen ABC-Schützen das Ende der Spielpause verkündet. »Wir haben noch eine Menge vor uns.«

»Wollen Sie sich auch bewerben?« fragte Richards trocken.

Der Hagere sah ihn verständnislos an. In der hinteren Reihe kicherte jemand.

»Ach, nicht so wichtig«, winkte Richards ab und stieg aus seiner Hose.

Er nahm seine wertlosen Wertsachen an sich und warf das Hemd, die Hose und die Unterwäsche durch den riesigen Briefkastenschlitz. Aus der unergründlichen Tiefe schlug plötzlich eine grelle, gierige Stichflamme empor.

Die Tür am anderen Ende öffnete sich (es gab immer eine Tür am anderen Ende; sie waren Ratten in einem überdimensionalen, aufwärts geneigten Labyrinth: einem amerikanischen Labyrinth, dachte Richards), und herein kam ein junger Angestellter, der große Körbe auf Rädern vor sich herschob. Die Körbe hatten die Aufschrift *S, M, L* und *XL*. Richards angelte wegen seiner Länge einen Overall aus dem XL-Korb und rechnete damit, daß er ihm am Leibe schlottern würde, aber er paßte ganz gut. Der Stoff war weich und elastisch, fast wie Seide, aber wesentlich strapazierfähiger. Den Verschluß bildete ein langer Nylonreißverschluß auf der Vorderseite. Alle Overalls waren dunkelblau und hatten das Spiele-Emblem auf der rechten Brusttasche. Als die ganze Gruppe eingekleidet war, fühlte Richards sich, als hätte er sein Gesicht verloren.

»Hier entlang, bitte«, sagte der hagere Mann und brachte sie in einen weiteren Wartesaal. Wieder der unvermeidliche, plärrende Free-Vee-Schirm. »Sie werden in Zehnergruppen aufgerufen werden.«

Über der Tür hinter dem Free-Vee hing wieder das HIER-ENTLANG-Schild, ergänzt durch einen roten Pfeil.

Sie setzten sich. Nach einer Weile stand Richards auf und ging ans Fenster. Draußen regnete es immer noch. Die Straßen glänzten naß und schwarz. Er fragte sich, was Sheila wohl gerade machte.

...Minus 092 ... und der Countdown läuft...

Um Viertel nach zehn ging er zusammen mit neun anderen durch die Tür. Sie wurden einzeln durchgelassen, und ihre Ausweise wurden nochmals überprüft. Richards sah zehn abgeteilte Kabinen, doch diese hatten stabilere Wände aus gerippten, schalldichten Korkplatten. Die Deckenbeleuchtung verbreitete ein weiches, indirektes Licht. Aus verborgenen Lautsprechern erklang gedämpfte Musik. Ein dicker Plüschteppich bedeckte den Boden. Es verwirrte Richards, etwas anderes als Zement unter den Füßen zu spüren.

Der hagere Mann hatte etwas zu ihm gesagt.

Er blinzelte ihm zu. »Häh?«

»Kabine 6«, wiederholte der Mann tadelnd.

»Oh.«

Er ging zur Kabine 6. Drinnen stand ein Schreibtisch, und an der Wand dahinter hing eine große Bahnhofsuhr genau auf Augenhöhe. Ein gespitzter G. A./IBM-Bleistift und ein Stapel unliniertes Papier lagen auf dem Tisch bereit. Billige Qualität, wie Richards bemerkte.

Neben dem Schreibtisch stand eine Göttin des Computerzeitalters. Eine Juno, groß, schlank, mit einer hinreißenden blonden Mähne. Sie trug winzige Minishorts aus seidigem Stoff, der so eng anlag, daß das Delta ihrer Schamhaare sich deutlich abzeichnete. Ihre rosa Brustwarzen schimmerten durch die Maschen einer seidenen Netzbluse.

»Setzen Sie sich bitte«, forderte sie ihn auf. »Ich bin Rinda Ward, Ihre Prüferin.« Sie streckte ihm ihre Hand entgegen.

Verwirrt schüttelte Richards sie. »Benjamin Richards.«

»Darf ich Sie Ben nennen?« Ihr Lächeln war verführerisch, doch unpersönlich. Er verspürte genau den Grad von Erregung, den diese Frau mit ihrem zur Schau gestellten, wohlgenährten Körper auslösen sollte, und das ärgerte ihn. Er fragte sich, ob sie sich auf diese Art befriedigte, ob es sie anmachte, die armen Schweine auf dem Weg zum Fleischwolf aus der Fassung zu bringen.

»Klar«, antwortete er. »Hübsche Titten übrigens.«

»Danke«, erwiderte sie gelassen. Er hatte sich mittlerweile gesetzt und mußte zu ihr aufblicken, während sie auf ihn herabsah. Das machte ihn noch verlegener. »Der heutige Test bezieht sich auf Ihre geistigen Fähigkeiten; bei dem gestrigen ging es nur um Ihren Körper. Es wird ziemlich lange dauern. Sie bekommen gegen drei Uhr Ihr Mittagessen – das heißt, wenn Sie darauf bestehen.« Das Lächeln schaltete sich an und aus.

»Wir beginnen mit dem sprachlichen Teil. Sie haben genau eine Stunde Zeit von dem Augenblick an, in dem ich Ihnen die Testunterlagen gebe. Sie dürfen während der Prüfung Fragen stellen, und ich werde sie, soweit es mir erlaubt ist, beantworten. Ich werde mich jedoch nicht zu den Antworten auf die Testfragen äußern. Haben Sie verstanden?«

»Ja.«

Sie reichte ihm ein Heft. Auf dem Einband war eine rote Hand abgebildet, die mit ausgestrecktem Zeigefinger auf große rot geschriebene Buchstaben wies:

STOP!

Und darunter: *Schlagen Sie das Heft erst auf, wenn Ihr Prüfer es Ihnen erlaubt.*

»Donnerwetter!« murmelte Richards.

»Wie bitte?« Ihre perfekt geschwungenen Augenbrauen zogen sich einen Millimeter in die Höhe.

»Nichts.«

»Wenn Sie das Heft öffnen, werden Sie einen Fragebogen finden. Kreuzen Sie Ihre Antworten bitte klar und deutlich an. Wenn Sie eine Antwort nachträglich ändern wollen, radieren Sie die vorherigen Angaben bitte sorgfältig aus. Sollten Sie eine Antwort nicht wissen, *raten Sie nicht*. Haben Sie mich verstanden?«

»Ja.«

»Dann blättern Sie bitte Seite eins auf und fangen Sie an. Wenn ich ›Stop‹ sage, legen Sie den Bleistift hin. Sie dürfen anfangen.«

Er rührte sich nicht, sondern betrachtete nur ihren Körper. Offen, unverschämt.

Nach einer Weile wurde sie rot. »Die Zeit läuft, Ben. Es wäre besser, wenn Sie...«

»Warum glaubt bloß jeder von euch, daß ihr es mit lauter gehirnamputierten Idioten zu tun habt, wenn ihr mal Leuten von der Südseite des Kanals begegnet?« fragte er.

Ihr Gesicht nahm jetzt eine dunkelrote Farbe an. »Ich... ich habe nie...«

»Nein. Sie nicht.« Er lächelte und nahm den Bleistift zur Hand. »Mein Gott, was seid ihr doch alle dumm.«

Dann beugte er sich über das Heft, während sie immer noch eine Antwort auf (oder wenigstens einen Grund für) seine Ausfälligkeiten suchte. Wahrscheinlich verstand sie ihn wirklich nicht.

Bei der ersten Aufgabe mußte er den richtigen Begriff in einen Satz einfügen.

1. Ein(e) _________ macht noch keinen Sommer.
   a) Gedanke
   b) Bier
   c) Schwalbe
   d) Verbrechen
   e) nichts von allem

Er füllte den Bogen rasch aus und hielt sich bei keiner Frage länger auf, um die Antwort noch einmal zu überdenken. Dann folgte ein Vokabeltest, und anschließend sollte er jeweils das Gegenteil eines bestimmten Begriffs angeben. Als er fertig war, hatte er von der vorgeschriebenen Stunde noch fünfzehn Minuten übrig. Sie nahm seinen Testbogen noch nicht entgegen – es war verboten, den Bogen vor der abgelaufenen Stunde anzunehmen –, also lehnte Richards sich wortlos zurück und musterte ihren fast nackten Körper. Das Schweigen wurde immer schwerer und bedrückender. Spannungsgeladen. Er konnte sehen, daß sie sich jetzt etwas zum Überziehen wünschte. Das tat ihm gut.

Als die Viertelstunde um war, ließ sie ihn den nächsten Testbogen aufschlagen. Auf der Vorderseite war ein Autovergaser abgebildet.

Dieses Gerät baut man ein in __________

a) Rasenmäher
b) Free-Vee-Geräte
c) Elektrische Motorsägen
d) Automobile
e) nichts von allem

Der dritte Teil war mathematisch. Er war nicht sehr gut im Rechnen und kam langsam ins Schwitzen, als die Zeit ihm buchstäblich davonrannte. Gegen Ende kam er arg in Bedrängnis. Die letzte Aufgabe mußte er ungelöst lassen. Linda Ward lächelte eine Spur zu strahlend, als sie ihm den Bogen unter dem Bleistift wegzog. »Bei diesem ging's wohl nicht so schnell, was, Ben?«

»Dafür sind alle anderen Aufgaben richtig«, erwiderte er und lächelte ebenfalls strahlend. Dann lehnte er sich vor und gab ihr einen leichten Klaps auf den Po. »Gehn Sie duschen, Kind. Sie haben Ihre Sache gut gemacht.«

Sie wurde fuchsteufelswild. »Ich könnte Sie disqualifizieren lassen.«

»Quatsch. Sie könnten gefeuert werden, das ist alles.«

»Raus hier! Sehen Sie zu, daß Sie wieder zu Ihren Genossen kommen!« Sie war den Tränen nahe.

Er hatte fast Mitleid mit ihr, aber er unterdrückte dieses Gefühl. »Sie werden heute einen angenehmen Abend verbringen«, sagte er. »Und wenn Sie mit dem Kerl, mit dem Sie diese Woche schlafen, ausgehen und ein Abendessen mit sechs Gängen genießen, dann denken Sie doch bitte mal an mein kleines Kind, das in einer kalten Sozialwohnung an Grippe stirbt.«

Er ließ sie einfach stehen. Sie sah ihm mit bleichem Gesicht nach.

Seine Zehnergruppe war auf sechs Mann geschrumpft, die in den nächsten Raum geführt wurden. Es war inzwischen halb zwei.

...Minus 091 ... und der Countdown läuft...

Der Arzt, der ihm in der kleinen Kabine an einem Tisch gegenübersaß, trug eine kleine runde Brille mit dicken Gläsern. Er hatte ein selbstgefälliges, widerliches Lächeln, das Richards an einen schwachsinnigen Jungen erinnerte, den er während seiner Schulzeit gekannt hatte. Der Junge war ständig unter den Sitzreihen im Sportstadion herumgekrochen, um den Mädchen unter die Röcke zu sehen und sich dabei einen runterzuholen. Richards fing an zu lachen.

»Was ist denn so lustig?« fragte der Arzt und legte ihm den ersten Tintenklecks vor. Das widerliche Lächeln vertiefte sich.

»Sie erinnern mich an jemanden, den ich mal gekannt habe.«

»Oh? An wen denn?«

»Unwichtig.«

»Wie Sie wollen. Was sehen Sie hier?«

Richards betrachtete den Klecks. Er hatte eine Manschette zum Blutdruckmessen um seinen rechten Oberarm, und an seinem Kopf waren mehrere Elektroden angebracht worden. Drähte führten von seinem Kopf und dem Arm zu einem elektrischen Meßpult, das neben dem Arzt stand. Über den Computerbildschirm liefen gleichmäßig gezackte Linien.

»Zwei Negerinnen, die sich küssen.«

Der Arzt zeigte ihm das nächste Bild. »Und hier?«

»Ein Sportwagen. Sieht wie ein Jaguar aus.«

»Gefallen Ihnen die alten Benziner?«

Richards zuckte die Achseln. »Ich hatte als Kind eine Sammlung von Spielmodellen.«

Der Arzt machte sich eine Notiz und legte ihm das nächste Blatt vor.

»Ein kranker Mensch. Er liegt auf der Seite. Die Schatten auf seinem Gesicht sehen wie die Gitterstäbe einer Gefängniszelle aus.«

»Und dieses hier? Es ist das letzte.«

Richards lachte plötzlich schallend. »Sieht aus wie ein Scheißhaufen.« Er stellte sich vor, wie der Doktor, so wie er war, komplett mit Brille und langem weißen Kittel, unter den Sitzbänken im Stadion herumlungerte, den Mädchen unter die Röcke guckte und sich dabei einen runterholte, und mußte noch mehr lachen. Der Arzt grinste breit und vervollständigte dadurch das Bild, machte es noch komischer. Richards konnte einfach nicht aufhören zu kichern. Ein Schluckauf beendete schließlich seinen Lachanfall. Er rülpste zweimal und war still.

»Ich nehme nicht an, daß Sie mir erklären würden...«

»Nein«, antwortete Richards, »das würde ich nicht.«

»Gut, dann machen wir weiter. Wortassoziationen.« Er hielt sich nicht damit auf, den Test zu erklären. Richards nahm an, daß man den Arzt über ihn informiert hatte. Das war gut so; es sparte Zeit.

»Fertig?«

»Ja.«

Der Arzt holte eine Stoppuhr aus seiner inneren Brusttasche, drückte auf die Mine seines Kugelschreibers und betrachtete die Liste, die vor ihm lag.

»Arzt.«

»Nigger«, antwortete Richards prompt.

»Penis.«

»Schwanz.«

»Rot.«

»Schwarz.«

»Silber.«

»Dolch.«

»Gewehr.«

»Mord.«

»Gewinn.«
»Geld.«
»Sex.«
»Tests.«
»Streichen.«
»Aus.«

Sie gingen eine Liste von ungefähr fünfzig Begriffen durch, bis der Arzt auf die Stoppuhr drückte und den Kugelschreiber fallen ließ. »Gut«, sagte er und faltete die Hände. Er sah Richards ernsthaft in die Augen. »Jetzt habe ich noch eine letzte Frage an Sie, Ben. Ich kann nicht behaupten, daß ich eine Lüge auf Anhieb durchschauen würde, aber diese Maschine da, an die Sie angeschlossen sind, wird sofort mit einem großen Ausschlag reagieren. Also, haben Sie beschlossen, sich für die Spiele zu qualifizieren, weil Sie sich mit Selbstmordgedanken tragen?«

»Nein.«

»Aus welchem Grund tun Sie's?«

»Meine kleine Tochter ist krank. Sie braucht einen Arzt, Medikamente, muß vielleicht ins Krankenhaus.«

Der Kugelschreiber kratzte über das Papier. »Noch andere Gründe?«

Fast hätte er nein gesagt (das ging sie schließlich nichts an), aber dann besann er sich eines Besseren. Sie sollten alles wissen. Vielleicht lag es daran, daß der Arzt ihn an den beinahe vergessenen schwachsinnigen Knaben aus seiner Kindheit erinnerte. Vielleicht auch daran, daß es einmal gesagt werden mußte. Damit die Dinge zusammenpaßten, Gestalt annahmen, so wie es der Fall ist, wenn ein Mann sich dazu zwingt, seine vagen emotionalen Reaktionen in Worte zu fassen und auszusprechen.

»Ich habe schon lange keine Arbeit mehr. Ich möchte wieder arbeiten, auch wenn es nur der miese Job ist, den Trottel in einem abgekarteten Spiel zu spielen. Ich will wieder arbeiten und meine Familie ernähren. Ich habe meinen Stolz. Sind Sie auch stolz, Doktor?«

»Stolz kommt bekanntlich vor dem Fall«, antwortete der Arzt und drückte die Mine seines Kugelschreibers wieder hinein. »Wenn Sie nichts mehr zu sagen haben, Mr. Richards ...« Er stand auf. Damit und mit dem Gebrauch seines Nachnamens signalisierte er, daß die Unterhaltung beendet war, egal ob Richards noch etwas zu sagen hatte oder nicht.

»Nein.«

»Die Tür ist am Ende des Ganges rechts. Viel Glück.«

»Aber sicher«, sagte Richards.

... Minus 090 ... und der Countdown läuft...

Richards Gruppe war mittlerweile auf vier zusammengeschrumpft. Der nächste Wartesaal war dementsprechend kleiner, denn auch alle weiteren Zehnergruppen waren im Schnitt um sechzig Prozent reduziert worden. Gegen halb fünf trudelten die letzten Ypsilons und Zetts herein. Um vier war ein Angestellter mit Tabletts herumgegangen und hatte ihnen Sandwiches angeboten. Richards hatte sich zwei genommen und sie hinuntergeschlungen, während er einem jungen Kerl namens Rettenmund zuhörte, der ihn und ein paar andere mit einem schier unergründlichen Schatz schmutziger Witze unterhielt. Die Sandwiches schmeckten ausgesprochen fade.

Als die Gruppe vollständig versammelt war, wurden sie wieder in einen Fahrstuhl geschoben und in den fünften Stock hinaufgebracht. Ihr Nachtquartier bestand aus einem großen Gemeinschaftsraum, einem gemeinsamen Waschsaal und der üblichen Schlaffabrik mit den unendlich langen Feldbettreihen. Man sagte ihnen, daß sie um sieben ein warmes Abendessen in der Cafeteria am Ende des Flures einnehmen könnten.

Richards setzte sich ein paar Minuten hin. Dann stand er wieder auf und ging zu dem Polizisten, der an der Tür, durch die sie gekommen waren, Wache hielt. »Gibt es hier irgendwo ein Telefon, Kumpel?« Er hatte eigentlich nicht erwartet, daß sie nach draußen telefonieren dürften, doch der Polizist deutete bloß mit dem Daumen hinter sich.

Richards schob die Tür einen Spalt breit auf und spähte auf den Gang. Tatsächlich, da hing ein Münzfernsprecher.

Er sah wieder zu dem Polizisten hinüber. »Hör mal, wenn du mir fünfzig Cents leihst, werde ich...«

»Verpiß dich, Junge.«

Richards unterdrückte seine Wut. »Ich möchte meine Frau anrufen. Unsere Tochter ist sehr krank. Versetz dich doch mal in meine Lage, Mensch!«

Der Bulle lachte: ein unangenehmes, krächzendes Geräusch. »Ihr seid doch alle gleich. Jeden Tag erfindet ihr was Neues. Und am Muttertag und zu Weihnachten serviert ihr eure Geschichten auch noch in Technicolor und 3 D.«

»Scheißkerl!« fauchte Richards, und irgend etwas in seinem Blick und in der Art, wie seine Schultern sich spannten, schüchterte den Beamten ein. Er blickte verlegen an die Wand. »Bist du nicht auch verheiratet? Warst du noch niemals in einer Notlage und mußtest dir Geld borgen, auch wenn es dir gewaltig gestunken hat?«

Der Bulle stieß plötzlich seine Hand in die Hosentasche und holte eine Faust voll Plastikmünzen hervor. Er warf Richards zwei neue Vierteldollar zu und stopfte den Rest wieder weg. Dann packte er Richards am Kragen und drohte: »Wenn du auch nur einem erzählst, daß Charlie Grady ein weiches Herz hat, schlag' ich dir dein verdammtes Hirn aus dem Schädel, du Wanze.«

»Danke«, erwiderte Richards ruhig. »Fürs Leihen.«

Charlie Grady lachte und ließ ihn los. Richards ging auf den Flur hinaus, nahm den Hörer vom Telefon und warf die beiden Münzen in den Schlitz. Er hörte sie klappernd hinunterfallen. Eine Zeitlang passierte gar nichts – *oh, Jesus, alles umsonst* –, doch dann hörte er das Freizeichen. Langsam wählte er die Nummer ihres Sammeltelefons auf dem Flur des fünften Stocks und betete, daß nicht diese Jenner-Hexe rangehen würde. Sie wäre dazu imstande, sofort wieder aufzulegen, wenn sie seine Stimme erkannte, und dann wäre das Geld im Eimer.

Es läutete sechsmal, und dann antwortete eine unbekannte Stimme: »Hallo?«

»Ich möchte Mrs. Richards sprechen. Wohnung 5 C.«

»Ich glaube, sie ist gerade ausgegangen«, sagte die Stimme. Sie klang jetzt anzüglich. »Sie spaziert immer um den Block, müssen Sie wissen. Sie haben ein krankes Kind. Der Mann taugt nicht viel.«

»Klopfen Sie einfach an die Tür«, sagte Richards einschmeichelnd.

»Einen Augenblick.« Der Hörer am anderen Ende baumelte gegen die Wand. Ganz weit weg, wie im Traum, hörte er jemanden gegen eine Tür klopfen und die fremde Stimme: »Missus Richards!« rufen. »Telefon für Sie, Missus Richards!«

Eine halbe Minute später war die Stimme wieder am Hörer. »Sie ist nicht da. Ich kann das Kind schreien hören, aber sie ist nicht zu Hause. Wie ich schon sagte, sie hält Ausschau nach Kundschaft.« Die Stimme kicherte.

Richards wünschte, er hätte durch die Telefonschnur kriechen und am anderen Ende blitzschnell wie ein böser Flaschengeist aus dem Hörer quellen können, um die Person so lange zu würgen, bis ihr die Augen aus den Höhlen traten und auf den Boden kugelten.

»Schreiben Sie ihr eine Nachricht auf«, befahl er in scharfem Ton. »Schreiben Sie sie an die Wand, wenn's sein muß.«

»Ich habe nichts zum Schreiben bei mir. Ich lege jetzt auf. Wiedersehen.«

»Warten Sie!« brüllte Richards in Panik.

»Ich bin... oh, einen Moment«, sagte die Stimme widerwillig. »Sie kommt gerade die Treppe herauf.«

Richards lehnte sich schwitzend an die Wand. Einen Augenblick später hörte er Sheilas Stimme in der Leitung. Fragend, müde und ein wenig ängstlich piepste sie: »Hallo?«

»Sheila.« Er schloß die Augen und lehnte sich nun vollends gegen die Wand.

»Ben. Ben? Bist du das? Geht es dir gut?«

»Ja, alles in Ordnung. Und Cathy? Ist sie...«

»Es geht ihr so einigermaßen. Das Fieber ist gar nicht so schlimm, aber sie röchelt so sehr. Ben, ich glaube, sie hat Wasser in der Lunge. Wenn sie nun eine Lungenentzündung hat?«

»Es kommt alles in Ordnung. Es wird alles wieder gut werden.«

»Ich...« Sie schwieg. Lange. »Ich lasse sie nicht gern allein, aber ich muß es tun. Ben, ich habe heute morgen etwas Geld verdient. Dafür habe ich ihr Medizin gekauft. Gute Medizin, im Drugstore.« In ihrer Stimme schwang jetzt der fiebernde Eifer einer Predigerin.

»Das Zeug ist doch alles Scheiße«, antwortete er. »Hör mal: Laß das bleiben, Sheila. Hör auf damit. Bitte. Ich glaube, ich habe es hier geschafft. Wirklich. Viel mehr können sie nicht ausscheiden lassen. Sie haben zu viele Shows und brauchen uns als Kanonenfutter. Und sie bezahlen Vorschuß, glaube ich. Mrs. Upshaw ...«

»Sie sah fürchterlich aus in Schwarz«, unterbrach Sheila tonlos.

»Das ist jetzt nicht so wichtig. Bleib bei Cathy, Sheila. Keine Kunden mehr.«

»Ist gut. Ich werde nicht mehr rausgehen.« Aber er glaubte ihr nicht. Ihre Stimme klang nicht sehr überzeugend. *Hand aufs Herz, Sheila?* »Ich liebe dich, Ben.«

»Und ich lie ...«

»Die drei Minuten sind um«, schaltete die Vermittlung sich ein. »Wenn Sie das Gespräch fortsetzen möchten, müssen Sie noch einen neuen Quarter oder drei alte einwerfen.«

»Warten Sie noch einen Augenblick!« rief Richards. »Gehen Sie aus der Leitung, Sie gottverdammte Hexe. Sie ...«

Aber er hörte nur ein leeres Summen. Die Verbindung war unterbrochen.

Er knallte den Hörer an die Wand. Er flog so weit, wie seine silberne Schnur reichte, schnellte wieder zurück und baumelte dann langsam vor und zurück wie eine verendende Schlange.

Jemand muß mir das bezahlen, dachte Richards betäubt, als er langsam zurückging. Jemand *muß* zahlen.

... Minus 089 ... und der Countdown läuft...

Sie blieben bis zum nächsten Vormittag um zehn Uhr im fünften Stock, und Richards war schon halb wahnsinnig vor Angst, Ärger und Frustration, als endlich ein junger, wahrscheinlich schwuler Kerl in einem hautengen Spieleanzug eintrat und sie zu den Fahrstühlen bat. Jetzt waren sie vielleicht noch insgesamt dreihundert Mann: In der Nacht waren nochmals sechzig aus ihrer Gruppe unbemerkt entfernt worden. Unter ihnen auch der Junge mit dem unerschöpflichen Schatz an dreckigen Witzen.

Im sechsten Stock wurden sie in Fünfzigergruppen in eine kleine, luxuriös eingerichtete Aula geführt. Richards sah eine Menge roten Plüsch, und jeder Sitz hatte Armlehnen aus echtem Holz, in die Aschenbecher eingebaut waren. Er zog seine zusammengeknautschte Schachtel Blams aus der Hosentasche und schnippte die Asche später auf den Fußboden.

Vorne befand sich ein kleines Podium mit einem Rednerpult in der Mitte. Auf dem Pult stand ein Krug mit Wasser.

Gegen Viertel nach zehn ging der schwul aussehende Junge ans Rednerpult und sagte: »Ich möchte Ihnen den Vizedirektor der Spielekommission vorstellen. Mr. Arthur M. Burns.«

»Hurra«, spottete jemand hinter Richards mit säuerlicher Stimme.

Ein korpulenter Mann mit einem Kranz grauer Haare um eine tonsurförmige Glatze schritt auf das Rednerpult zu und blieb eine Weile davor stehen, das Haupt angemessen beugend, so als nähme er einen Applaus entgegen, den nur er hörte. Dann strahlte er sie alle an und zwinkerte ihnen zu; er sah dabei aus wie ein pummeliger, alternder Cupido in einem Geschäftsanzug.

»Ich gratuliere Ihnen«, sagte er. »Sie haben es geschafft.«

Man hörte einen erleichterten kollektiven Seufzer und kameradschaftliches Schulterklopfen. Mehrere Zigaretten wurden angezündet.

»Hurra«, wiederholte die säuerliche Stimme hinter Richards.

»In Kürze werden Sie Ihre Zimmernummern im siebten Stock erhalten und erfahren, für welches Programm Sie vorgesehen sind. Die Programmdirektoren werden Ihnen dann mitteilen, was im einzelnen von Ihnen erwartet wird. Aber vorher möchte ich Ihnen noch einmal herzlich gratulieren und Ihnen sagen, daß ich Sie für großartige, mutige Kerle halte. Sie weigern sich, von der Sozialfürsorge zu leben, wenn Sie die Möglichkeit haben, sich als Mann zu beweisen und, wenn ich das persönlich hinzufügen darf, zu Helden unserer Zeit zu werden.«

»Blödsinn«, kommentierte die säuerliche Stimme.

»Darüber hinaus möchte ich Ihnen im Namen der Fernsehanstalt viel Glück und Erfolg wünschen.« Er rieb sich die Hände und lächelte wie ein rosa Schweinchen. »Ich weiß, daß Sie gespannt auf Ihre Aufgaben warten, deshalb will ich Ihnen weiteres Gerede ersparen.«

Eine Seitentür öffnete sich, und zwölf Angestellte der Spiele in weiten roten Gewändern schritten in den Saal. Sie begannen, Namen aufzurufen und weiße Umschläge zu verteilen, die bald wie Riesenkonfetti den Boden bedeckten. Plastikkarten mit den aufgestanzten Aufgaben wurden gelesen und neu gewonnenen Freunden gezeigt. Unterdrückte Freudenschreie, Seufzer und Buhrufe füllten den Raum. Arthur M. Burns stand über dem Geschehen auf seinem Podium und lächelte wohltätig.

– Oh, dieses verdammte *Wie lange hältst du's in der Hitze aus.* Mein Gott, ich kann keine Hitze vertragen.

– das ist eine ganz miese, unwichtige Show. Kommt gleich nach dem blöden Cartoon, verdammt noch mal.

– *Tretmühle zum Reichtum,* Himmel, ich wußte nicht, daß mein Herz schon so –

– Ich hatte ja gehofft, daß ich es kriegen würde, aber so richtig geglaubt –

– He, Jake, hast du je dieses *Schwimm mit den Krokodilen* gesehen? Ich dachte –

– hätte ich ja nie erwartet –

– ich glaube nicht, daß du –

– so ein gemeines, biestiges –

– dieses *Lauf zu deinen Gewehren* ist –

»Benjamin Richards! Ben Richards?«

»Hier!«

Er bekam einen weißen Umschlag und riß ihn auf. Seine Hände zitterten, und er brauchte zwei Anläufe, bis es ihm gelang, die Plastikkarte herauszuziehen. Er betrachtete sie stirnrunzelnd und verstand gar nichts mehr. Keine Aufgabe, kein Programm war auf die Karte gestanzt. Da stand nur: FAHRSTUHL SECHS.

Er steckte sie zu seinem Ausweis in die Brusttasche und verließ die Aula. Die ersten fünf Fahrstühle auf dem Gang waren voll damit ausgelastet, die Spiele-Teilnehmer der nächsten Sendewoche in den siebten Stock hinaufzubringen. Vor der geschlossenen Tür von Fahrstuhl sechs standen vier Männer und warteten. Richards erkannte einen von ihnen. Es war der Mann mit der säuerlichen Stimme.

»Was hat das zu bedeuten?« fragte Richards. »Werden wir jetzt auf die Straße gesetzt?«

Der Mann mit der säuerlichen Stimme war um die fünfundzwanzig und sah eigentlich recht gut aus. Einer seiner Arme war etwas verkrüppelt, vermutlich von der Kinderlähmung, die im Jahr 2005 wieder ausgebrochen war. Besonders in Co-Op City hatte sie sich damals schnell verbreitet.

»Das Glück werden wir wohl kaum haben«, antwortete er und lachte hohl. »Ich glaube, daß wir für die Riesengewinnspiele vorgesehen sind. Die ganz große Sache, bei der man nicht einfach mit einem Herzinfarkt im Krankenhaus landet oder nur ein Auge oder einen Arm verliert. Die Spiele, bei denen sie dich umbringen. Zur Hauptsendezeit, Baby.«

Ein junger, gutaussehender Bursche, der alles um sich herum mit einem verwunderten, großäugigen Zwinkern betrachtete, gesellte sich zu ihnen.

»Hallo, Dummchen«, begrüßte der Säuerliche ihn.

Um elf Uhr, als alle anderen abtransportiert worden waren, glitten die Türen von Fahrstuhl sechs auf. In der kugelsicheren Judaszelle saß wiederum ein Polizist.

»Siehst du?« sagte der Säuerliche. »Sie halten uns für gefährliche Subjekte. Wir sind Staatsfeinde. Sie werden uns alle ausradieren.« Er zog eine fiese Gangstergrimasse und beballerte die kugelsichere Kabine mit einem eingebildeten Maschinengewehr. Der Polizist starrte ihn ausdruckslos an.

...Minus 088 ... und der Countdown läuft...

Das Wartezimmer im achten Stock war sehr klein. Eine Menge Plüsch sorgte für eine intime Atmosphäre. Richards hatte den Raum ganz für sich allein.

Als sie aus dem Fahrstuhl getreten waren, waren drei von ihnen sofort von drei Polizisten in Empfang genommen und über den mit Plüschteppichboden ausgelegten Flur abgeführt worden. Richards, den Mann mit der säuerlichen Stimme und den Jungen, der ständig blinzelte, hatte man hierhergebracht.

Als sie eingetreten waren, hatte eine Empfangsdame sie begrüßt, deren strahlendes Lächeln Richards an die Sexstars des guten alten Fernsehens, das er mit drei Jahren noch gesehen hatte (Liz Kelly? Grace Taylor?), erinnerte. Sie saß, von unzähligen Topfpflanzen umgeben, in einer Art Alkoven wie in einem ecuadorianischen Fuchsloch. »Mr. Jansky«, hatte sie mit ihrem umwerfenden Lächeln gesagt. »Sie können gleich hineingehen.«

Der Junge, der ständig blinzelte, war daraufhin ins innere Heiligtum eingetreten. Richards und der Mann mit der säuerlichen Stimme – er hieß Jimmy Laughlin – hatten sich ein wenig miteinander unterhalten. Richards hatte herausgefunden, daß Laughlin nur drei Häuserblocks von ihm entfernt in der Dock Street wohnte. Bis zum vorigen Jahr hatte er noch einen Halbtagsjob als Maschinenputzer bei General Atomics gehabt. Dann war er gefeuert worden, weil er an einem Sitzstreik gegen die undichten Strahlenschutzschirme teilgenommen hatte.

»Na ja, jedenfalls lebe ich noch«, hatte er gesagt. »Und für diese Mistkerle ist dies das einzige, worauf es ankommt. Natürlich bin ich steril. Aber *das* macht ja nichts. Das gehört eben zu den Risiken, wenn du für die fürstliche Summe von sieben neuen Dollar pro Tag arbeiten darfst.«

Nachdem G. A. ihm die Tür gezeigt hatte, war es mit dem verkrüppelten Arm noch schwieriger gewesen, eine neue Arbeit zu finden. Zwei Jahre vorher hatte seine Frau plötzlich Asthma bekommen. Jetzt war sie ständig bettlägerig. »Also habe ich beschlossen, mich für das ganz große Ding zu bewerben«, sagte Laughlin mit einem bitteren Lächeln. »Vielleicht habe ich wenigstens Gelegenheit, ein paar von diesen Idioten aus dem Fenster zu schmeißen, bevor McCones Jungs mich kriegen.«

»Glaubst du wirklich, daß wir für...«

»*Menschenjagd?*« Aber sicher. Da kannst du deinen Arsch drauf wetten. Gib mir eine von diesen fürchterlichen Zigaretten, Freund.«

Richards reichte ihm eine Blams.

Die Tür ging auf und der blinzelnde Junge erschien, den Arm um eine hübsche Puppe gelegt, die zwei Taschentücher und ein Gebetbuch in der Hand hielt. Der Junge schenkte ihnen ein ängstliches Lächeln, als sie an ihnen vorbeigingen.

»Mr. Laughlin, würden Sie jetzt bitte hineingehen?« Jetzt war Richards allein, abgesehen von der Empfangsdame, die sich wieder in ihr Fuchsloch zurückgezogen hatte.

Er stand auf und ging zum Zigarettenautomaten in der Ecke. Der Automat enthielt auch Joints. Laughlin hat recht, dachte er. Sie hatten wohl das große Los gezogen. Er zog sich eine Schachtel Blams, setzte sich wieder und zündete eine an.

Zwanzig Minuten später kam Laughlin mit einer Aschblonden am Arm wieder heraus. »Eine alte Freundin von mir aus unserer Fahrgemeinschaft«, sagte er und deutete auf das Mädchen. Sie errötete, wie es sich gehört. Laughlin lächelte gequält.

»Jedenfalls redet der Mistkerl offen mit einem«, sagte er zu Richards. »Bis später.«

Er verschwand, und die Empfangsdame reckte ihren Kopf aus dem Fuchsloch und säuselte. »Mr. Richards? Würden Sie jetzt bitte hineingehen?«

Richards ging hinein.

...Minus 087 ... und der Countdown läuft...

Das Büro war groß genug, um darin Killer-Ball zu spielen. Eine riesige Fensterwand hinter dem Schreibtisch gab den Blick auf die Mittelklasseviertel im Westen von Harding frei. Richards sah den Hafen, die großen Lagerhallen und die Öltanker. Der Himmel und das Wasser waren perlgrau. Es regnete immer noch. In der Ferne tuckerte ein riesiger Tanker von rechts nach links über den Horizont.

Der Mann hinter dem Schreibtisch war mittelgroß und sehr schwarz. Er war so schwarz, daß Richards einen Augenblick glaubte, er träume. Der Kerl schien geradewegs aus einer Minstrelshow zu kommen.

»Mr. Richards.« Er stand auf und streckte seine Hand über den Tisch. Als Richards sie ignorierte, schien er nicht sonderlich beeindruckt. Er zog sie einfach zurück und setzte sich wieder.

»Mr. Richards, ich bin Dan Killian. Inzwischen werden Sie wohl erraten haben, warum man Sie hierhergebracht hat. Unsere Akten und Ihre Testergebnisse lassen darauf schließen, daß Sie ein heller Kopf sind.«

Vor dem Schreibtisch stand ein Drehsessel. Richards setzte sich und drückte seinen Zigarettenstummel in einen Aschenbecher mit dem Spiegelemblem aus.

Dann faltete er die Hände und wartete.

»Sie sind als Kandidat für *Menschenjagd* ausgewählt worden, Mr. Richards. Es ist unsere größte Show. Für unsere Kandidaten ist es die lukrativste – aber auch gefährlichste. Ich habe hier das Formular, mit dem Sie Ihre definitive Einwilligung geben. Ich bezweifle nicht, daß Sie unterschreiben werden, aber vorher will ich Ihnen noch sagen, warum wir Sie ausgewählt haben, und vor allem möchte ich, daß Sie genau wissen, worauf Sie sich da einlassen.«

Richards sagte nichts.

Killian legte einen Aktenordner auf seinen tadellos aufgeräumten Schreibtisch. Richards sah, daß vorne sein Name aufgedruckt war. Killian schlug den Ordner auf.

»Benjamin Stuart Richards«, las er vor. »Achtundzwanzig

Jahre alt, geboren am 8. August 1997 in Harding. Besuch der South-City-Handelsschule vom September 2011 bis zum Dezember 2013. Wurde zweimal beschuldigt, seine Vorgesetzten nicht zu respektieren. Ich glaube, Sie haben damals Ihren Vizedirektor an den Oberschenkel getreten, als er Ihnen einmal den Rücken zuwandte.«

»Quatsch«, sagte Richards. »Ich habe ihn in den Hintern getreten.«

Killian nickte. »Wie Sie meinen, Mr. Richards. Im Alter von sechzehn Jahren haben Sie Sheila Richards, geborene Gordon, geheiratet. Ein altmodischer Kontrakt auf Lebenszeit. Durch und durch rebellisch, was? Nicht organisiert, weil Sie sich geweigert haben, den Treueeid auf die Gewerkschaft zu leisten und die Verpflichtung zur freiwilligen Lohnkontrolle zu unterschreiben. Soweit ich weiß, haben Sie den Distriktgouverneur einen ›Blödsinn quasselnden Hurensohn‹ genannt.«

»Ja«, bestätigte Richards.

»Ihr Bericht weist Lücken auf. Sie sind... lassen Sie mich mal sehen... insgesamt sechsmal wegen Aufsässigkeit, Beleidigung von Vorgesetzten und beleidigender Kritik an den Autoritäten gefeuert worden.«

Richards zuckte die Achseln.

»Um es kurz zu machen, wir halten Sie für ein antiautoritäres und antisoziales Subjekt. Sie sind ein Abweichler, der intelligent genug ist, nicht im Gefängnis zu landen oder ernsthafte Schwierigkeiten mit der Regierung zu bekommen. Und Sie sind nicht süchtig. Ein Psychologe aus unserem Stab berichtet, daß Sie bei dem Rorschachtest Lesbierinnen, Exkremente und die Umwelt verunreinigende Benzinfahrzeuge gesehen hätten. Außerdem beschreibt er einen hohen, ihm unerklärlichen Grad an Heiterkeit...«

»Er hat mich an einen Jungen erinnert, den ich mal gekannt habe. Er war ein wenig schwachsinnig. Versteckte sich immer unter den Bänken im Sportstadion und holte sich einen runter. Der Junge, meine ich. Was Ihr Doktor macht, weiß ich natürlich nicht.«

»Ich verstehe.« Killian lächelte flüchtig. Seine weißen Zähne blinkten in seinem dunklen Gesicht. Sofort beugte er sich wieder über den Ordner. »Sie haben rassistische Äußerungen von sich gegeben, die seit dem Antirassismusgesetz von 2004 verboten sind. Darunter auch einige ziemlich brutale Äußerungen bei Ihrem Wortassoziationstest.«

»Ich habe es auch hier mit brutaler Gewalt zu tun«, erwiderte Richards gelassen.

»Das stimmt. Und trotzdem, wir – und damit meine ich nicht nur die Spieleverwaltung, ich meine die gesamte Nation – wir halten diese Äußerungen für äußerst beunruhigend.«

»Haben Sie Angst, daß Ihnen einer eines Nachts eine Bombe in Ihre Zündung einbaut?« fragte Richards lächelnd.

Killian befeuchtete nachdenklich seinen Daumen und blätterte die Seite um. »Glücklicherweise – für uns – sind Sie eine Art Geisel des Schicksals, Mr. Richards. Sie haben eine achtzehn Monate alte Tochter namens Catherine. War das ein Versehen?« Er lächelte frostig.

»Sie war geplant«, antwortete Richards ohne Bitterkeit. »Ich habe damals bei General Atomics gearbeitet. Irgendwie haben meine Spermien das überlebt. Muß wohl ein Scherz Gottes gewesen sein. Wenn ich mir die Welt heute angucke, kommt es mir so vor, als wären wir alle wahnsinnig geworden.«

»Jedenfalls sind Sie hier«, sagte Killian, immer noch mit unterkühltem Lächeln. »Und ab nächsten Dienstag werden Sie in *Menschenjagd* auftreten. Haben Sie die Sendung schon mal gesehen?«

»Ja.«

»Dann wissen Sie ja, daß es die größte Sendung ist, die wir im Free-Vee laufen haben. Sie bietet eine Menge Möglichkeiten für die Zuschauer, sich sowohl aktiv als auch indirekt daran zu beteiligen. Ich bin der Produzent dieser Show.«

»Das ist wirklich wundervoll«, bemerkte Richards.

»Diese Show ist eine der sichersten Methoden für unsere Fernsehanstalt, solche pubertären Unruhestifter wie Sie loszuwerden, Mr. Richards. Sie läuft jetzt schon seit sechs Jahren. Bisher hatten wir noch keine Überlebenden, und, um schonungslos offen zu sein, wir erwarten auch keine.«

»Dann führen Sie eine gefälschte Statistik«, erwiderte Richards.

Killian reagierte eher amüsiert als erschrocken. »Nein, das tun wir nicht. Vergessen Sie nicht, daß Sie ein Anachronismus sind, Mr. Richards. Die Leute werden sich nicht in Bars und Hotels versammeln oder sich draußen in der Kälte vor den Kiosken zusammenrotten, um Ihnen die Daumen zu drücken. Mein Gott, nein! Sie wollen Sie krepieren sehen und werden alles dransetzen, uns dabei zu helfen, wo sie nur können. Je mehr Aufregung, desto besser. Und dann werden Sie noch gegen McCone kämpfen müssen. Evan McCone und seine Jagdhunde.«

»Klingt wie eine Neo-Gruppe«, sagte Richards.

»McCone verliert niemals«, warnte Killian.

Richards grunzte.

»Sie werden am Dienstag abend life auftreten. Alle folgenden Sendungen werden aus Videoaufzeichnungenn, Filmen und, wenn möglich, Direktübertragungen zusammengeschnitten. Wir sind dafür bekannt, daß wir uns in das reguläre Programm einschalten, wenn ein besonders einfallsreicher Kandidat sein... sagen wir mal ›persönliches Waterloo‹ erreicht hat.

Die Regeln sind denkbar einfach. Sie – oder Ihre hinterbliebene Familie – gewinnen für jede Stunde, die Sie in Freiheit verbringen, hundert neue Dollar. Wir haben viertausendachthundert Dollar für Sie veranschlagt, da wir davon ausgehen, daß Sie es schaffen werden, die Spürhunde achtundvierzig Stunden lang an der Nase herumzuführen. Sollten Sie vorher in ihre Hände fallen, geht der restliche Betrag an uns zurück. Sie erhalten zwölf Stunden Vorsprung. Wenn Sie dreißig Tage durchhalten, gewinnen Sie den Großen Preis. Eine Billion neue Dollar.«

Richards warf den Kopf in den Nacken und lachte.

»Ich bin ganz Ihrer Meinung«, bemerkte Killian mit einem trockenen Lachen. »Haben Sie noch irgendwelche Fragen?«

»Nur eine«, antwortete Richards und beugte sich vor. Jede Spur von Humor war aus seinem Gesicht gewichen. »Wie würde es Ihnen gefallen, da draußen um Ihr Leben zu rennen?«

Killian fing schallend zu lachen an. Er hielt sich den Bauch, und sein Mahagonigelächter erfüllte den Raum. »Oh... Mr. Richards... Sie müssen schon ent... entschuldigen...« Und wieder brach er in unbändiges Lachen aus.

Endlich tupfte er sich die Augen mit einem großen weißen Taschentuch ab und schien die Beherrschung über sich wiederzugewinnen. »Sie sehen es selbst, Mr. Richards. Nicht genug, daß Sie Sinn für Humor haben, Sie... ich...« Er unterdrückte einen erneuten Lachanfall. »Sie müssen mir verzeihen. Sie haben selbst meine Lachmuskeln gereizt.«

»Das sehe ich.«

»Haben Sie noch Fragen?«

»Nein.«

»Sehr gut. Vor der Sendung werden wir uns noch mal bei der Teambesprechung sehen. Sollte Ihr faszinierender Kopf noch weitere Fragen ausbrüten, halten Sie sie bitte bis dahin zurück.« Damit drückte er auf einen Knopf an seinem Schreibtisch.

»Sparen Sie sich die billige Hure«, sagte Richards. »Ich bin verheiratet.«

Killian zog die Augenbrauen hoch. »Sind Sie sicher? Ihre Treue ist bewundernswert, Mr. Richards, aber von Freitag bis Dienstag ist eine lange Zeit. Und wenn Sie bedenken, daß Sie Ihre Frau vielleicht nie wiedersehen...«

»Ich bin verheiratet.«

»Wie Sie wollen.« Er nickte dem Mädchen, das schon in der Tür stand, zu, und es verschwand wieder. »Gibt es sonst noch etwas, das wir für Sie tun können, Mr. Richards? Sie wohnen in der Suite im neunten Stock, und man wird Ihre Essenswünsche erfüllen, soweit sie im Bereich des Vernünftigen liegen.«

»Eine Flasche guten Bourbon. Und ein Telefon, damit ich meiner Frau sagen kann...«

»Eh, nein, tut mir leid, Mr. Richards. Das mit dem Bourbon wird erledigt, aber sobald Sie dieses Formular unterschrieben haben...« Er schob es zusammen mit einem Füller zu ihm hinüber »...sind Sie bis Dienstag für niemanden mehr zu sprechen. Wollen Sie sich das mit dem Mädchen noch einmal überlegen?«

»Nein«, sagte Richards und kritzelte seine Unterschrift auf die gestrichelte Linie. »Aber schicken Sie mir lieber zwei Flaschen Bourbon.«

»Selbstverständlich.« Killian stand auf und reichte ihm wieder die Hand.

Richards übersah sie wiederum und marschierte hinaus.

Killian sah ihm nachdenklich hinterher. Er lächelte nicht mehr.

...Minus 086 ... und der Countdown läuft...

Die Empfangsdame schlüpfte eilig aus ihrem Fuchsloch, als er das Vorzimmer durchquerte, und reichte ihm einen Umschlag. Auf der Vorderseite stand geschrieben:

Mr. Richards,
Ich vermute, daß Sie eine Sache während unserer nächsten Unterhaltung nicht erwähnen werden. Sie brauchen dringend Geld. Das stimmt doch, nicht wahr?
Entgegen allen Gerüchten zahlt die Spiele-Verwaltung *keine* Vorschüsse. Sie dürfen sich nicht als Fernsehstar mit all dem Glanz und Gloria betrachten, den dieses Wort beinhaltet. Sie sind nichts weiter als ein einfacher Arbeiter, der für einen gefährlichen Job extrem gut bezahlt wird.
Aber die Spiele-Verwaltung hat auch keine Regel aufgestellt, die mir verbietet, Ihnen eine persönliche Anleihe zukommen zu lassen. In diesem Umschlag finden Sie eine Vorauszahlung von zehn Prozent Ihrer Spesen – jedoch nicht in neuen Dollar, sondern in Spielnoten, die jederzeit gegen neue Dollars eingelöst werden können. Sollten Sie Ihrer Frau diese Scheine schicken, was Sie mit Sicherheit tun werden, wird Sie feststellen, daß sie gegenüber den neuen Dollar einen großen Vorteil haben: Ein seriöser Arzt wird sie jederzeit als legales Zahlungsmittel akzeptieren, während ein Quacksalber dies ablehnen wird.

Ihr *Dan Killian*

Richards öffnete den Umschlag und zog ein dickes Couponheft mit dem Spieleemblem auf dem Pergamentdeckel heraus. Es enthielt achtundvierzig Spielescheine im Werte von jeweils zehn neuen Dollars. Er spürte, wie ihn eine heiße Welle von Dankbarkeit für Killian erfaßte, und unterdrückte dieses Gefühl ärgerlich. Es war völlig klar, daß Killian ihm die vierhundertachtzig Dollar von seinem Spesengeld abziehen würde, und abgesehen davon waren sie ein verdammt niedriger Lohn dafür, daß er den Ablauf der Show garantierte, so daß die Kunden weiterhin zufriedengestellt wurden und Killian seinen phantastisch bezahlten Job ausführen konnte. Sie brauchten ihn.

»Scheiße«, sagte er.

Die Empfangsdame spähte fragend aus ihrem Fuchsloch. »Haben Sie etwas gesagt, Mr. Richards?«

»Nein. Wo geht's hier zu den Fahrstühlen?«

...Minus 085 ... und der Countdown läuft...

Die Suite war der reinste Luxus.

Alle drei Räume – Wohnzimmer, Schlafzimmer und Bad – waren mit dicken Teppichböden ausgelegt, tief genug, um darin zu versinken. Das Free-Vee war nicht eingeschaltet, und es herrschte eine himmlische Stille. Blumen füllten mehrere Vasen, und an der Wand neben der Tür befand sich ein diskreter Schalter mit der Aufschrift: SERVICE. Der Service würde sehr schnell da sein, dachte Richards zynisch, denn draußen vor seiner Tür standen zwei Polizisten, um darauf zu achten, daß er nicht im Haus herumwanderte.

Er drückte auf den Serviceknopf, und sofort öffnete sich die Tür. »Ja, bitte, Mr. Richards?« fragte einer der Bullen, und Richards glaubte, ihm regelrecht ansehen zu können, wie schwer dieses *Mister* ihm über die Lippen kam. »Der Bourbon, um den Sie gebeten haben, wird gleich...«

»Darum geht es jetzt nicht«, unterbrach Richards ihn. Er zeigte ihm das Couponheft, das Killian ihm geschickt hatte. »Ich möchte, daß Sie dies für mich abgeben.«

»Schreiben Sie mir den Namen und die Adresse auf, Mr. Richards. Ich werde dafür sorgen, daß es abgeliefert wird.«

Richards fand die alte Rechnung von seinem Schuster und schrieb Sheilas Namen und Adresse auf die Rückseite. Dann händigte er dem Polizisten den zerknitterten Zettel und das Couponheft aus. Er ging schon ins Zimmer zurück, als ihm plötzlich etwas einfiel. »He, warten Sie einen Moment!«

Der Polizist drehte sich um, und Richards nahm ihm das Heft noch einmal aus der Hand. Er blätterte den ersten Coupon auf und riß entlang einer perforierten Linie ein Zehntel davon ab. Entsprechender Geldwert: ein neuer Dollar.

»Kennen Sie einen Polizisten namens Charlie Grady?«

»Charlie?« Der Bulle sah ihn argwöhnisch an. »Ja, ich kenne ihn. Er hat im fünften Stock Dienst.«

»Geben Sie ihm das.« Richards überreichte ihm den Couponabschnitt. »Sagen Sie ihm, die restlichen fünfzig Cents sind seine Wucherzinsen.«

Der Polizist wandte sich schon zum Gehen, da rief Richards ihn nochmals zurück.

»Sie werden mir doch eine schriftliche Quittung von meiner Frau und von Charlie bringen, nicht wahr?«

Jetzt ließ der Bulle seine Verachtung deutlich erkennen. »Was sind Sie doch für eine vertrauensvolle Seele!«

»Klar«, sagte Richards und lächelte spitz. »Das habt ihr mir gründlich beigebracht. Auf der Südseite des Kanals, da habe ich das alles von euch gelernt.«

»Es wird mir ein ungeheurer Spaß sein zu sehen, wie sie hinter dir her sind«, sagte der Bulle. »Ich werde mit einem Bier in jeder Hand vor dem Free-Vee kleben.«

»Bringen Sie mir nur die Quittungen«, antwortete Richards und schloß dem Mann freundlich die Tür vor der Nase.

Zwanzig Minuten später wurde der Bourbon gebracht, und Richards überraschte den Kellner mit der Bitte, ihm ein paar dicke Romane heraufzuschicken.

»Romane?«

»Bücher. Lesen. Worte. Gedruckte Buchstaben, verstehen Sie?« Er tat so, als blättere er die Seiten eines Buches um.

»Ja, Sir«, antwortete der Kellner zweifelnd. »Haben Sie einen besonderen Wunsch fürs Abendessen?«

Himmel, die Scheiße stieg ihm langsam bis zum Hals. Er ertrank allmählich darin. Plötzlich hatte er eine Cartoon-Fantasie: Ein Mann fällt in eine Mistgrube und ertrinkt in rosafarbener Scheiße, die nach Chanel Nr. 5 duftet. Der Witz: Sie schmeckt trotzdem nach Scheiße.

»Steak. Erbsen. Kartoffelpüree.« Gott, was hatte Sheila heute abend auf dem Tisch? Eine Proteinpille und eine Tasse Kaffee-Ersatz. »Milch. Apfelkuchen mit Sahne. Haben Sie alles?«

»Ja, Sir. Möchten Sie...«

»Nein«, rief Richards plötzlich verzweifelt. »Nein. Gehen Sie.«

Er hatte keinen Appetit. Ganz und gar keinen.

...Minus 084 ... und der Countdown läuft...

Mit bitterer Belustigung dachte Richards, daß der Kellner seine Bücherbestellung wörtlich genommen haben mußte: Ein Lineal hatte ihm dabei wohl als einziger Maßstab gedient. Alles über vier Zentimeter kam in Betracht. So hatte er ihm drei Bücher gebracht, von denen Richards noch nie etwas gehört hatte: zwei goldene Oldies, *Gott ist ein Engländer* und *Nicht als Fremder*, und einen dicken Wälzer, der vor drei Jahren erschienen war: *Die Freuden des Dienens*. Richards warf einen Blick in das letztere und rümpfte die Nase. Armer Junge macht sein Glück bei General Atomics. Steigt vom Maschinenputzer zum Ersatzteilehändler auf. Besucht die Abendschule (wovon? fragte Richards sich, Monopolygeld?). Verliebt sich bei einer Orgie in seinem Häuserblock in ein wunderschönes Mädchen. Wird aufgrund seiner überragenden Leistungen an der Technischen Hochschule aufgenommen, dann dreijähriger Ehevertrag und so weiter...

Richards warf das Buch quer durchs Zimmer. *Gott ist ein Engländer* war schon ein bißchen besser. Er goß sich einen

Bourbon on the rocks ein und ließ sich von der Geschichte einlullen.

Als es diskret an der Tür klopfte, hatte er schon dreihundert Seiten gelesen und sich einen angeduselt. Eine Flasche Bourbon war leer. Mit der anderen in der Hand ging er zur Tür. Draußen stand der Polizist. »Ihre Quittungen, Mr. Richards«, sagte er und zog die Tür hinter sich zu.

Sheila hatte ihm nichts geschrieben, sondern ein Foto von Cathy geschickt. Als er es betrachtete, stiegen ihm Tränen in die Augen. Kein Wunder, wenn man angetrunken ist. Er steckte es in die Brusttasche und besah sich die andere Quittung. Charlie Grady hatte ihm kurz auf die Rückseite einer Fahrkarte gekritzelt:

Danke, Mistkerl. Du kannst mich mal!
Charlie Grady

Richards kicherte und ließ den Zettel auf den Teppich flattern. »Danke, Charlie«, sagte er in das leere Zimmer. »Das war notwendig.«

Er sah sich noch einmal Cathys Foto an. Ein winziges Baby mit zornrotem Gesicht. Sie war vier Tage alt gewesen, als das Bild aufgenommen worden war. Sie kreischte sich die Lunge aus dem Hals und schwamm in einem weißen Nachthemd, das Sheila damals selbst genäht hatte. Wieder spürte er Tränen in seinen Augen und dachte schnell an den Zettel vom guten alten Charlie Grady. Ob er wohl auch die zweite Flasche Bourbon schaffte, bevor er bewußtlos wurde? Er beschloß, es auszuprobieren.

Und schaffte es beinahe.

...Minus 083 ... und der Countdown läuft...

Den ganzen Samstag versuchte Richards, mit einem riesigen Kater fertigzuwerden. Gegen Abend hatte er ihn fast überwunden und bestellte sich zum Abendessen zwei weitere Flaschen. Wiederum machte er beide nieder. Am Sonntag wachte er in aller Frühe auf und sah im blassen Morgenlicht große Raupen mit flachen, mörderischen Augen langsam über die gegenüberliegende Wand kriechen. Er machte sich klar, daß es nicht gerade in seinem Interesse läge, seine Reaktionsfähigkeit bis Dienstag ganz und gar zu ruinieren, und ließ den Alkohol bleiben.

Dieser Kater verzog sich langsamer. Er mußte sich häufig übergeben, und als sein Magen leer war, stieß er ständig trokken auf. Der Schluckauf hörte gegen sechs Uhr abends allmählich auf, und er bestellte sich eine Suppe zum Abendessen. Keinen Bourbon. Er bat um ein Dutzend Neorockplatten, die er auf der Stereoanlage im Zimmer spielte, aber sie wurden ihm bald zu langweilig.

Er ging früh zu Bett und schlief schlecht.

Am Montag verbrachte er die meiste Zeit auf dem verglasten Balkon vor seinem Schlafzimmer. Er befand sich nun sehr hoch über der Küste. Das Wetter war sonnig, hin und wieder kurze Regenschauer, also recht angenehm. Er las zwei Romane, ging wieder früh zu Bett und schlief diesmal etwas besser. Aber er hatte einen unangenehmen Traum.

Sheila war tot, und er war auf ihrer Beerdigung. Jemand hatte sie in einem Sarg aufgebahrt und ihr einen grotesken Knebel aus neuen Dollars in den Mund gestopft. Er versuchte, hinzurennen und dieses obszöne Ding aus ihrem Mund zu reißen, da packten ihn von hinten Hände, und zwölf Polizisten hielten ihn fest. Einer davon war Charlie Grady. Er grinste ihn an und sagte: »So was passiert nun mal den Verlierern, du Mistkerl!« Sie setzten ihm gerade ihre Pistolen an den Kopf, als er aufwachte.

»Dienstag«, murmelte er und wälzte sich aus dem Bett. Auf die modische G.A-Uhr an der gegenüberliegenden Wand zielte ein Sonnenstrahl. Es war neun Minuten nach sieben. In weniger als elf Stunden würde die 3-D-Lifeübertragung von *Menschenjagd* im gesamten nordamerikanischen Raum ausgestrahlt werden. Er spürte ein brennendes Stechen in seiner Magengegend. Angst. In dreiundzwanzig Stunden war er vogelfrei.

Er duschte sich ausgiebig, zog den Overall an und bestellte sich Eier mit Schinken zum Frühstück. Außerdem bat er den Kellner, ihm eine Stange Blams heraufzuschicken.

Den Vormittag und den frühen Nachmittag saß er ruhig da und las. Es war genau zwei Uhr, als er ein kurzes, förmliches Klopfen an der Tür hörte. Drei Polizisten und Arthur M. Burns, der in seinem Spieletrikot plump und mehr als nur ein wenig lächerlich wirkte, betraten das Zimmer. Alle drei Polizisten waren mit Schlagstöcken bewaffnet.

»Es ist Zeit für Ihre letzte Einsatzbesprechung, Mr. Richards«, sagte Burns. »Würden Sie bitte...«

»Klar«, antwortete Richards. Er steckte ein Lesezeichen in sein Buch und legte es auf den Couchtisch. Plötzlich empfand er ungeheure Angst, fast Panik, und er war sehr froh, daß seine Hände nicht zitterten.

...Minus 082 ... und der Countdown läuft...

Die zehnte Etage des Spielegebäudes unterschied sich gewaltig von den unteren, und Richards wußte, daß er nie weiter hinaufkommen würde. Die Vorstellung, immer höher steigen zu können, die durch seinen Kopf gegeistert war, als er die schmutzige Eingangshalle im Erdgeschoß betreten hatte, wurde im zehnten Stock endgültig zunichte gemacht. Hier befanden sich die Aufnahmestudios.

Die Gänge waren breit, weiß und kahl. Kleine gelbe Gokarts, die von G.A.-Solarzellenmotoren angetrieben wurden, zuckelten hierhin und dorthin und transportierten Massen von Free-Vee-Technikern in die Studios oder die Kontrollräume.

Vor dem Fahrstuhl wartete ein solcher Wagen auf sie, und alle fünf – Richards, Burns und die drei Polizisten – stiegen ein. Als sie durch die Flure fuhren, reckten sich mehrere Hälse nach ihnen, und manchmal wurde mit Fingern auf Richards gedeutet. Eine Frau in gelben Shorts und einem Bikinioberteil zwinkerte Richards zu und warf ihm eine Kußhand nach. Er zeigte ihr seinen Mittelfinger, womit er ihr bedeutete, daß sie ihn mal könne.

Es kam ihm so vor, als reisten sie kilometerweit durch die miteinander verbundenen Flure. Richards konnte unterwegs einen Blick in wenigstens ein Dutzend Studios werfen. In einem stand das berüchtigte Tretwerk aus *Tretmühle zum Reichtum.* Eine Gruppe Touristen aus der Oberstadt kletterte kichernd darauf herum.

Schließlich hielten sie vor einer Tür mit der Aufschrift: MENSCHENJAGD. KEIN ZUTRITT. Burns winkte dem Mann in der kugelsicheren Kabine neben dem Eingang zu und blickte dann zu Richards hinüber.

»Stecken Sie Ihren Ausweis in den Schlitz zwischen der Kabine und der Tür«, forderte er ihn auf.

Richards befolgte seine Anweisung. Der Ausweis verschwand, und kurz darauf leuchtete in der Kabine eine kleine Lampe auf. Der Wächter drückte auf einen Knopf, und die Tür glitt auf. Richards stieg wieder auf den Wagen, und sie wurden in das Studio gefahren.

»Was ist mit meinem Ausweis?« fragte Richards.

»Den brauchen Sie jetzt nicht mehr.«

Sie befanden sich nun in einem Regieraum. Am Mischpult saß ein Techniker vor einem flimmernden Monitor und sprach Zahlen in ein Mikrofon.

Links von ihm saßen Dan Killian und zwei weitere Männer, die er bisher noch nicht gesehen hatte, an einem Tisch. Vor ihnen standen vereiste Gläser. Einer der Männer kam Richards irgendwie bekannt vor. Er sah viel zu gut aus, um ein Techniker zu sein.

»Hallo, Mr. Richards. Hallo, Arthur. Möchten Sie etwas zu trinken, Mr. Richards?«

Richards stellte fest, daß er durstig war. Trotz der vielen Klimaanlagen, die er unterwegs gesehen hatte, war es im zehnten Stock ziemlich heiß. »Ich nehme ein Malzbier«, sagte er.

Killian stand auf, ging zu einem Kühlschrank und entkapselte eine Plastikflasche. Richards setzte sich hin und nahm die Flasche mit einem Kopfnicken entgegen.

»Mr. Richards, dieser Herr hier zu meiner Rechten ist Fred Victor, der Regisseur von MENSCHENJAGD. Der andere ist, wie Sie sicher schon wissen, Bobby Thompson.«

Thompson, natürlich. Gastgeber und Conferencier der Sendung. Er hatte einen schmucken grünen Kittel an, der im

Licht etwas irisierte, und protzte mit einer attraktiven silbernen Mähne, die verdächtig perfekt wirkte.

»Lassen Sie es färben?« fragte Richards ihn.

Thompsons tadellose Augenbrauen zogen sich ein wenig in die Höhe. »Wie bitte?«

»Ach nichts«, winkte Richards ab.

»Sie müssen etwas Nachsicht mit Mr. Richards üben«, entschuldigte Killian ihn lächelnd. »Er scheint einen krankhaften Hang zur Unhöflichkeit zu haben.«

»Durchaus verständlich«, antwortete Thompson und zündete sich eine Zigarette an. Richards hatte plötzlich das Gefühl, alles um ihn herum sei völlig irreal. »Unter diesen Umständen.«

»Mr. Richards, kommen Sie bitte zu mir herüber«, schaltete Victor sich ein und übernahm damit die Führung. Er begleitete ihn zu einer Reihe von Monitorschirmen auf der andere Seite des Raumes. Der Techniker hatte inzwischen seine Probeaufnahmen beendet und war gegangen.

Victor drückte auf zwei Knöpfe, und auf zwei Monitoren erschienen jeweils eine rechte und eine linke Einstellung vom Aufnahmestudio.

»Wir werden nicht die ganze Sendung durchgehen«, informierte Victor ihn. »Wir glauben, daß das viel von der Spontaneität nimmt. Bobby macht seine Show immer aus dem Stegreif, und er kann das verdammt gut. Wir fangen um sechs Uhr abends an. Harding-Zeit. Bobby steht auf der kleinen blauen Bühne im Zentrum des Studios. Von dort beginnt er mit seiner Einführung, indem er Sie kurz vorstellt. Auf dem Bildschirm werden ein paar Fotos von Ihnen zu sehen sein. Sie stehen zu diesem Zeitpunkt rechts hinten in der Kulisse und werden von zwei Polizisten bewacht. Sie werden mit Ihnen die Bühne betreten. Beide sind mit Gewehren bewaffnet. Natürlich wären elektrische Schlagstöcke wesentlich effektiver, wenn Sie wirklich Schwierigkeiten machen sollten, aber die Gewehre machen einen stärkeren Eindruck aufs Publikum.«

»Klar«, sagte Richards.

»Aus dem Publikum werden eine Menge Buhrufe kommen. Wir blenden sie mit ein, denn das verstärkt den theatralischen Effekt. Genau wie bei den Killer-Ball-Spielen.«

»Werden sie auch mit falschen Kugeln auf mich schießen?« fragte Richards. »Ich könnte ein paar Blutbeutel am Körper tragen und sie im rechten Moment platzen lassen. Das verstärkt den theatralischen Effekt.«

»Bleiben Sie bitte bei der Sache«, mahnte Victor. »Sie kommen mit den Wachen ins Studio, wenn Ihr Name aufgerufen wird. Bobby wird Sie, eh... interviewen. Es steht Ihnen frei, sich so fantasievoll auszudrücken, wie es Ihnen beliebt. All das gehört zu gutem Theater. So gegen zehn nach sechs werden Sie Ihre Spesen ausbezahlt bekommen, und dann verlassen Sie – *sans gardes* – das Studio nach links. Haben Sie verstanden?«

»Ja. Was ist mit Laughlin?«

Victor runzelte die Stirn und zündete sich eine Zigarette an. »Er kommt unmittelbar nach Ihnen, um Viertel nach sechs. Wir lassen immer zwei Männer gleichzeitig laufen, denn es kommt oft vor, daß ein Kandidat nicht sehr, eh, begabt dafür ist, Verfolger abzuschütteln.«

»Und der Junge dann als Sicherheit im Rücken?«

»Mr. Jansky? Ja. Das geht Sie nichts an, Mr. Richards. Wenn Sie die Bühne verlassen haben, wird man Ihnen eine Videokamera in der Größe einer Popkornpackung übergeben. Sie wiegt sechs Pfund. Dazu erhalten Sie sechzig Aufnahmekassetten, die alle auch nur circa zehn Zentimeter lang sind. Die gesamte Ausrüstung paßt problemlos in eine Jakkentasche. Ein Triumph unserer modernen Technologie.«

»Super.«

Victor preßte die Lippen zusammen. »Wie Dan Ihnen wohl schon klargemacht hat, Mr. Richards, sind Sie nur in den Augen der Massen der große Kandidat. In Wirklichkeit sind Sie ein einfacher Arbeiter, und Sie sollten Ihre Rolle vor allem unter diesem Aspekt betrachten. Die Videokassetten passen durch jeden Briefschlitz und werden sofort per Expreß zu uns geschickt, so daß wir sie gleich für die Abendsendung schneiden können. Sollten Sie es versäumen, zwei Filme pro Tag an uns abzusenden, werden wir sofort die Zahlungen einstellen.«

»Aber ich werde trotzdem weiterhin gejagt.«

»Richtig. Also geben Sie die Bänder immer auf. Sie werden

Ihren Aufenthaltsort nicht verraten. Die Jäger arbeiten unabhängig von der Fernsehanstalt.«

In diesem Punkt hatte Richards so seine Zweifel, aber er sagte nichts.

»Wenn Sie Ihre Ausrüstung erhalten haben, wird man Sie zu dem Aufzug eskortieren. Der bringt Sie direkt auf die Rampart Street. Wenn Sie dort angelangt sind, sind Sie völlig auf sich gestellt.« Er schwieg einen Augenblick. »Haben Sie noch Fragen?«

»Nein.«

Sie gingen zum Tisch zurück, an dem Killian sich angeregt mit Burns unterhielt. Richards fragte, ob er noch ein Malzbier haben könne, und bekam es.

»Mr. Richards«, sprach Killian ihn an und bleckte seine weißen Zähne. »Wie Sie wissen, werden Sie das Studio unbewaffnet verlassen. Aber das soll nicht heißen, daß Sie sich nicht – auf legale oder illegale Weise – Waffen beschaffen können. Mein Gott, nein! Sie – oder Ihre Familie – erhalten jeweils hundert Dollar extra für jeden Jäger oder Repräsentanten der Staatsgewalt, den Sie zufällig töten.«

»Sie brauchen nicht weiterzureden«, unterbrach Richards ihn. »Das verstärkt den theatralischen Effekt.«

Killian lächelte amüsiert. »Wie scharfsinnig Sie doch sind. Ja. Aber versuchen Sie nicht, irgendwelche unschuldigen Zuschauer in die Sache hineinzuziehen. Das wäre nicht koscher.«

Richards sagte nichts.

»Und der andere Aspekt des Wettbewerbs...«

»Die Spitzel und die freiwilligen Kameramänner, ich weiß schon.«

»Ich würde sie nicht als Spitzel bezeichnen; es sind brave nordamerikanische Bürger.« Es war nicht leicht zu sagen, ob Killians verletzter Ton ernst oder ironisch gemeint war. »Jedenfalls erhält jeder, der Sie irgendwo gesehen hat, eine Nummer. Wenn seine Anzeige sich verifizieren läßt, bekommt er einhundert neue Dollar. Eine Anzeige, die zu Ihrem Tod führt, ist tausend neue Dollar wert. Wir bezahlen den freiwilligen Kameramännern zehn Dollar pro Szene, bis...«

»Gehen Sie in Rente mit Ihrem Blutgeld! Verbringen Sie Ihren Lebensabend auf dem herrlichen Jamaica!« rief Richards plötzlich und breitete die Arme aus. »Betrachten Sie sich hundertmal in der 3-D-Wochenschau. Werden Sie zum Idol von Millionen. Sie brauchen nur einen Menschen zu jagen.«

»Das genügt«, sagte Killian ruhig. Bobby Thompson feilte seine Fingernägel. Victor hatte schon vor einiger Zeit den Raum verlassen, und man konnte ihn irgendwo etwas wegen verschiedenen Kameraeinstellungen rufen hören.

Killian drückte auf den Knopf einer Sprechanlage. »Miß Jones? Er gehört jetzt Ihnen.« Dann stand er auf und reichte Richards wieder die Hand. »Als nächstes kommt Ihr Make-up, Mr. Richards. Danach die Beleuchtungsproben. Sie werden sich den ganzen Tag hinter der Bühne befinden, so daß wir uns vor Ihrem Auftritt nicht mehr sehen werden. Also...«

»Es war großartig, Sie kennenzulernen«, sagte Richards kurz angebunden und ignorierte die Hand.

Miß Jones führte ihn hinaus. Es war halb drei.

...Minus 081 ... und der Countdown läuft...

Richards stand mit einem Polizisten an jeder Seite hinter den Kulissen und hörte den frenetischen Beifall, mit dem das Publikum Bobby Thompson begrüßte. Er war nervös. Er verspottete sich selbst deswegen, aber seine Nervosität war eine Tatsache. Er konnte sie nicht einfach abschütteln. Es war eine Minute vor sechs.

»Unser erster Kandidat heute abend ist ein gewitzter, einfallsreicher Mann von der Südseite des Kanals. Er kommt also aus Ihrer Heimatstadt«, begann Thompson seine Einführung. Auf dem Bildschirm erschien ein schmuckloses Portrait von Richards. Es zeigte ihn in seinem ausgefransten grauen Arbeitshemd und mußte ein paar Tage vorher mit einer versteckten Kamera aufgenommen worden sein. Der Hintergrund sah aus wie der Wartesaal im fünften Stock. Das Photo ist retuschiert, dachte Richards. Seine Augen lagen tiefer, die Stirn sah etwas flacher aus, und die Wangen wirkten noch eingefallener. Sein Mund hatte unter dem Pinsel des Retuschierers ein höhnisches Grinsen angenommen. Alles in allem wirkte der Richards auf dem Monitor furchterregend – der Todesengel der Stadt, brutal, nicht übermäßig intelligent, dabei aber von einer gewissen primitiven, ja animalischen Schlauheit. Das Schreckgespenst der vornehmen Bewohner der Oberstadt.

»Dieser Mann heißt Benjamin Richards und ist achtundzwanzig Jahre alt. Merken Sie sich dieses Gesicht gut! In einer halben Stunde wird dieser Mann seinen nächtlichen Streifzug antreten. Wenn Sie ihn nachweislich gesehen haben, können Sie hundert neue Dollar verdienen! Eine Anzeige, die zu seinem Tod führt, bringt Ihnen *tausend* neue Dollar ein!«

Richards Gedanken waren abgeschweift, doch er wurde ruckartig in die brutale Gegenwart zurückgerufen.

»... und *dies* ist die Frau, die Benjamin Richards Belohnung erhält, wenn er – falls er! – gefaßt werden sollte!«

Auf dem Bildschirm tauchte eine Fotografie von Sheila auf... aber auch diesmal war der Retuschierpinsel am Werk gewesen, und zwar noch grausamer als bei seinem Foto. Das Ergebnis war gemein. Ihr liebes, wenn auch nicht besonders hübsches Gesicht war zur Fratze einer jämmerlichen Schlampe deformiert worden. Volle, schmollende Lippen, habgierig glitzernde Augen, ein Doppelkinnansatz und flach hängende Brüste sorgten für den Effekt.

»Ihr *Hunde!«* knurrte Richards und wollte nach vorne stürzen, aber er wurden von kräftigen Händen zurückgehalten.

»Reg dich ab, Junge! Das ist doch bloß ein Bild.«

Einen Augenblick später wurde er auf die Bühne geführt, von einem Polizisten gezogen, vom anderen gestoßen.

Das Publikum reagierte sofort. Kreischende Schreie füllten das Studio. »Buh! Penner!« – »Hau bloß ab!« – »Hau ab, du fieser Kerl!« – »Bringt ihn um! Tötet den Bastard!« – »Raus hier!« – »Verpiß dich!«

Bobby Thompson streckte die Arme hoch und bat mit gutmütiger Stimme um Ruhe. »Wir wollen hören, was er uns zu sagen hat.« Das Publikum beruhigte sich, aber nur zögernd.

Richards stand wie ein Bulle im heißen Scheinwerferlicht, den Kopf aggressiv gesenkt. Er wußte, daß er dadurch genau die Aura von Haß und Verachtung um sich verbreitete, die von ihm erwartet wurde, aber er konnte nichts dagegen tun.

Er starrte Thompson mit wütenden, blutunterlaufenen Augen an.

»Das werdet ihr noch büßen, dieses Foto von meiner Frau!« fauchte er.

»Sprechen Sie lauter, Mr. Richards! Lauter!« rief Thompson. In seiner Stimme lag genau das richtige Quantum Geringschätzung. »Niemand wird Ihnen etwas tun... jedenfalls *jetzt* noch nicht.«

Weitere Schmähungen und hysterisches Gekreische aus dem Publikum.

Richards fuhr plötzlich herum und sah in die Menge. Die Leute verstummten abrupt, als wären sie geschlagen worden. Frauen starrten mit einer Mischung aus Angst und erotischer Erregung zu ihm hoch. Männer grinsten ihn haßerfüllt an.

»Ihr Schweinehunde!« brüllte er. »Wenn ihr so gern jemanden sterben seht, warum bringt ihr euch dann nicht gegenseitig um?«

Die letzten Worte gingen in neuerlichem Wutgeheul unter. Einige Leute (vielleicht bezahlte Claqueure) sprangen auf und wollten die Bühne stürmen. Die Polizei hielt sie zurück. Richards musterte sie verächtlich. Er wußte genau, wie er auszusehen hatte.

»Wir danken Ihnen für diese weisen Worte, Mr. Richards.« Thompsons Geringschätzigkeit war jetzt deutlich zu spüren, und die Menge, die wieder ruhiger geworden war, sog dieses Gefühl gierig in sich ein. »Würden Sie bitte den Zuschauern im Studio und denen zu Hause sagen, wie lange Sie Ihrer Meinung nach durchhalten werden?«

»Ich möchte den Zuschauern hier im Studio und draußen vor den Bildschirmen sagen, daß das nicht meine Frau gewesen ist! Das war eine ganz billige, gemeine...«

Die Meute grölte. Ihr haßerfülltes Gekreisch steigerte sich jetzt bis zur Raserei. Thompson wartete fast eine ganze Minute, bis wieder etwas Ruhe einkehrte, und wiederholte dann seine Frage: »Wie lange werden Sie Ihrer Meinung nach durchhalten, *Mister* Richards?«

»Ich werde die ganzen dreißig Tage durchhalten«, antwortete Richards gelassen. »Ich glaube nicht, daß Sie jemanden haben, der mich kriegt.«

Noch mehr Geschrei. Drohend geballte Fäuste. Jemand warf eine Tomate.

Bobby Thompson wandte sich wieder ans Publikum und rief: »Nach diesen tapferen, rührenden Worten wird Mr. Richards nun die Bühne verlassen. Morgen mittag beginnt die Jagd. *Merken Sie sich sein Gesicht!* Es könnte plötzlich neben Ihnen auftauchen... in einem Pneumobus... in einem Flugzeug... in einem 3-D-Kino... in Ihrem Killer-Ball-Stadion. Heute nacht wird er in Harding sein. Und morgen? In New York? Boise? Albuquerque? Columbus? Schleicht er vielleicht übermorgen nacht um *Ihr* Haus? *Werden Sie ihn anzeigen?«*

»Jaaa!!!« johlte die Menge.

Richards zeigte ihnen plötzlich den Mittelfinger – beide Mittelfinger. Diesmal war der Sturm auf die Bühne keineswegs simuliert. Richards wurde schnell zum linken Bühnenausgang hinausgeführt, damit die Meute ihn nicht schon vor der Kamera in Stücke reißen konnte, noch ehe die Fernsehanstalt ihr lukratives Geschäft mit ihm und seinen Videos gemacht hatte.

...Minus 080 ... und der Countdown läuft...

Killian stand hinter den Kulissen und bog sich vor Lachen. »Eine sehr gute Vorstellung, Mr. Richards, sehr gut! Gott, ich wünschte, ich könnte Ihnen einen Bonus dafür geben. Diese Geste mit dem Finger... ausgezeichnet!«

»Wir bemühen uns, die Kunden zufriedenzustellen«, antwortete Richards trocken. »Geben Sie mir die Kamera und ficken Sie sich ins Knie.«

»Letzteres ist leider technisch unmöglich«, erwiderte Killian, immer noch schmunzelnd, »aber hier ist die Kamera.« Er nahm sie einem Techniker ab, der sie liebevoll an sich gedrückt hielt. »Mit eingelegter Kassette und sofort einsatzbereit. Und das hier sind die Kassetten.« Er überreichte ihm einen kleinen, in Wachstuch eingewickelten Karton, der überraschend schwer war.

Richards ließ die Kamera in die eine, die Kassetten in die andere Tasche seines Mantels gleiten und fragte: »Also? Wo ist der Fahrstuhl?«

»Nicht so schnell«, sagte Killian. »Sie haben noch ein paar Minuten... zwölf Minuten, um genau zu sein. Ihr Zwölf-Stunden-Vorsprung beginnt erst um halb sieben.«

Das Wutgeheul des Publikums setzte wieder ein. Richards blickte über seine Schulter zurück und sah, daß Laughlin jetzt auf der Bühne stand. Seine Sympathien waren bei ihm.

»Ich mag Sie, Mr. Richards, und ich glaube, daß Sie sich gut machen werden«, fuhr Killian fort. »Sie haben eine ziemlich ungehobelte Art, die mir immens Spaß macht. Wissen Sie, ich bin Sammler. Ich habe mich auf Höhlenmalerei und altägyptische Kunstwerke spezialisiert. Sie scheinen mir eher eine Analogie zu den Höhlenmalereien als zu meinen ägyptischen Urnen zu bilden, aber das ist egal. Ich wünschte, man könnte Sie präservieren – ein Sammelstück aus Ihnen machen, wenn Sie so wollen –, genauso wie die asiatischen Höhlenmalereien präserviert und gesammelt worden sind.«

»Reißen Sie sich doch die Aufzeichnungen von meinen Gehirnströmen unter den Nagel, Sie Mistkerl! Es ist ja alles festgehalten worden.«

»Deshalb möchte ich Ihnen gern einen Rat mit auf den Weg geben«, fuhr Killian ungerührt fort. »Sie haben wirklich keine Chance; die hat niemand, wenn eine ganze Nation auf ihn Jagd macht. Außerdem sind die Jäger unglaublich gut ausgerüstet und ausgebildet. Aber wenn Sie unten auf dem Boden bleiben, halten Sie länger durch. Gebrauchen Sie lieber Ihre Füße als die Waffen, die Sie unterwegs aufgabeln werden. Bleiben Sie in der Nähe Ihrer Leute.« Er hob den Zeigefinger, um seinen Worten mehr Nachdruck zu verleihen. »Vergessen Sie diese anständigen Mittelklassebürger da draußen. Die hassen Sie abgrundtief. Für die sind Sie ein Symbol für all ihre Ängste in dieser dunklen, unsicheren Zeit. Es war nicht alles nur Show und Getue, was Sie vorhin erlebt haben, Richards. *Die hassen Sie durch und durch.* Haben Sie das nicht gespürt?«

»Doch, das habe ich«, antwortete Richards. »Und ich hasse sie ebenfalls.«

Killian lächelte. »Deshalb werden sie Sie töten.« Er faßte ihn am Arm. Sein Griff war erstaunlich fest. »Hier entlang.«

Hinter ihnen machte Thompson gerade Laughlin zur Sau, zur vollen Befriedigung des Publikums.

Sie gingen einen kahlen weißen Gang entlang. Ihre Schritte erzeugten ein hohles Echo. Dann waren sie allein. Ganz allein. Nur ein Fahrstuhl am Ende des Ganges.

»An dieser Stelle trennen sich unsere Wege«, verabschiedete Killian sich. »Der Fahrstuhl führt direkt auf die Straße. Neun Sekunden.«

Er bot ihm zum vierten Mal die Hand, und Richards ignorierte sie wiederum. Doch diesmal zögerte er einen Moment.

»Und wenn ich nun hinauffahre?« fragte er und deutete mit dem Kopf auf die Decke und die achtzig darüberliegenden Stockwerke. »Wen könnte ich da oben umbringen? Wer würde dabei draufgehen, wenn ich ganz nach oben fahre?«

Killian lachte leise und drückte auf einen Knopf neben dem Fahrstuhl. Die Türen glitten auf. »Das mag ich besonders an Ihnen«, sagte er. »Sie denken in großen Dimensionen.«

Richards betrat den Fahrstuhl. Die Türen schlossen sich langsam.

»Bleiben Sie auf dem Boden«, rief Killian noch, dann war er allein.

Er hatte das Gefühl, als rutsche sein Magen nach oben, während der Fahrstuhl nach unten raste.

... Minus 079 ... und der Countdown läuft ...

Die Fahrstuhltüren führten direkt auf die Straße. Ein Polizist stand auf der anderen Straßenseite vor dem Nixon Memorial Park. Er rührte sich nicht, als Richards das Gebäude verließ, sondern tippte nur nachdenklich mit den Fingern auf seinen elektrischen Schlagstock und spähte in den sanft fallenden Nieselregen.

Der Regen hatte die Stadt in eine frühe Dämmerung gehüllt. Die Lampen glommen geheimnisvoll im Nebel, und die Menschen auf dem Bürgersteig der Rampart Street bewegten sich wie körperlose Schatten in der Dunkelheit. Richards wußte, daß er selbst jetzt ein solcher Schatten war. Er sog die feuchte, nach Schwefel stinkende Luft tief in seine Lungen. Trotz des üblen Beigeschmacks tat ihm das gut. Es kam ihm vor, als wäre er gerade aus dem Gefängnis und nicht aus dem Gebäude der Fernsehanstalt entlassen worden. Die Luft war wohltuend. Die Luft war köstlich.

Bleiben Sie in der Nähe Ihrer Leute, hatte Killian gesagt. Selbstverständlich hatte er recht. Er brauchte Killians Rat nicht erst, um das zu wissen. Aber gleichzeitig wußte er auch, daß die Luft morgen mittag, wenn die Nachricht sich verbreitete, in Co-Op City am dicksten sein würde. Doch bis dahin war er ja längst über alle Berge.

Er ging drei Häuserblocks weiter und nahm sich ein Taxi. Insgeheim hoffte er, daß das Taxi-Free-Vee kaputt sei – das kam des öfteren vor –, aber der Bildschirm in diesem Wagen war tipptopp in Ordnung. Der Fahrer sah sich gerade den Nachspann von *Menschenjagd* an. Scheiße.

»Wohin?«

»Robard Street.« Das war fünf Häuserblocks von seinem Ziel entfernt. Sobald das Taxi ihn abgesetzt hatte, würde er den Weg über die Hinterhöfe zu Molies Wohnung nehmen.

Der Fahrer beschleunigte. Der antike Benzinmotor qualmte und spuckte eine Kakophonie von Fehlzündungen und mannigfachen Tönen aus. Richards lehnte sich tief in den Vinylsitz zurück und hoffte auf den Schutz der Dunkelheit.

»He, Sie habe ich doch gerade im Free-Vee gesehen!« rief der Fahrer plötzlich. »Sie sind doch dieser Kerl Pritchard!«

»Ja, genau, Pritchard«, antwortete Richards resigniert. Das Spiele-Gebäude verschwand langsam aus seiner Sicht. Mit ihm löste sich proportional dazu ein Schatten in seinem Gehirn auf, auch wenn er mit dem Taxifahrer kein Glück gehabt hatte.

»Mannomann, Sie haben vielleicht Mut. Das muß ich Ihnen lassen. Sie haben verdammt Mut. Himmel, die werden Sie umbringen. Wissen Sie das? Die werden Sie ratzekahl niedermähen. Sie müssen wirklich was in den Eiern haben.«

»Das ist richtig. Hoden, genau wie Sie.«

»Hoden«, johlte der Taxifahrer. »Das ist gut! Ein toller Witz! Was dagegen, wenn ich meiner Alten erzähle, daß ich Sie heut' abend gefahren habe? Sie ist ganz wild auf die Spiele. Ich müßte Sie anzeigen, aber Scheiße, ich werd' bestimmt keine hundert dafür kassieren. Taxifahrer brauchen nämlich mindestens einen Zeugen, der das bestätigt, müssen Sie wissen. Wie ich mein Glück kenne, hat Sie wieder keine Sau bei mir einsteigen sehen.«

»Das ist wirklich bitter«, sagte Richards. »Tut mir leid, daß Sie nicht dabei helfen können, mich umzubringen. Soll ich Ihnen einen Zettel schreiben, daß ich hier war?«

»Jesus, würden Sie das tun? Das wär ja...«

Sie waren gerade über den Kanal gefahren. »Lassen Sie mich hier raus«, sagte Richards plötzlich. Er zog einen neuen Dollar aus dem Packen, den Thompson ihm überreicht hatte, und warf ihn auf den Vordersitz.

»Himmel, ich hab' doch nichts Falsches gesagt, oder? Ich wollte doch nicht...«

»Schon gut«, sagte Richards.

»Und was ist mit meinem Zettel...?«

»Leck mich am Arsch, du Ratte.«

Er sprang aus dem Wagen und marschierte zur Drummond Street. Co-Op City lag wie ein abgenagtes Skelett in der Dämmerung vor ihm. Das Rufen des Taxifahrers verfolgte ihn: *»Ich hoffe, daß sie dich ganz schnell kriegen, du gemeines Mistschwein!«*

...Minus 078 ... und der Countdown läuft...

Über einen Hinterhof; durch das zerfetzte Loch in einem Wellblechzaun, der eine öde Asphaltwüste von der anderen trennte; durch ein geisterhaftes, verlassenes Gebäude; Verschnaufpause in einem düsteren Versteck, als eine Rockerbande auf Motorrädern vorbeiraste. Die Scheinwerfer bohrten sich in die Dunkelheit wie die wahnsinnigen Augen eines nächtlich umherstreifenden Werwolfes. Dann über den letzten Zaun (wobei er sich die Hand aufriß), und schließlich klopfte er an Molie Jernigans Hintertür, die zugleich auch der Haupteingang war.

Molie hatte ein Pfandleihgeschäft in der Dock Street, in welchem man, wenn man mit genügend Geld um sich warf, so gut wie alles kaufen konnte: einen elektrischen Polizeischlagstock, ein voll geladenes Gewehr der Bereitschaftspolizei, eine Maschinenpistole, Heroin, Push, Kokain, Männer- beziehungsweise Frauenverkleidungen, eine Pseudofrau aus Styroflex oder eine richtige Hure, wenn das Geld für die Styroflexfrau nicht reichte, Adressen von gerade stattfindenden Würfelspielen, die Adressen von lustigen Pervertiertenklubs und hundert weitere illegale Sachen. Wenn Molie nicht vorrätig hatte, was man gerade brauchte, konnte er es beschaffen.

Auch falsche Papiere.

Als er sein Guckloch öffnete und sah, wer draußen stand, lächelte er freundlich und sagte: »Warum haust Du nicht gleich wieder ab, Freundchen? Ich habe dich nicht gesehen.«

»Neue Dollars«, bemerkte Richards so beiläufig, als spräche er in die Luft. Es entstand eine kleine Pause. Richards betrachtete die Stulpe seines Mantelärmels, als hätte er sie noch nie gesehen.

Dann wurden die Schlösser und Riegel schnell geöffnet, als hätte Molie Angst, daß Richards es sich anders überlegen könnte. Richards trat ein. Sie befanden sich in Molies Wohnzimmer hinter dem Laden. Ein Rattenparadies, vollgestopft mit alten Zeitungen, gestohlenen Musikinstrumenten, geklauten Kameras und Kartons voller Lebensmittel, die nur noch auf dem Schwarzmarkt zu kriegen waren. Molie war notgedrungen zum Robin Hood der Südstadt geworden. Ein Pfandleiher blieb auf der Südseite des Kanals nicht lange im Geschäft, wenn er zu habgierig wurde. Molie nahm die reichen Oberstadtleute aus, so gut es ging, und verkaufte die Sachen zum Selbstkostenpreis in der Nachbarschaft – manchmal auch darunter, wenn es gar nicht anders zu machen war. Deshalb hatte er in der Südstadt einen exzellenten Ruf, und man beschützte ihn wie ein kostbares Juwel. Wenn ein Polizist einen Spitzel aus der Südstadt (und davon gab es Hunderte) nach Molie Jernigan fragte, bekam er als Antwort zu hören, daß Molie ein liebenswerter, leicht seniler Mann sei, der sich ab und zu an Schiebereien beteiligte und ein bißchen Schwarzmarkthandel betriebe. Jeder seiner Oberstadtkunden, die aufgrund bestimmter sexueller Interessen zu ihm kamen, hätte der Polizei etwas ganz anderes sagen können, aber es gab keine Lasterhöhlenrazzien mehr. Jedermann wußte, daß Lasterhöhlen jedem wirklich revolutionären Klima durchaus abträglich waren. Daß Molie ein recht einträgliches Geschäft mit gefälschten Papieren (allerdings nur mit Kunden aus seinem Viertel) machte, war in der Oberstadt nicht bekannt. Trotzdem wußte Richards, daß es extrem gefährlich war, Papiere für einen Mann zu beschaffen, der so heiß war wie er.

»Welche Papiere«, fragte Molie seufzend und schaltete eine altertümliche Schreibtischlampe an, die seine Arbeitsplatte mit grellweißem Licht überflutete. Er war schon ein alter Mann, bald fünfundsiebzig, und sein graues Haar wirkte in dem starken Lichtstrahl wie gesponnenes Silber.

»Führerschein. Wehrmachtspaß. Personalausweis. Scheckkarte. Sozialversicherungsausweis.«

»Leicht zu machen. Sechzig Dollar pro Stück, aber nur für dich, Bennie.«

»Du machst es also?«

»Ich tu's für deine Frau. Nicht für dich. Ich werde meinen Kopf doch nicht für so einen hergelaufenen Bastard wie Bennie Richards in die Schlinge stecken.«

»Wie lange wird es dauern, Molie?«

Molies Augen blitzten süffisant auf. »Da ich deine Situation kenne, werde ich mich beeilen. Eine Stunde pro Ausweis.«

»Fünf Stunden, Jesus... ob ich mal...«

»Nein, Bennie, kannst du nicht. Bist du wahnsinnig? Neulich ist ein Polizeiwagen vor eurem Haus vorgefahren. Der Bulle hatte einen Umschlag für deine alte Dame. Er kam in einer schwarzen Karre. Hatte sechs Kumpel bei sich. Flapper Donnigan stand gerade an der Ecke und knobelte mit Gerry Hanrahan, als er vorbeiflitzte. Flapper erzählt mir alles. Der Bursche ist weich, weißt du.«

»Das weiß ich«, antwortete Richards ungeduldig. »Das Geld habe ich ihr geschickt. Ist sie...«

»Wer weiß? Wer sieht das schon?« Molie zuckte die Achseln und verdrehte die Augen. Dann legte er sich seine Füller und die Blankoformulare so auf der Arbeitsplatte zurecht, daß sie direkt im Lichtkegel lagen. »Sie bewachen dein Haus, Bennie. Sie stehen an jeder Straßenecke. Jeder, der vorbeikommt, um ihr sein Beileid auszusprechen, landet sofort in irgendeinem Keller und wird mit Gummiknüppeln bearbeitet. Das können nicht einmal deine guten Freunde gebrauchen, Ben, auch nicht deiner Frau zuliebe. Möchtest du einen speziellen Namen auf diesen Papieren?«

»Ist nicht so wichtig, solange es ein englischer ist. Jesus, Molie, sie muß doch mal einkaufen. Muß zum Doktor...«

»Sie hat Budgie O'Sanchez' Jungen geschickt. Wie heißt er noch mal...«

»Walt.«

»Ja, genau. Ich kann diese gottverdammten Spicks und Micks nicht mehr auseinanderhalten. Ich werde alt, Bennie. Gebe langsam meinen Geist auf.« Plötzlich strahlte er Richards an: »Ich kann mich noch an die Zeit erinnern, als Mick Jagger ein großer Star war. Du kennst nicht einmal mehr seinen Namen, nicht wahr?«

»Natürlich weiß ich, wer das war«, antwortete Richards verärgert. Ängstlich schlich er zu Molies Hinterzimmerfenster, das auf den Bürgersteig hinausging. Es war noch schlimmer, als er angenommen hatte. Sheila und Cathy saßen jetzt also auch im Käfig. Jedenfalls so lange, bis...

»Es geht ihnen gut, Bennie«, beruhigte Molie ihn leise.

»Nur – geh nicht zu ihnen. Im Augenblick bist du Gift für sie. Begreifst du das?«

»Ja«, sagte Richards. Auf einmal wurde er von Verzweiflung überwältigt, dunkel und furchtbar. *Ich habe Heimweh,* dachte er erstaunt, aber es war mehr, es war viel schlimmer. Alles schien aus den Fugen geraten, unwirklich. Irgend etwas schüttelte an den Grundfesten seiner Existenz. Gesichter wirbelten an ihm vorbei: Laughlin, Burns, Killian, Jansky, Molie, Cathy, Sheila –

Er blickte in die Dunkelheit hinaus, und ein Zittern überlief ihn. Molie hatte sich mittlerweile an die Arbeit gemacht und summte dabei einen alten Schlager aus seiner Vergangenheit, etwas über Bette Davis' Augen. Wer, zum Teufel, war das nun schon wieder?

»Er war Drummer«, sagte Richards plötzlich. »Bei dieser englischen Gruppe, den Beatles. Mick McCartney.«

»Ja, ja, diese Kinder«, murmelte Molie über seine Arbeit gebeugt. »Das ist alles, was ihr noch wißt.«

... Minus 077 ... und der Countdown läuft ...

Zehn Minuten nach Mitternacht verließ er, um zwölfhundert Dollar leichter, Molies Haus. Der Pfandleiher hatte ihm zusätzlich noch eine kleine, aber wirkungsvolle Verkleidung verkauft: eine graue Perücke, eine Brille und ein paar Backenzähne aus Plastik, die seine Wangen auspolsterten und die Form seines Mundes etwas veränderten. »Du solltest ein wenig hinken«, hatte Molie ihm noch geraten. »Nicht zu auffällig, nur ein kleines bißchen. Denk dran, du hast die Macht, den Blick der Menschen zu umnebeln. Wirst du das auch nicht vergessen?«

Richards vergaß es nicht.

Laut seinen neuen Papieren hieß er jetzt John Griffen Springer und war ein Handlungsreisender aus Harding. Ein dreiundvierzig Jahre alter Witwer ohne Technikerstatus, aber das war auch ganz gut so. Techniker hatten ihre eigene Sprache.

Um 12.30 Uhr stand er wieder auf der Robard Street. Es war genau die Stunde, in der man hier überfallen, ausgeraubt oder gar getötet werden konnte, aber es war ein schlechter Zeitpunkt, um unbemerkt von hier zu verschwinden. Trotzdem, er hatte ja schließlich sein ganzes Leben auf der Südseite des Kanals verbracht.

Er überquerte den Kanal zwei Meilen westlich von dieser Stelle. Eine Gruppe betrunkener Pennbrüder hatte sich gemütlich um ein Lagerfeuer versammelt. Ansonsten sah er nur noch ein paar Ratten. Keine Polizisten. Gegen 1.15 Uhr rannte er durch die Randbezirke des Hafenviertels, ein Niemandsland mit Lagerhallen, billigen Restaurants und Reedereien auf der Nordseite des Kanals. Um 1.30 Uhr fühlte er sich von genug Oberstadtleuten umgeben, um sich von einem schäbigen Hauseingang zum anderen zu schleichen und endlich sicher in einem Taxi zu sitzen.

Diesmal fiel er dem Taxifahrer nicht besonders auf.

»Zum Flughafen«, sagte er.

»Geht in Ordnung.«

Der Pneumoantrieb des Wagens schob sie in den Verkehr hinauf. Um 1.50 Uhr hatten sie den Flughafen erreicht. Richards ging, einen Fuß nach sich ziehend, an mehreren Polizisten und Aufsichtsbeamten vorbei, ohne sonderlich beachtet zu werden. Er kaufte sich ein Ticket nach New York, weil es ihm gerade einfiel. Die Paßkontrolle verlief routinemäßig und ohne besondere Vorkommnisse. Um 2.30 Uhr befand er sich auf dem Flug nach New York. Mit ihm saßen nur vierzig Passagiere in der Maschine, hauptsächlich vor sich hin dösende Geschäftsleute und Studenten. Der Polizist in der Judaszelle schlief den ganzen Flug über. Nach einer Weile schlief auch Richards ein.

Um 3.06 Uhr landeten sie. Richards stieg aus dem Flugzeug und verließ den Flughafen ohne Zwischenfall.

Um 3.15 Uhr saß er wieder in einem Taxi, das den Lindsay Overway entlangsauste. Sie durchquerten den Central Park auf einer Diagonalstraße, und um 3.20 Uhr tauchte Ben Richards in der größten Stadt der Welt unter.

... Minus 076 ... und der Countdown läuft...

Er nahm sich ein Zimmer im Brant Hotel, einem Mittelklasse-Etablissement auf der East Side. Dieser Stadtteil hatte sich allmählich einen neuen Schickeria-Stil zugelegt, aber das Brant lag weniger als eine Meile von Manhattans verdorbener Innenstadt entfernt – ebenfalls der größten auf dieser Welt. Als er sich anmeldete, mußte er wieder an Killians Rat denken: *Bleiben Sie in der Nähe Ihrer eigenen Leute.*

Nachdem er aus dem Taxi gestiegen war, war er zunächst zum Times Square geschlendert. Er hatte sich nicht in den frühen Morgenstunden schon in einem Hotel zeigen wollen. So hatte er die fünfeinhalb Stunden von halb vier bis neun Uhr in einer durchgehenden Pornoshow verbracht. Er hätte gerne geschlafen, doch beide Male, als er eingenickt war, hatten ihn diebische, an seinem inneren Oberschenkel entlangkriechende Finger wieder geweckt.

»Wie lange werden Sie bleiben, Sir?« fragte der Portier ihn und warf einen Blick auf seinen Eintrag als John G. Springer.

»Ich weiß es noch nicht«, antwortete er, um einen umgänglichen, leicht devoten Tonfall bemüht. »Das hängt von meinen Kunden ab, wissen Sie.« Er bezahlte sechzig Dollar im voraus und buchte das Zimmer für zwei Tage. Danach fuhr er mit dem Fahrstuhl in den dreiundzwanzigsten Stock. Sein Zimmer lag auf der East-River-Seite. Er warf einen Blick auf den schmutzigen Fluß. Auch in New York regnete es.

Der Raum war zwar sauber, aber trist; die Toilette im angrenzenden Badezimmer gab ständig ominöse Geräusche von sich, die er auch durch Rütteln an dem Schwimmer im Wasserbehälter nicht abstellen konnte.

Er bestellte sich ein Frühstück aufs Zimmer – pochierte Eier, Orangensaft, Kaffee. Als der Kellner das Tablett brachte, gab er ihm ein kleines, unauffälliges Trinkgeld.

Nach dem Essen räumte er das Frühstück beiseite, holte die Videokamera aus seinem Mantel und untersuchte sie. Auf einem Metallschild unter dem Objektiv fand er die Gebrauchsanweisung. Er las sie durch:

1. Kassette in den mit A markierten Schlitz schieben, bis sie einrastet.
2. Den Sucher mit Hilfe des Fadenkreuzes richtig einstellen.
3. Auf Knopf B drücken, so daß Bild und Ton gleichzeitig aufgenommen werden.
4. Wenn der Summer ertönt, springt die Kassette von selbst wieder heraus. Aufnahmedauer: 10 Minuten.

Gut, dachte Richards. Sie können mir beim Schlafen zusehen.

Er stellte die Kamera neben die Gideonbibel auf den Schreibtisch und richtete das Fadenkreuz aufs Bett. Die Wand dahinter war kahl, keine Bilder, keine Schrift; weder das Bett noch der Hintergrund würden seinen Aufenthaltsort verraten. Der Straßenlärm war in dieser Höhe sicher unerheblich, aber er würde für alle Fälle die Dusche laufen lassen.

Obwohl er vorher daran gedacht hatte, hätte er beinahe die Kamera eingeschaltet und wäre in seiner neuen Verkleidung vor sie getreten. Die Brille und die falschen Zähne konnte er ja entfernen, aber die grauen Haare mußten bleiben. Er zog sich den Kissenbezug über den Kopf. Dann drückte er auf Knopf B, ging zum Bett, setzte sich und blickte in die Kamera.

»Kuckuck!« begrüßte er die ungeheuer vielen Zuschauer, die ihn noch an diesem Abend voller Abscheu und Entsetzen betrachten würden. »Ihr könnt es zwar nicht sehen, aber ich lache mich halbtot über euch Scheißefresser.«

Dann legte er sich ins Bett, schloß die Augen und versuchte, an gar nichts zu denken. Als die Kassette zehn Minuten später heraussprang, war er fest eingeschlafen.

... Minus 075 ... und der Countdown läuft ...

Als er aufwachte, war es kurz nach vier Uhr nachmittags – die Jagd hatte also mittlerweile begonnen. Schon vor drei Stunden, wenn man den Zeitunterschied berücksichtigte. Der Gedanke jagte ihm einen eiskalten Schauer über den Rücken.

Er legte eine neue Kassette in die Kamera, nahm die Gideonbibel und las zehn Minuten lang, den Kissenbezug wieder über den Kopf gestülpt, die zehn Gebote vor.

In der Schreibtischschublade fand er Briefumschläge, aber sie hatten den Namen und die Adresse des Hotels aufgedruckt. Er zögerte einen Augenblick, sagte sich dann aber, daß es sowieso egal sei. Er mußte sich einfach auf Killians Versicherung verlassen, daß die Angaben über seinen Aufenthaltsort – Poststempel oder Adresse – von der Spieleverwaltung nicht an McCone und seine Spürhunde weitergegeben wurden. Er mußte den Postweg gebrauchen. Schließlich hatten sie ihm keine Brieftauben mitgegeben.

Neben den Fahrstühlen befand sich ein Briefkasten, und Richards warf die beiden Kassetten hinein. Ganz wohl war ihm nicht dabei. Zwar war die Post nicht teilnahmeberechtigt und bekam demzufolge kein Geld für die Preisgabe eines Kandidaten, aber es kam ihm immer noch wie ein fürchterliches Risiko vor. Wenn er jedoch die Kassetten nicht einwarf, würden sie die Zahlungen einstellen, und das konnte er sich erst recht nicht leisten.

Er fuhr wieder in sein Zimmer hinauf und stellte die Dusche ab. Im Badezimmer herrschte mittlerweile ein Klima wie im tropischen Regenwald. Er legte sich auf das Bett und dachte nach.

Wie sollte er es anstellen? Was sollte er jetzt tun?

Er versuchte, sich in die Lage eines Durchschnittskandidaten zu versetzen. Der erste Impuls war rein instinktiv: sich auf dem Boden verstecken. Sich ein Nest bauen und darin verkriechen.

Das hatte er ja auch getan. Im Brant Hotel.

Würden seine Jäger das von ihm erwarten? Ja. Sie würden

überhaupt nicht nach einem Flüchtenden suchen. Sie suchten einen Mann, der sich versteckte.

Konnten sie ihn hier in seinem Zimmer aufspüren?

Er wünschte sich verzweifelt, die Frage mit nein beantworten zu können, aber das ging nicht. Seine Verkleidung war zwar nicht schlecht, aber schnell und stümperhaft zusammengeschustert. Nicht viele Menschen hatten eine gute Beobachtungsgabe, aber es fanden sich immer welche. Vielleicht war er sogar schon gesichtet worden. Der Portier unten. Der Zimmerkellner, der ihm das Frühstück gebracht hatte. Vielleicht hatte ihn sogar einer der gesichtslosen Männer in der nächtlichen Pornoshow in der zweiundvierzigsten Straße erkannt und angezeigt.

Nicht sehr wahrscheinlich, aber immerhin möglich.

Und wie stand es mit seinem größten Schutz, den gefälschten Ausweisen? Wie lange waren sie zu gebrauchen? Der Taxifahrer, der ihn vom Spielegebäude in die Südstadt gefahren hatte, belegte seine Spur bis dorthin. Die Jäger waren verdammt gut. Grauenvoll. Sie würden sich jeden seiner Bekannten vorknöpfen, angefangen von Jack Crager bis hin zu dieser Hexe auf ihrem Stockwerk, dieser Mrs. Jenner. Und sie würden nicht zimperlich sein. Wie lange wird es dauern, bis einer der Weichlinge, Flapper Donnigan vielleicht, das Maul aufmachte und durchblicken ließ, daß Molie bisweilen Papiere fälschte? Und wenn sie Molie fanden, war er aufgeflogen. Der Pfandleiher würde schon ein paar Schläge aushalten; er war raffiniert genug, sich ein paar Narben einzuhandeln, um damit in der Nachbarschaft anzugeben. Gerade so viele, daß er sein Geschäft davor schützen konnte, eines Nachts in die Luft gejagt zu werden. Und danach? Eine simple Überprüfung der drei Flughäfen in Harding würde sofort ergeben, daß John G. Springer kurz nach Mitternacht in die große Stadt der Verrückten abgehauen war.

Falls sie Molie fanden.

Geh mal davon aus, daß sie es schaffen. Du mußt davon ausgehen.

Dann mußte er weg. Wohin?

Er wußte es nicht. Er hatte sein ganzes Leben in Harding verbracht, war nie über den mittleren Westen hinausgekommen. Er kannte die Ostküste nicht; hier gab es keinen Ort, wohin er flüchten konnte und wo er das Gefühl hätte, sich auf vertrautem Boden zu befinden. Wohin also? Wohin?

Seine unglückliche, gequälte Fantasie trieb ihn in einen düsteren Tagtraum. Sie hatten Molie ohne Schwierigkeiten gefunden und ihm den Namen schon nach fünf Minuten entlockt, indem sie ihm einfach zwei Fingernägel ausgerissen und ihm eine brennbare Flüssigkeit auf den Bauchnabel geschüttet hatten. Sie brauchten ihm nur noch drohend ein Streichholz vor die Augen zu halten. Die Nummer des Fluges hatten sie ohne weiteres am Schalter der Fluggesellschaft erfahren (gutaussehende, unscheinbare Männer in identischen Gabardinemänteln) und waren noch nachts um 2.30 Uhr Ortszeit in New York gelandet. Ein paar Männer waren schon vorausgeflogen und hatten per Telex seine Adresse im Brant Hotel ausfindig gemacht. Schließlich wurden sämtliche New Yorker Hotelregistrationen täglich im Computer gespeichert. Jetzt standen sie draußen und bewachten das Gebäude. Liftboys und Kofferträger, Barkeeper und Angestellte waren durch Jäger ersetzt worden. Ein halbes Dutzend Männer krochen gerade die Feuerleiter herauf. Weitere fünfzig hielten die drei Fahrstühle besetzt. Es wurden mehr und mehr, die in Pneumoautos das Haus umschwirrten. Jetzt hatten sie die Empfangshalle gestürmt. Gleich würde die Tür aufbrechen, und sie würden hereinströmen. Eine Kamera auf einem Dreifuß würde munter schnurren und für die Nachwelt festhalten, wie diese Männer mit ihren muskulösen Schultern Frikassee aus ihm machten.

Richards setzte sich schweißüberströmt auf. Er hatte nicht einmal ein Gewehr. Noch nicht.

Lauf, aber schnell!

Boston wäre vielleicht ganz gut. Für den Anfang.

...Minus 074 ... und der Countdown läuft...

Um fünf Uhr ging er in die Hotelhalle hinunter. Der Portier lächelte ihm zu; vermutlich freute er sich auf seinen Feierabend.

»Guten Abend, Mr., eh...«

»Springer«, half Richards ihm und lächelte ebenfalls. »Ich bin hier anscheinend auf eine Goldgrube gestoßen... drei Kunden, die außerordentlich... interessiert scheinen. Ich werde Ihr ausgezeichnetes Haus also noch zwei weitere Tage in Anspruch nehmen. Darf ich im voraus zahlen?«

»Aber selbstverständlich, Sir.«

Geld wechselte den Besitzer. Immer noch strahlend ging Richards in sein Zimmer zurück. Niemand befand sich auf dem Gang. Er hängte sein BITTE-NICHT-STÖREN-Schild vor die Tür und ging schnell auf die Feuertreppe zu.

Das Glück war auf seiner Seite. Er traf unterwegs niemanden. Er lief alle dreiundzwanzig Stockwerke zum Erdgeschoß hinunter und schlüpfte unbemerkt durch den Seiteneingang auf die Straße.

Der Regen hatte aufgehört, aber die Wolken hingen immer noch grau und tief über Manhattan. Die Luft roch nach ranzigem Maschinenöl. Er ging schnell – diesmal ohne zu hinken – zum Zentralomnibusbahnhof. Man konnte heutzutage immer noch eine Karte für einen Greyhound-Bus kaufen, ohne unterschreiben zu müssen.

»Boston«, sagte er zum bärtigen Fahrkartenverkäufer.

»Macht dreiundzwanzig Mäuse. Der Bus fährt pünktlich um Viertel nach sechs los.«

Richards bezahlte; er hatte jetzt noch ungefähr dreitausend neue Dollar. Bis der Bus fuhr, mußte er noch eine ganze Stunde totschlagen. Der Bahnhof war gesteckt voll mit Leuten, hauptsächlich Soldaten der freiwilligen Armee mit ihren blauen Baretts und den brutalen, nichtssagenden Jungengesichtern. Er kaufte sich ein Pornomagazin, ließ sich auf eine Wartebank fallen und hielt sich die Zeitschrift vors Gesicht. Die ganze nächste Stunde starrte er darauf und blätterte nur ab und zu eine Seite um, um nicht wie eine Statue dazusitzen.

Als der Bus vorfuhr, schlenderte er unauffällig inmitten der Menge auf den Ausgang zu.

»He! He, du da!«

Er fuhr herum. Ein Aufsichtsbeamter rannte auf ihn zu. Er erstarrte auf der Stelle, unfähig wegzurennen. Eine Stimme in seinem Kopf schrie laut auf. Er würde also schon hier zugrunde gehen, genau hier, in diesem beschissenen Bahnhof mit den ausgespuckten Kaugummis auf dem dreckigen Fußboden und den obszönen Kritzeleien an den bekackten Wänden. Er würde also zur Jagdtrophäe dieser dämlichen, plattfüßigen Flunder von einem Wachbeamten werden.

»Haltet ihn! Haltet den Kerl!«

Der Bulle scherte zur Seite aus. Richards merkte, daß gar nicht er gemeint war, sondern ein gammeliger Knabe, der gerade, eine Damenhandtasche über dem Kopf schwingend, die Treppe hinaufraste und die Leute dabei wie Bowlingkegel aus dem Weg räumte.

Sein Verfolger und er verschwanden, beide jeweils drei Treppenstufen auf einmal nehmend, aus dem Blickfeld. Der Pulk aus Reisenden und deren Angehörigen blickte den beiden noch einen Augenblick mit vagem Interesse nach, dann kümmerte sich wieder jeder um seine eigenen Angelegenheiten, als sei nichts geschehen.

Richards stand zitternd in der Warteschlange. Ihm war kalt.

Er warf sich auf einen Sitz in der Nähe des Fahrers, und bald darauf kroch der Bus leise summend die Fahrrampe hinauf, hielt einen Augenblick und fädelte sich dann in den Verkehr ein. Der Bahnhofspolizist und sein Opfer waren wieder in der anonymen Masse verschwunden.

Wenn ich eine Pistole gehabt hätte, hätte ich ihn auf der Stelle umgebracht, dachte Richards. O Gott. O mein Gott.

Und gleich darauf: *Nächstes Mal wird es kein Handtaschendieb sein. Nächstes Mal bist du dran.*

Er würde sich auf jeden Fall in Boston eine Schußwaffe besorgen. Irgendwie.

Er dachte an Laughlin. Der hatte gesagt, daß er wenigstens ein paar von denen aus dem Fenster schmeißen wollte, bevor sie ihn erledigten.

Der Bus fuhr in der tiefer werdenden Dämmerung nach Norden.

...Minus 073 ... und der Countdown läuft...

Der Bostoner CVJM befand sich in der oberen Huntington Avenue. Es war ein riesiges, altmodisches Gebäude, mit den Jahren schwarz geworden, und wirkte wie ein großer Kasten. Es stand in einem Stadtviertel, das früher einmal, Mitte des letzten Jahrhunderts, zu den besseren Bezirken Bostons gezählt hatte. Es stand da wie ein Mahnmal an vergangene Zeiten, an bessere Tage, und seine kaputte, altertümliche Neonschrift blinkte in das nächtliche Sündenbabel. Es sah aus wie das Skelett einer gemeuchelten Idee.

Als Richards die Eingangshalle betrat, stritt sich der Empfangschef gerade mit einem schmutzigen schwarzen Jungen in einem Killer-Ball-Jerseyhemd, das weit über seine Jeans bis zu den Knien hinunterreichte. Das Streitobjekt schien ein Kaugummiautomat zu sein, der sich neben der Eingangstür befand.

»Ich hab' meinen Nickel verlor'n, du weißer Mistkerl. Ich hab' meinen gottverdammten Nickel verlor'n.«

»Wenn du nicht sofort von hier verschwindest, ruf' ich den Hausdetektiv. Hau ab. Keine Widerrede!«

»Aber diese gottverdammte Maschine hat meinen Nickel gefressen!«

»Hör auf zu fluchen, du kleiner Hosenscheißer!« Der Mann, der knapp dreißig Jahre zählte und dennoch sehr alt wirkte, langte nach unten und schüttelte das Jerseyhemd durch. Es war einfach zu groß, um den Jungen darin mitzuschütteln. »Jetzt hau endlich ab! Ich habe genug von dir!«

Als der Junge merkte, daß er es ernst meinte, löste sich die komische Maske aus Trotz und Haß unter dem Afrohaar des Kindes auf, und es stellte einen beleidigten, ungläubigen Ausdruck zur Schau. »Hör mal, das war der einzige Scheißnickel, den ich hatte. Die Kaugummimaschine hat mir meinen Nickel geklaut! Das...«

»Ich rufe jetzt den Hausdetektiv.« Der Empfangschef ging zu seinem Schalter zurück. Sein Jackett, ein Veteran aus einem Billigladen, schlotterte müde um seine dünnen Pobakken.

Der Junge verpaßte dem Kaugummiautomaten einen wütenden Tritt und rannte weg. »Bescheuerter, verdammter weißer Hurenbock!«

Der Mann blickte ihm nach. Den vorgetäuschten oder echten Serviceknopf ließ er unbetätigt. Dann lächelte er Richards entgegen, wobei er eine Klaviertastatur preisgab, der einige Tasten fehlten. »Man kann heutzutage nicht mehr mit den Niggern reden. Ich würde sie in Käfigen halten, wenn ich bei der Fernsehanstalt etwas zu sagen hätte.«

»Hat er wirklich einen Nickel verloren?« erkundigte Richards sich, während er sich als John Deegan aus Michigan ins Gästebuch eintrug.

»Wenn es tatsächlich stimmt, dann war es mit Sicherheit ein gestohlener«, antwortete der Empfangschef. »Oh, ich glaube, es stimmt schon. Aber wenn ich ihm einen Nickel zurückgegeben hätte, hätte ich am Abend die Bude voller kleiner Negerkinder, die alle dasselbe behaupten würden. Wo lernen die bloß diese fürchterlichen Ausdrücke? Das würde ich gern mal wissen. Kümmern ihre Eltern sich denn überhaupt nicht um sie? Wie lange werden Sie bleiben, Mr. Deegan?«

»Ich weiß es noch nicht. Ich bin geschäftlich in der Stadt.« Er probierte ein schmieriges Lächeln, und als er merkte, daß es ankam, verstärkte er es noch. Der Empfangschef erkannte die Art zu lächeln sofort (vermutlich von seinem eigenen Spiegelbild, das ihm die von unzähligen Ärmeln polierte Marmorplatte auf dem Schalter zeigte) und lächelte zurück.

»Das macht 15,50 Dollar, Mr. Deegan.« Er schob einen Schlüssel, der an einer abgegriffenen Holzplakette befestigt war, über die Marmorplatte. »Zimmer 512.«

»Danke.« Richards bezahlte bar. Auch jetzt brauchte er sich nicht auszuweisen. Gott sei bedankt für den CVJM.

Er ging durch die Halle zum Fahrstuhl und warf unterwegs einen Blick in die christliche Leihbibliothek zu seiner Linken. Sie war nur schwach von gelben, mit Fliegendreck bedeckten

Glühbirnen beleuchtet; drinnen saß ein alter Mann in einem abgetragenen Mantel und Galoschen, der ein Typoskript durchforschte. Methodisch blätterte er mit nassen, zitternden Fingern eine Seite nach der anderen um. Richards konnte seinen pfeifenden Atem bis zum Fahrstuhl hören und empfand dabei eine Mischung aus Mitleid und Entsetzen.

Der Fahrstuhl hielt mit einem Ruck, und die Türen öffneten sich quietschend und nur zögernd. Als er hineinging, hörte er den Empfangschef nochmals mit lauter Stimme sagen: »Es ist doch eine Sünde und Schande. Ich würde sie alle in Käfige stecken.«

Richards drehte sich um, weil er glaubte, daß der Mann mit ihm spräche, aber der blickte nur in die Luft.

Die Empfangshalle war leer und sehr ruhig.

...Minus 072 ... und der Countdown läuft...

Der Flur im fünften Stock stank nach Urin.

Der Korridor war so schmal, daß Richards beinahe klaustrophobische Anwandlungen bekam, und der Teppich, der einmal rot gewesen sein mochte, war in der Mitte bis auf die Webschnüre durchgetreten. Die Türen waren einheitlich grau, und viele zeigten Spuren von Tritten, Schlägen oder Brecheisen. Alle zwanzig Schritte verkündete ein Schild: RAUCHEN FEUERPOLIZEILICH VERBOTEN. In der Mitte des Flures, wo sich das gemeinsame Badezimmer befand, wurde der Uringestank beißend. Ein Geruch, den Richards mit Verzweiflung assoziierte. Die Leute hinter den Türen bewegten sich unruhig wie Tiere in ihren Käfigen – wilde, furchteinflößende Tiere, zu gefährlich, um herausgelassen zu werden. Jemand johlte betrunken ein Lied, das wie *Holy Mary* klang, vor sich hin. Er wiederholte es wieder und wieder. Hinter einer anderen Tür hörte er seltsame schmatzende Geräusche. Aus dem nächsten Zimmer tönte ein Country-Western-Song *(Ich bin so allein und hab' kein Geld fürs Telefon ...)*. Schlurfende Schritte. Das einsame Quieken einer Bettfeder ließ darauf schließen, daß ein Mann sich hinter dieser Tür selbst befriedigte. Weinen. Gelächter. Das hysterische Gekreisch eines betrunkenen Streites. Und hinter alledem abgrundtiefe Stille. Ein Mann mit grauenhaft eingesunkener Brust ging an ihm vorbei, ohne ihn anzusehen. In einer Hand trug er ein Handtuch und ein Stück Seife. Er hatte eine graue Schlafanzughose an, die mit einer Schnur um die Hüfte gebunden war, und an den Füßen Papp-Pantoffeln.

Richards sperrte sein Zimmer auf und ging hinein. An der Innenseite der Tür befand sich ein Riegel, und er schob ihn vor. Drinnen stand ein Bett mit fast weißer Bettwäsche und einer Armeedecke. Außerdem ein Schreibtisch, in dem eine Schublade fehlte. An der Wand hing ein Jesusbild. In einer Zimmerecke fand er einen metallenen Kleiderständer mit zwei Bügeln. Ansonsten war da nur noch das Fenster, durch das er ins nächtliche Dunkel sah. Es war Viertel nach zehn.

Er hängte sein Jackett auf einen der Kleiderbügel, streifte die Schuhe ab und legte sich auf das Bett. Ihm wurde bewußt, wie armselig und verletzlich und allein er auf dieser Welt war. Das Universum um ihn herum schien zu brüllen und zu kreischen wie ein riesiger alter Klapperkasten, der mit Karacho einen Hügel hinunter auf einen bodenlosen Abgrund zurast. Seine Lippen zitterten, und er hatte plötzlich Tränen in den Augen.

Das nahm er nicht auf Kassette auf. Er lag auf dem Rükken und betrachtete die rissige Zimmerdecke mit ihrem bizarren Muster, das an die gesplissene Glasur eines alten Keramiktopfes erinnerte. Sie waren jetzt seit acht Stunden hinter ihm her. Er hatte sich mittlerweile achthundert Dollar von seinem Spesengeld verdient. Gott, er war noch nicht mal aus dem Loch heraus.

Und er hatte es versäumt, sich selbst im Free-Vee anzusehen. Himmel, ja. Die spektakuläre Kopfkissenbezug-Vorstellung.

Wo waren sie jetzt? Noch in Harding? In New York? Oder schon auf dem Weg nach Boston? Nein, so weit konnten sie doch noch nicht sein, oder? Der Bus war an keiner Straßensperre vorbeigekommen. Er hatte die größte Stadt der Welt anonym verlassen und wohnte hier unter einem anderen

Namen. Sie konnten ihn noch nicht ausfindig gemacht haben. Unter gar keinen Umständen.

Im Bostoner CVJM war er bestimmt zwei Tage lang sicher. Danach konnte er sich nach Norden absetzen, nach Vermont oder New Hampshire. Oder er würde nach Süden gehen, Hartford oder Philadelphia, vielleicht sogar Atlanta. Im Osten gab es nur den Ozean, aber dahinter lagen England und Europa. Eine verführerische Idee, aber wahrscheinlich nicht im Bereich seiner Möglichkeiten. Bei Überseeflügen mußte man sich ausweisen. Was war mit Frankreich, in dem gerade Kriegsrecht herrschte? Er könnte sich zwar als blinder Passagier wegschleichen, aber wenn er dabei entdeckt würde, bedeutete das sein schnelles und unwiderrufliches Ende. Der Westen kam nicht in Frage. Dort war der Boden für ihn am heißesten.

Wenn du die Hitze nicht verträgst, verschwinde aus der Küche. Wer hatte das noch gesagt? Molie wüßte es bestimmt. Er kicherte und fühlte sich ein bißchen wohler.

Radioklänge drangen in sein Zimmer.

Jetzt wäre der richtige Zeitpunkt, rauszugehen und sich eine Waffe zu besorgen. Heute nacht. Aber er war zu müde. Die Busfahrt hatte ihn ermüdet. Auf der Flucht zu sein, machte ihn müde. Und ein Instinkt, der viel tiefer lag als sein rationales Bewußtsein, sagte ihm, daß er die kalten Oktobernächte wohl sehr bald in einem Abwasserkanal oder in einem mit Blättern und Unrat verstopften Gully verbringen würde.

Das Gewehr also erst morgen abend.

Er schaltete das Licht aus und schlief ein.

...Minus 071 ... und der Countdown läuft...

Es war wieder Showtime.

Richards zeigte der Kamera seinen nackten Hintern und summte die Titelmelodie von *Menschenjagd.* Er hatte sich diesmal den CVJM-Kissenbezug über den Kopf gezogen, den er vorher umgekrempelt hatte, damit das Namensschild nicht zu sehen war.

Die Kamera hatte in ihm eine Art kreativen Humor geweckt, den er bei sich nie für möglich gehalten hätte. Bisher hatte er sich immer für einen ziemlich mürrischen jungen Mann gehalten, der das Leben mehr oder weniger humorlos betrachtete. Die Aussicht auf seinen baldigen Tod hatte eine verborgene komödiantische Ader in ihm freigelegt.

Als die Kassette heraussprang, beschloß er, sich die zweite für den Nachmittag aufzusparen. Dieses einsame Zimmer war langweilig, und vielleicht fiel ihm noch was Besseres ein.

Er zog sich langsam an, schlenderte zum Fenster und blickte hinaus.

Der Donnerstagvormittagsverkehr rauschte die Huntington Avenue hinauf und hinunter. Beide Bürgersteige waren von Fußgängern bevölkert. Einige trugen hellgelbe ICH-BRAUCHE-HILFE-Schilder vor sich her. Andere liefen schnell vorbei. Die meisten schlenderten einfach so dahin. Anscheinend stand an jeder Straßenecke ein Polizist. Richards konnte sich vorstellen, was sie sagten: *Weitergehen. Hast du nichts Wichtigeres zu tun, als hier rumzustehen? Sieh zu, daß du weiterkommst, du Rumtreiber.*

So ging man dann weiter zur nächsten Straßenecke, die genauso war wie die erste und von der man ebenfalls verjagt wurde. Man konnte versuchen, sich darüber zu ärgern, aber meistens taten einem dafür die Füße zu weh.

Richards wog das Risiko ab, den Flur hinunterzugehen und zu duschen. Er beschloß, daß es nicht allzu gefährlich sei, und ging mit dem Handtuch über der Schulter den Korridor entlang, begegnete niemandem und betrat das Badezimmer.

Der Gestank nach Urin, Scheiße und Erbrochenem mischte sich mit dem penetranten Geruch von Desinfektionsmitteln. Die Toilettentüren waren natürlich alle herausgerissen. Jemand hatte in handgroßen Buchstaben ICH SCHEIẞE AUF DIE FERNSEHANSTALT über ein Pißbecken geschrieben. Sah so aus, als sei der dabei ziemlich wütend gewesen. Ein Urinbecken war voller Kot. Da mußte jemand wirklich betrunken gewesen sein. Ein paar träge Oktoberfliegen krochen über den Dreck. Richards fühlte sich nicht einmal angeekelt; diesen Anblick war er gewohnt. Aber trotzdem war er froh, daß er Schuhe angezogen hatte.

Auch die Dusche hatte er für sich allein. Die Porzellanwanne hatte einen Riß, und die Kacheln waren entweder ganz oder halb herausgebrochen. Er nahm den rostigen Duschkopf, drehte den Heißwasserhahn ganz auf und wartete fünf Minuten lang geduldig, bis das Wasser lauwarm kam. Dann duschte er sich schnell und klaubte zu diesem Zweck ein Seifenstück vom Boden auf. Die Leute vom CVJM hatten entweder vergessen, Seife in sein Zimmer zu legen, oder aber das Zimmermädchen hatte sie mitgehen lassen.

Auf dem Weg zurück ins Zimmer überreichte ihm ein Mann mit einer Hasenscharte ein Traktat.

Er stopfte sich das Hemd in die Hose, setzte sich aufs Bett und zündete sich eine Zigarette an. Er war hungrig, aber er wollte bis zur Dämmerung warten, bevor er essen ging.

Langeweile trieb ihn wieder ans Fenster. Um sich die Zeit zu vertreiben, zählte er die Automarken – Fords, Chevies, VWs, Wints, Plymouths, Studebakers, Rambler-Supremes. Die erste, die auf hundert kam, gewann. Ein dummes Spiel, aber besser als gar nichts.

Weiter oben in der Huntington Avenue war die Northeastern University, und dem CVJM direkt gegenüber befand sich die große, automatisierte Universitätsbuchhandlung. Während er Autos zählte, beobachtete er, wie die Studenten dort ein und aus gingen. Sie bildeten einen scharfen Kontrast zu den Bettlern mit ihren Hilfe-Schildern. Ihre Haare waren kürzer, und alle schienen Pullover mit kariertem Schottenmuster zu tragen, der letzte Schrei auf dem Campus. Richards sah ihnen amüsiert zu, wie sie sich plumpvertraulich durch die Menge am Eingang schlängelten und drinnen mit überheblichen Mienen ihre Einkäufe erledigten. Doch es hinterließ einen bitteren Nachgeschmack in seinem Mund. Die Fünf-Minuten-Parkplätze vor dem Laden füllten und leerten sich mit auffälligen, oftmals exotischen Sportwagen. Die meisten hatten ein College-Abziehbild im Rückfenster kleben: Northeastern, M. I. T., Boston, Harvard... Die meisten der Bettler ignorierten die teuren Wagen einfach, aber einige verschlangen sie förmlich mit neidischen, sehnsuchtsvollen Blicken.

Ein Wint fuhr gerade aus der Parklücke direkt vor dem Laden, und sofort parkte ein Ford dort ein. Der Fahrer, ein junger Mann mit Bürstenhaarschnitt und einer langen, dünnen Zigarre im Mund, ließ den Wagen mit dem Vorderrad auf dem Bürgersteig stehen. Das Auto neigte sich ein wenig zur Seite, als der Mann ausstieg und in den Laden eilte. Es war ein feiner Pinkel in einem weiß-braunem Sportjackett.

Richards seufzte. Autozählen war wirklich ein dämliches Spiel. Die Fords waren ihrem größten Konkurrenten mit 78 zu 40 weit voraus. Das Ergebnis war schon so offensichtlich wie der Ausgang der nächsten Wahlen.

Jemand klopfte an die Tür, und Richards erstarrte wie vom Blitz getroffen.

»Frankie? Bist du da drinnen, Frankie?«

Er antwortete nicht. Vor Angst gelähmt, saß er da wie eine Statue.

»Du bist ein Scheißkerl, Frankie-Baby.« Er hörte ein glucksendes, betrunkenes Lachen, und dann entfernten die Schritte sich. Jetzt klopfte es an die Nachbartür. »Bist du da drinnen, Frankie?«

Richards Herz kehrte langsam wieder an seinen Platz zurück.

Der Ford fuhr aus der Parklücke und machte somit Platz für den nächsten Ford. Nummer 79. Scheiße.

Der Vormittag ging in den Mittag über, und dann war es ein Uhr. Er hörte es an den diversen Glockenschlägen der umliegenden Kirchen. Ironischerweise besaß der Mann, der unter dem Diktat der Uhr lebte, keine eigene.

Inzwischen probierte er es mit einer Variation des Autospiels. Fords zählten zwei Punkte, Studebakers drei, Wints vier. Der erste, der fünfhundert erreichte, gewann.

Es war vielleicht eine Viertelstunde vergangen, als er den Mann in dem weiß-braunen Jackett wieder bemerkte. Er stand an einen Laternenpfahl gelehnt vor der Buchhandlung und las ein Konzertplakat. Er wurde nicht weggejagt. Im Gegenteil, die Polizei schien ihn einfach zu ignorieren.

Du siehst schon weiße Elefanten, du Angsthase. Als nächstes bildest du dir ein, daß sie in deinen Zimmerecken rumkriechen.

Er zählte einen Wint mit eingebeulter Motorhaube. Einen gelben Ford. Dann einen Studebaker mit pfeifendem Luftzylinder – er trudelte in kleinen Kreisen durch die Luft. Einen VW – aber die waren schon längst aus dem Rennen. Noch einen Wint. Und einen Studebaker.

Ein Mann mit einer langen, dünnen Zigarre stand lässig an der Bushaltestelle. Er war der einzige Fahrgast. Aus gutem Grund. Richards hatte die Busse halten und wieder abfahren sehen. Er wußte, daß innerhalb der nächsten fünfundvierzig Minuten kein Bus mehr zu erwarten war.

Kalte Furcht kroch in seine Eingeweide.

Ein alter Mann in einem dunklen, verschlissenen Mantel schlenderte die Straße entlang und interessierte sich plötzlich sehr für die Speisekarte des Stockholm-Restaurants.

Einer der Polizisten ging auf den Mann an der Bushaltestelle zu und unterhielt sich mit ihm. Danach ging er wieder weg.

Richards fiel auf, daß ein Gutteil der Zeitungsverkäufer jetzt viel langsamer am Haus vorbeiging. Ihre Kleider und ihre Gangart kamen ihm plötzlich merkwürdig vertraut vor. Er hatte das Gefühl, sie schon viele Male auf der Straße gesehen zu haben, was ihm in diesem Augenblick bewußt wurde – langsam, vorsichtig tastend, so wie im Traum die Stimmen der Toten langsam ins Bewußtsein sickern. Entsetzen packte ihn.

Jetzt standen auch mehr Bullen vor dem Haus.

Ich werde umzingelt, dachte er. Der Gedanke erfüllte ihn mit hilfloser, lähmender Furcht.

Falsch, korrigierte sein Verstand ihn. *Du bist schon lange umzingelt.*

...Minus 070 ... und der Countdown läuft...

Richards lief rasch ins Badezimmer. Er war völlig ruhig und ignorierte seine Angst wie ein Mann auf einem hohen Felsvorsprung, der nicht an den Abgrund denkt, der sich vor ihm auftut. Wenn er überhaupt einen Ausweg finden sollte, dann nur, indem er einen klaren Kopf behielt. Wenn er in Panik geriet, würde er bald sterben.

In der Dusche sang jemand mit brüchiger Stimme einen Gassenhauer. Bei den Toiletten und den Waschbecken war jedoch niemand zu sehen.

Der Trick war ihm plötzlich durch den Kopf geschossen, als er am Fenster gestanden und beobachtet hatte, wie sie sich in ihrer lässig-bedrohlichen Art ums Haus versammelt hatten. Wenn er ihm nicht eingefallen wäre, säße er vermutlich immer noch auf der Fensterbank und starrte sie an wie Aladin den Rauch aus seiner Wunderlampe, der sich zu dem allmächtigen Riesen verdichtete. Sie hatten diesen Trick als Jungen benutzt, um aus den Kellern im Wohnblock Zeitungen zu stehlen. Molie hatte sie ihnen für zwei Cents das Pfund abgekauft.

Mit einem heftigen Ruck riß er einen der Zahnbürstenhalter aus der Wand. Der Draht war ein wenig rostig, aber es würde schon gehen. Auf dem Weg zum Fahrstuhl bog er ihn gerade.

Er drückte auf den Knopf, um den Fahrstuhl zu holen. Der Käfig brauchte eine halbe Ewigkeit, um langsam vom achten Stockwerk herunterzuzuckeln. Er war leer. Gott sei Dank, der Fahrstuhl war leer.

Er schlüpfte hinein, guckte noch einmal vorsichtig den Flur hinunter und konzentrierte sich dann auf die Schalttafel. Neben dem Knopf für den Keller befand sich ein kleines Schloß. Der Hausmeister besaß eine passende Scheckkarte, die er dort hineinschob, wenn er in den Keller wollte. Ein elektrisches Auge würde die Karte prüfen und den Schacht entriegeln, so daß er, wenn er auf den Knopf drückte, in den Keller hinunterfahren konnte.

Wenn es nun nicht klappt?

Denk nicht dran. Mach dir jetzt bloß keine Sorgen.

Das Gesicht in Erwartung eines möglichen Elektroschocks zur Grimasse verzogen, steckte er den Zahnbürstenhalter in das Schloß und drückte gleichzeitig auf den Kellerknopf.

Hinter der Schalttafel hörte er ein Geräusch, das sich wie ein kurzer elektrischer Fluch anhörte. Ein leichter, zitternder Schlag fuhr ihm durch den Arm. Sonst passierte einen Moment lang nichts. Doch dann schob sich das gefaltete Messinggitter vor den Eingang, die Türen schlossen sich und der Fahrstuhl machte sich ruckend auf den Weg nach unten. Als auf der Anzeigetafel das *E* aufleuchtete, gab der Motor seltsame, röhrende Geräusche von sich, und es sah so aus, als würde er trotz allem hier halten. Einen Augenblick später (es hatte gerade lange genug gedauert, um Richards einen gehörigen Schrecken einzujagen) sank er weiter hinab. Zwanzig Sekunden später öffneten die Türen sich, und Richards trat in das riesige, schwach erleuchtete Untergeschoß. Er hörte von irgendwoher Wasser tropfen und das aufgeregte Scharren einer aufgescheuchten Ratte. Aber ansonsten gehörte der Keller ihm. Vorläufig.

...Minus 069 ... und der Countdown läuft...

Riesige rostige Heizungsrohre, über und über mit Spinnweben bedeckt, wanden sich in verrückten Mustern die Decke entlang. Als die Heizung sich plötzlich automatisch einschaltete, hätte er vor Schreck beinahe geschrien. Der Adrenalinstoß löste einen lähmenden Schmerz in seinen Gliedern aus. Er konnte sich eine Zeitlang nicht bewegen.

Er sah, daß auch hier alte Zeitungen herumlagen. Tausende. Sie waren mit Schnüren zusammengebunden und an der Wand aufgestapelt. Die Ratten hatten sich dort ihre Nester gebaut. Ganze Familien starrten den Eindringling mit mißtrauischen rubinroten Augen an.

Er ging über den rissigen Zementboden und blieb nach einer Weile stehen, um etwas zu verschnaufen. An einem Pfeiler entdeckte er einen großen Sicherungskasten, und dahinter lagen einige Werkzeuge unordentlich verstreut. Er hob ein Brecheisen auf und ging weiter, den Blick immer auf den Boden gerichtet.

Kurz vor der hinteren Wand entdeckte er zu seiner Linken das Hauptlüftungsrohr. Er ging hin und betrachtete es sich näher, wobei er sich fragte, ob sie wohl schon wußten, daß er sich hier unten befand.

Der Rohrdeckel bestand aus einem Stahlgitter und hatte einen Durchmesser von circa neunzig Zentimetern; an der hinteren Seite fand er eine Kerbe für das Brecheisen. Er setzte es an, stemmte den Deckel hoch und stellte einen Fuß auf das Eisen, um den Deckel zu halten. Dann faßte er mit den Händen in den Spalt und schob den Deckel zur Seite. Er fiel krachend zu Boden, was die Ratten wütend aufkreischen ließ.

Das Rohr neigte sich in einem Winkel von fünfundvierzig Grad nach unten, und Richards schätzte, daß der Innenraum nicht mehr als fünfundsiebzig Zentimeter im Durchmesser betragen würde. Es war sehr, sehr dunkel. Plötzliche Platzangst ließ seinen Mund ganz trocken und filzig werden. Es war viel zu eng, um sich darin zu bewegen, eigentlich zu eng, um darin zu atmen. Aber es mußte sein.

Er drehte den Deckel wieder um und lehnte ihn so gegen das Rohr, daß er ihn, wenn er einmal hineingeklettert war, von unten über die Öffnung ziehen konnte. Dann ging er zum Sicherungskasten zurück, schlug mit dem Brecheisen das Vorhängeschloß herunter und öffnete ihn. Er war gerade dabei, einige Sicherungen herauszunehmen, als ihm eine bessere Idee kam.

Er tastete sich zu den Zeitungen hinüber, die in vergilbten Stapeln fast die ganze Längsseite der Ostwand bedeckten. Dort zog er das zerknitterte, eselsohrige Streichholzheftchen aus seiner Hosentasche. Es waren noch drei Streichhölzer übrig. Er riß eine Zeitung aus einem Packen und zerknüllte sie zu einer Art Fackel, die er sich unter den Arm klemmte, während er ein Streichholz anzündete. Die Zugluft blies es sofort wieder aus. Das zweite fiel ihm aus den zitternden Händen und verlosch auf dem feuchten Boden.

Beim dritten klappte es. Er hielt es an die Zeitung, und gleich darauf züngelte eine gelbe Flamme hoch. Eine Ratte, die vielleicht gespürt hatte, was auf sie zukam, huschte über seine Füße und verschwand in der Dunkelheit.

Eine fürchterliche Ungeduld erfaßte ihn, aber er wartete, bis die Zeitung richtig brannte. Er hatte keine Streichhölzer mehr. Vorsichtig steckte er die Fackel in einen Spalt in der brusthohen Zeitungswand und beobachtete, wie das Feuer sich ausbreitete.

An der angrenzenden Wand stand der große Öltank, der das gesamte CVJM-Gebäude versorgte. Vielleicht würde er in die Luft fliegen. Richards nahm an, daß das geschehen würde.

Er lief zum Sicherungskasten zurück und riß nun die langen, zylinderförmigen Sicherungen heraus. Die meisten schaffte er, bevor das Licht im Keller ausging. Dann bahnte er sich vorsichtig den Weg zum Belüftungsrohr, wobei das hell flackernde Feuer ihm leuchtete.

Er setzte sich auf den Rand, so daß seine Füße im Schacht baumelten, und schob sich langsam hinunter. Als sein Kopf sich in Fußbodenhöhe befand, stemmte er die Knie gegen die Rohrwand, damit er einen festen Halt hatte, und zwängte die Arme nach oben über seinen Kopf. Er brauchte sehr lange dafür, weil er fast keine Bewegungsfreiheit hatte. Das Feuer loderte jetzt hell, und das Knistern des brennenden Papiers dröhnte förmlich in seinen Ohren. Er tastete mit den Fingern den oberen Rand des Rohres ab, bis er den Deckel fand, den er langsam über die Öffnung zog, bis er ihn mit dem Nacken abstützen mußte. Als er glaubte, daß die Rillen des Deckels sich genau über dem Rohrrand befanden, gab er ihm einen letzten, kräftigen Ruck.

Der Deckel fiel klappernd an seinen Platz, wobei er Richards Handgelenke gewaltsam verrenkte. Richards streckte die Beine aus und schoß das Rohr hinunter wie ein Junge auf einer Rutsche. Die Innenwände waren so verschmiert, daß es die vier Meter bis zur Biegung reibungslos ging. Seine Füße standen plötzlich auf festem Grund, und er stand da wie ein Betrunkener, der sich an einen Laternenpfahl lehnt.

Er konnte nicht in die Horizontale rutschen. Das Knie war zu stark gebogen.

Platzangst würgte ihn. *Ich sitze in der Falle,* dachte er gehetzt, *mein Gott, hier in diesem Rohr, das ist eine Falle... eine Falle...*

Ein Verzweiflungsschrei saß ihm in der Kehle, aber er schluckte ihn runter.

Ganz ruhig. Klar, das ist abgedroschen, ausgesprochen trivial, aber wir müssen hier unten ganz ruhig bleiben. Sehr ruhig. Denn wir sitzen hier am Boden eines Rohres fest und können uns weder nach oben noch nach unten bewegen, und wenn der vermaledeite Tank da oben in die Luft fliegt, werden wir hier unten ganz sauber durchgebraten und...

Er versuchte, sich langsam hin und her zu winden, bis er sich allmählich umdrehen konnte und mit dem Bauch und Gesicht an der Wand des Rohres lehnte, die vorher seinen Rücken gestützt hatte. Der Schleimbelag diente ihm dabei als Gleitmittel. Es war jetzt sehr hell hier unten, und es wurde immer wärmer. Das Gitter des Deckels warf dunkle Gefängniszellenschatten auf sein vor Anstrengung verzerrtes Gesicht.

Jetzt, da er mit dem Brustkorb und Unterleib gegen die Wand lehnte und die Knie in der richtigen Position waren, konnte er ein Stück weiterrutschen. Seine Füße und Unterschenkel glitten in den horizontalen Kanal, bis er in Betstellung in der Biegung kniete. Das war immer noch nicht gut. Sein Hintern preßte sich gegen die feste Keramikoberfläche der oberen Rohrbiegung.

Er glaubte oben im prasselnden Feuer entfernte Kommandorufe zu hören, aber das konnte auch Einbildung sein. Seinem fiebernden, überanstrengten Verstand konnte er nicht mehr trauen.

Er begann, seine Waden- und Oberschenkelmuskeln in einer ermüdenden Wellenbewegung spielen zu lassen, und nach und nach rutschten seine Knie unter ihm weg. Wieder zwängte er die Arme hoch, um sich etwas mehr Freiraum zu verschaffen, und nun lag er mit dem Gesicht direkt in dem schmierigen Schlamm. Es sah jetzt fast so aus, als würde er hindurchpassen. Er bewegte, so gut er konnte, seinen Rükken hin und her und preßte sich mit dem Kopf und den Armen nach unten; das waren die einzigen Körperteile, die er noch einsetzen konnte.

Er dachte schon, daß gar nichts mehr ginge, daß er einfach unbeweglich dort hängenbleiben würde, da schlüpften seine Hüften ganz plötzlich durch die Öffnung wie ein Sektkorken aus einem engen Flaschenhals. Er scheuerte sich den Rücken an der Rohrwand auf, als die Knie plötzlich unter ihm nachgaben, und sein Hemd rutschte ihm hoch bis an den Hals. Dann lag er im Querrohr – bis auf den Kopf und die Arme, die schmerzhaft in einem überdehnten Winkel zurückgebogen waren. Er schlängelte sich ganz in das Rohr hinein und ruhte sich einen Augenblick lang keuchend aus. Sein Gesicht war mit Rattendreck und Schleim beschmiert, und die blutende, aufgescheuerte Haut auf seinem Rücken schmerzte.

Das Rohr war hier noch enger. Seine Schultern berührten jedesmal, wenn sein Brustkorb sich hob, die Wände.

Gott sei Dank bin ich unterernährt.

Keuchend fing er an, rückwärts in die unbekannte Dunkelheit zu kriechen.

... Minus 068 ... und der Countdown läuft ...

Er schob sich gut fünfzig Meter weit, blind wie ein Maulwurf, durch die horizontale Leitung. Dann explodierte der Öltank oben im Keller mit donnerndem Getöse. Der Knall jagte Vibrationen durch das Belüftungsrohr, die ihm fast das Trommelfell zerrissen. Er sah einen weißgelben Blitz wie die Stichflamme eines in Brand gesteckten Phosphorhaufens, der allmählich zu einem rosigen Schimmer verblaßte. Dann schlug ihm eine Hitzewelle ins Gesicht, so daß er eine schmerzvolle Grimasse zog.

Die Videokamera in seiner Jackentasche hüpfte und tanzte über den Boden, als er versuchte, sich schneller zu bewegen. Das Rohr erhitzte sich durch die Explosion und das prasselnde Feuer wie der Stahlgriff einer Bratpfanne über einer Gasflamme. Er hatte kein Verlangen danach, hier unten wie eine Kartoffel im Backofen gebacken zu werden.

Schweiß lief ihm über die Wangen und zog helle Spuren in sein dunkles, dreckverschmiertes Gesicht. Im flackernden

Feuerschein sah er aus wie ein Indianer in voller Kriegsbemalung. Die Rohrwände waren jetzt fast zu heiß, um sie zu berühren.

Im Krebsgang robbte er auf den Vorderarmen und Knien nach hinten, wobei sein Hintern bei jeder Bewegung an die obere Rohrwölbung stieß. Er atmete hechelnd wie ein Hund, in kurzen, scharfen Zügen. Die Luft war heiß und voller Ölgestank. Es war unangenehm, sie einzuatmen. Er hatte rasende Kopfschmerzen. Dolche schienen sich von hinten in seine Augen zu bohren.

Ich werde hier drinnen braten. Bald werde ich gar sein.

Auf einmal baumelten seine Füße in der Luft. Er versuchte, zwischen seinen Beinen hindurchzuspähen, um festzustellen, was sich da hinten befand, aber es war zu dunkel, und seine Augen waren von dem hellen Feuerschein vor ihm geblendet. Er mußte es darauf ankommen lassen. Er rutschte weiter, bis seine Knie den Rand erreichten, und ließ sie dann langsam hinübergleiten.

Plötzlich stand er mit den Schuhen in kaltem Wasser, ein kleiner Schock nach der Hitze im Belüftungsrohr.

Der Abwasserkanal verlief im rechten Winkel zu dem Rohr, aus dem er gerade entkommen war. Er war hoch genug, um in gebückter Haltung darin stehen zu können. Das ölige, träge dahinfließende Wasser reichte ihm bis an die Knöchel. Er blieb einen Augenblick stehen und spähte noch einmal in die schmale, vom Feuerschein erhellte Rohröffnung hinauf. Daß er selbst aus dieser Entfernung noch etwas vom Feuer sehen konnte, bedeutete, daß die Explosion tatsächlich enorm gewesen sein mußte.

Richards rang sich zögernd zu dem Gedanken durch, daß sie ihn hier unten vermuten mußten. Es gehörte zu ihrem Job, ihn nicht als im Inferno des Kellers verbrannte Leiche abzuhaken. Aber vielleicht mußten sie erst das Feuer unter Kontrolle bringen, bevor sie seinen Fluchtweg entdeckten. Das schien eine zulässige Annahme zu sein. Aber war er nicht auch sicher gewesen, daß sie ihn nicht bis nach Boston verfolgt haben könnten?

Vielleicht hatten sie das gar nicht? Was hatte er denn schließlich gesehen?

Nein, sie waren es gewesen. Er wußte es. Es waren die Jäger gewesen. Sie hatten einen bösen Geruch um sich verbreitet. Er war auf unsichtbaren Wellen bis zu seinem Fenster im fünften Stock hinaufgetragen worden.

Eine Ratte paddelte an ihm vorbei und betrachtete ihn einen Augenblick lang mit glitzernden Augen.

Richards folgte ihr platschend in die Richtung, in die das Wasser floß.

...Minus 067 ... und der Countdown läuft...

Richards stand unter der Leiter und blickte verblüfft ins Licht hinauf. Kein regulärer Straßenverkehr, das war schon mal was, aber das Licht –

Das Licht hatte ihn überrascht, denn es war ihm vorgekommen, als wäre er Stunden und Stunden durch den Abwasserkanal gelaufen. Ständig war er im Dunkeln gewesen; kein einziger Lichtstrahl und kein Geräusch, abgesehen vom ständigen Gurgeln des Wassers und dem gelegentlichen Planschen einer Ratte; das hatte ihm den Weg gewiesen. Ab und zu hatte er ein geisterhaftes Rauschen in den anderen Abwasserrohren gehört und sich dabei deprimiert gefragt, was passieren würde, wenn jemand seine Kacke direkt über seinen Kopf hinunterspülte. Er hatte sein Zeitgefühl dort unten vollständig verloren.

Als er jetzt zu dem gut vier Meter über ihm liegenden Gullydeckel hinaufblickte, mußte er feststellen, daß das Tageslicht noch keineswegs verschwunden war. Im Deckel befanden sich kleine, runde Luftlöcher, durch die das Licht bleistiftdick fiel und kleine, kreisrunde Sonnenflecke auf seine Brust und seine Schultern malte.

Seit er hier stand, waren noch keine Pneumoautos über die Straße gefahren; nur ein schwerer Lastwagen und die Hondas einer Rockerbande. Er vermutete, daß er mehr mit Glück und aufgrund des Wahrscheinlichkeitsgesetzes als mit Hilfe seines Orientierungssinnes den Weg zum Herzen der Stadt gefunden hatte – zu seinen Leuten.

Trotzdem wagte er es nicht hinaufzusteigen, bevor es ganz dunkel war. Um sich die Zeit zu vertreiben, holte er die Kamera hervor, legte eine Kassette ein und filmte seinen Brustkasten. Er wußte, daß die Filme außerordentlich lichtempfindlich waren und selbst in der Dämmerung noch deutliche Aufnahmen zustande brachten, und er wollte nicht, daß zuviel von seiner gegenwärtigen Umgebung zu sehen war. Diesmal sagte er nichts und machte auch keine Witze. Er war einfach zu müde.

Als die Kassette durchgelaufen war, steckte er sie zu der anderen, schon belichteten. Er wünschte, er hätte den nagenden Zweifel – der fast schon eine Gewißheit war – loswerden können, daß die Bänder seinen Aufenthaltsort verrieten. Es mußte doch einen Weg geben, das zu vermeiden. Er *mußte* einen finden.

Er setzte sich ungelenk auf die dritte Sprosse und wartete auf die Dunkelheit. Er war jetzt seit dreißig Stunden auf der Flucht.

... Minus 066 ... und der Countdown läuft ...

Der Junge war sieben Jahre alt, schwarz und rauchte eine Zigarette. Er beugte sich noch etwas weiter aus der Gasse hervor und spähte auf die Straße.

Er hatte eine plötzliche, leichte Bewegung auf dem Boden entdeckt, an einer Stelle, an der vorher alles ruhig gewesen war. Schatten bewegten sich, blieben einen Augenblick ruhig und bewegten sich dann wieder. Der Gullydeckel hob sich langsam. Er blieb in der Luft hängen, und darunter schimmerte etwas – Augen? Auf einmal glitt der Deckel scheppernd zur Seite.

Jemand – oder vielleicht auch etwas, dachte der Junge mit wachsender Angst – stieg da aus dem Untergrund. Vielleicht war es der Teufel, der jetzt kam, um Cassie zu holen. Ma sagte zwar immer, daß Cassie zu Dick und zu den anderen Engeln in den Himmel kommen würde, aber er wußte natürlich genau, daß das Quatsch war. Jeder kam, wenn er mal starb, in die Hölle, wo er vom Teufel mit einem Dreizack in den Hintern gestochen wurde. Er hatte schon mal ein Bild vom Teufel gesehen. Das war in einem der Bücher gewesen, die Bradley aus der Bostoner Stadtbibliothek geklaut hatte. Der Himmel war nur für die Push-Freaks. Ihr Mann war der Teufel.

Doch, es könnte der Teufel sein, dachte der Junge, als Richards aus dem Loch kroch und einen Augenblick über den rissigen Asphalt gebeugt dastand, um wieder zu Atem zu kommen. Kein Schwanz, keine Hörner und auch keine rote Farbe, aber der Kerl sah trotzdem ziemlich seltsam aus.

Jetzt schob er den Deckel über den Gully und jetzt – heiliger Bimbam, jetzt rannte er genau auf die Gasse zu.

Der Junge stöhnte auf und wollte wegrennen, aber er stolperte über seine eigenen Füße.

Er versuchte, sich wieder aufzurappeln, griff aber mit den Händen in die Luft und ließ seine Zigarette fallen, als der Teufel ihn plötzlich am Schlafittchen packte.

»Schlag mich nicht!« stieß er mühsam hervor. »Stich mich nicht mit deinem Ding da, du gemeiner...«

»Schhh! Sei still! Wirst du wohl endlich still sein!« Der Teufel schüttelte ihn, daß ihm die Zähne im Mund klapperten. Der Junge verstummte. Der Teufel sah sich ängstlich um. Sein Gesichtsausdruck wirkte fast grotesk, solche Angst schien er zu haben. Der Junge mußte an die komischen Figuren in der Sendung *Schwimm mit den Krokodilen* denken. Beinahe hätte er gelacht, wenn er nicht selbst solche Furcht gehabt hätte.

»Du bist nicht der Teufel«, sagte er.

»Du wirst mich gleich für den Teufel halten, wenn du nicht endlich still bist!«

»Ich werde nichts mehr sagen«, erwiderte der Junge verächtlich. »Glaubst du etwa, ich will kastriert werden? Jesus, ich bin ja noch nicht mal groß genug, um zu kommen.«

»Kennst du ein ruhiges Plätzchen, wohin wir gehen können?«

»Bring mich nicht um. Ich habe nichts.« Der Junge rollte mit den Augen, die in seinem dunklen Gesicht sehr weiß wirkten.

»Ich werde dich nicht umbringen.«

Der Junge führte Richards an der Hand die gewundene, mit Abfall übersäte Gasse entlang und von dort in einen weiteren Seitenweg. Kurz bevor der Weg in einen Lichthof zwischen zwei fensterlosen Hochhäusern mündete, zeigte der Kleine ihm eine aus geklauten Brettern und Ziegelsteinen zusammengezimmerte Bretterbude. Sie war nur circa einen Meter zwanzig hoch, und Richards stieß sich den Kopf, als er hineinkroch.

Der Junge zog einen dreckigen Lappen vor den Eingang und fummelte in der Dunkelheit an irgend etwas rum. Einen Augenblick später fiel ein schwacher Lichtschein auf ihre Gesichter. Der Junge hatte eine Glühbirne an eine alte ausgediente Autobatterie angeschlossen.

»Die Batterie hab' ich selbst geklaut«, verkündete er stolz. »Bradley hat mir gezeigt, wie man sie repariert. Er hat Bücher. Ich hab' auch noch eine Geldbörse. Die geb' ich dir, wenn du mich nicht umbringst. Aber das läßt du besser bleiben. Bradley gehört nämlich zu der Messerstecherbande. Wenn du mich umbringst, läßt er dich in deinen Stiefel scheißen und die Scheiße auffressen.«

»Ich bringe niemanden um«, sagte Richards ungeduldig. »Jedenfalls keine kleinen Kinder.«

»Ich bin kein kleines Kind! Ich hab' mir diese verdammte Batterie selbst geklaut!«

Sein beleidigtes Gesicht ließ Richards nun doch etwas lächeln. »Na gut. Wie heißt du denn, Kind?«

»Ich bin kein Kind!« Und dann, maulend: »Stacey.«

»In Ordnung, Stacey. Hör zu, ich bin auf der Flucht. Glaubst du mir das?«

»Klar, du bist auf der Flucht. Du bist ja nicht aus dem Gully gestiegen, um dir Pornopostkarten zu kaufen.« Er musterte Richards abschätzig. »Bist du ein Weißer? Is 'n bißchen schwierig zu erkennen bei all dem Dreck.«

»Stacey, ich...« Er schwieg und fuhr sich mit der Hand durch die Haare. Als er weitersprach, schien er eher mit sich selbst zu reden. »Ich muß mich jemandem anvertrauen, auch wenn es nur ein Kind ist. *Ein Kind*. Junge, du bist ja noch nicht einmal sechs.«

»Ich werde im März acht«, rief der Kleine wütend. »Meine Schwester Cassie hat Krebs«, fügte er noch hinzu. »Sie schreit ganz viel. Deshalb bin ich gerne hier. Und die Batterie hab' ich mir selbst geklaut. Willst du eine Zigarette, Mister?«

»Nein, und du rauchst jetzt auch keine. Willst du dir zwei Dollar verdienen, Stacey?«

»Au ja!« Mißtrauen schlich in seine Augen. »Aber du bist doch nicht mit zwei Dollar in der Tasche aus dem Gully gekommen. So 'n Quatsch kannst du mir nicht erzählen.«

Richards zog einen neuen Dollar hervor und gab ihn dem Jungen. Er starrte ihn verwundert, beinahe entsetzt an.

»Du bekommst noch einen, wenn du deinen Bruder herholst«, sagte Richards und fügte, den Gesichtsausdruck des Jungen richtig deutend, schnell hinzu: »Ich geb' ihn dir unauffällig, so daß er es nicht sehen kann. Aber bring ihn allein her.«

»Es hilft dir nichts, wenn du versuchst, Bradley umzubringen. Er wird dich in deinen Stiefel scheißen...«

»Und die Scheiße auffressen lassen, ja, ich weiß. Lauf los und hol ihn. Wart solange, bis er allein ist.«

»Drei Dollar.«

»Nein.«

»Hör mal, Mann, für drei Dollar kann ich das Zeug für Cassie im Drugstore kaufen. Dann schreit sie nicht mehr so verdammt viel.«

Das Gesicht des Mannes verzog sich plötzlich, als hätte jemand, den der Junge nicht sehen konnte, ihn geschlagen. »Also gut. Drei.«

»Neue Dollars.« Der Kleine war nicht leicht zufriedenzustellen.

»Ja, verdammt noch mal, *ja!* Hol ihn. Und wenn du die Bullen mitbringst, kriegst du gar nichts.«

Der Junge stand schon halb außerhalb seines Kabäuschens. »Du bist ganz schön dumm, wenn du glaubst, daß ich das tun würde. Ich hasse diese blöden Schweine mehr als sonst jemanden. Sogar mehr als den Teufel.«

Damit verschwand er, ein siebenjähriges Kind, das jetzt Richards Leben in seinen schmuddeligen Händen hielt. Richards war zu müde, um wirklich Angst zu haben. Er schaltete das Licht aus, legte sich hin und war kurz darauf eingeschlafen.

... Minus 065 ... und der Countdown läuft...

Er hatte gerade angefangen zu träumen, als seine überspannten Nerven ihn mit einem Ruck weckten. In der Dunkelheit wußte er nicht gleich, wo er sich befand. Noch in den Fängen eines Alptraums, glaubte er, einen riesigen Polizeihund auf sich zuspringen zu sehen. Eine zweieinhalb Meter große, lebendige Waffe. Er hätte fast laut aufgeschrien, wenn Staceys Stimme ihn nicht in die Wirklichkeit zurückgeholt hätte:

»Wenn er meine Lampe kaputtgemacht hat, breche ich ihm sein verdammtes...«

Der Junge wurde abrupt zum Schweigen gebracht. Der Lumpen vor dem Eingang wurde zur Seite gezogen, und Richards schaltete die Glühbirne ein. Er sah Stacey und einen weiteren Schwarzen. Richards schätzte ihn auf vielleicht achtzehn Jahre. Er hatte eine Motorradjacke an und musterte ihn mit einer Mischung aus Haß und Neugierde.

Richards hörte ein Messer aufschnappen. Die Klinge blitzte in Bradleys Hand auf. »Wenn du eine Waffe hast, laß sie fallen.«

»Ich habe keine.«

»Das soll ich dir auch noch glau...« Er unterbrach sich plötzlich, und seine Augen weiteten sich. »He! Du bist doch der Typ vom Free-Vee. Du hast den CVJM in der Huntington Avenue in die Luft gejagt.« Sein düsteres Gesicht leuchtete in einem unfreiwilligen Lächeln auf. »Es heißt, du hättest fünf Bullen da drin gebraten. Das bedeutet wahrscheinlich fünfzehn.«

»Er ist aus dem Gully gekommen«, berichtete Stacey mit wichtigtuerischer Miene. »Ich hab' gleich gewußt, daß es nicht der Teufel ist. Ich hab' gewußt, daß es so 'n weißes Schwein ist. Wirst du ihn erstechen, Bradley?«

»Sei still und laß uns Männer reden.« Bradley schlüpfte in den Verschlag und hockte sich Richards gegenüber auf eine zersplitterte Apfelsinenkiste. Er betrachtete das Messer in seiner Hand, als sei er verwundert, es immer noch dort zu sehen, und klappte es wieder zu.

»Mannomann, du bist heißer als die Sonne«, sagte er schießlich.

»Das ist wahr.«

»Wohin willst du jetzt?«

»Ich weiß es nicht. Ich muß aus Boston verschwinden.«

Bradley schwieg einen Augenblick nachdenklich. »Am besten kommst du erst einmal mit zu uns. Wir müssen miteinander reden, und hier geht das nicht. Viel zu hellhörig.«

»In Ordnung«, antwortete Richards müde. »Mir ist es egal.«

»Wir gehen hintenrum. Die Bullen sind heute nacht unterwegs. Jetzt weiß ich auch, warum.«

Als Bradley hinausging, trat Stacey Richards heftig gegen das Schienbein. Richards starrte ihn einen Moment verständnislos an, dann erinnerte er sich. Er steckte dem Jungen drei neue Dollar zu, und der Kleine ließ sie schnell verschwinden.

... Minus 064 ... und der Countdown läuft ...

Die Frau war sehr alt; Richards hatte den Eindruck, noch nie einen so alten Menschen gesehen zu haben. Sie hatte ein bunt gemustertes Baumwollkleid an, das unter dem einen Arm einen großen Riß hatte. Er konnte ihre alte, faltige Brust hin und her schwingen sehen, während sie das Essen zubereitete, das sie für seine neuen Dollars gekauft hatte. Ihre nikotingelben Finger schnitten und pulten und schälten. Ihre vom jahrelangen Stehen in die Breite gegangenen Füße steckten in abgelatschten rosa Frotteepantoffeln. Ihr Haar sah aus, als hätte sie es mit einem Brenneisen in den zittrigen Händen selbst in Wellen gelegt. Es war zu einem pyramidenartigen Knoten zusammengebunden, der von einem zerrissenen Haarnetz gehalten, schräg in ihrem Nacken saß. Ihr Gesicht war eine Landkarte der Zeit, weder braun noch schwarz, sondern gräulich, überzogen von einer Galaxie von Falten und Fältchen und Tränensäcken. Ihr zahnloser Mund bearbeitete einen Zigarettenstummel, aus dem sie blaue Rauchwolken ausstieß, die wie kleine Bällchen über und hinter ihr in der Küche hingen. Sie schlurfte ständig hin und her und beschrieb so ein Dreieck aus Rauchwölkchen zwischen Tisch, Herd und Spülbecken. Ihre langen Strümpfe hatte sie bis zu den Knien heruntergerollt. Zwischen dem ausgefransten Saum ihres Baumwollkleides und den Strümpfen wölbten sich Krampfadern.

Die ganze Wohnung war von dem undefinierbaren Gestank jahrelang stehengebliebenen Abfalls erfüllt.

Im Schlafzimmer am anderen Ende schrie Cassie. Nach einer Weile hustete sie und war wieder einen Augenblick lang still. Bradley hatte ihm in einem Anflug von zorniger Scham erklärt, daß er sich nicht darum kümmern solle. Sie hatte Lungenkrebs. Beide Lungen waren inzwischen vollständig befallen, und die Krankheit breitete sich nach oben in ihre Kehle und nach unten in ihren Bauch aus. Sie war fünf Jahre alt.

Stacey war sofort wieder nach draußen verschwunden.

Während Richards sich mit Bradley unterhielt, stieg in der Küche langsam der aufreizende Duft von schmorendem Fleisch, Gemüse und Tomatensauce auf. Er drängte den Abfallgestank in die Ecken zurück und machte Richards bewußt, wie hungrig er war.

»Ich könnte dich töten, Mann. Ich könnte dich umbringen, dir all das Geld stehlen und dann die Leiche ausliefern. Weitere tausend dafür einkassieren und für lange Zeit ein gemachter Mann sein.«

»Ich glaube nicht, daß du das tun könntest«, antwortete Richards. »Ich weiß, daß ich es nicht könnte.«

»Warum machst du das überhaupt?«, fragte Bradley gereizt. »Warum spielst du den Trottel für sie? Bist du so aufs Geld versessen?«

»Meine kleine Tochter heißt Cathy«, antwortete Richards. »Sie ist noch jünger als Cassie. Lungenentzündung. Auch sie schreit die ganze Zeit.«

Bradley sagte nichts.

»Ihr kann noch geholfen werden. Es ist nicht so

schlimm ... wie bei ihr da drin. Lungenentzündung ist nicht viel schlimmer als eine Erkältung. Aber man braucht einen Arzt und Medizin. Und das kostet Geld. Ich wollte mir das Geld beschaffen, und zwar auf die einzige Art, die mir geblieben ist.«

»Du bist trotzdem ein Trottel«, sagte Bradley mit flacher, beinahe unheimlicher Stimme. »Du lutschst der halben Welt am Schwanz rum, und jeden Abend um halb sieben wollen sie alle in deinen Mund. In dieser Welt wäre Cathy besser dran, wenn es ihr so ginge wie Cassie.«

»Das glaube ich nicht.«

»Dann bist du viel mutiger als ich, Mann. Ich hab' einen Kerl mit gebrochenen Knochen ins Krankenhaus geschafft. Einen reichen Schmarotzer. Die Polizei hat mich drei Tage lang gejagt. Aber du bist mutiger als ich.« Er nahm sich eine Zigarette und zündete sie an. »Vielleicht schaffst du den ganzen Monat. Eine Billion Dollar. Du müßtest dir einen ganzen verdammten Güterzug kaufen, um sie nach Hause zu schaffen.«

»Fluch nicht, lobe Gott«, murmelte die Alte vom Küchentisch her, an dem sie Karotten in Scheiben schnitt.

Bradley achtete nicht auf sie. »Du und deine Frau und deine kleine Tochter, ihr wärt dann aus der ganzen Scheiße raus. Du hast es immerhin schon zwei Tage geschafft.«

»Nein«, erwiderte Richards. »Die Spiele sind manipuliert. Erinnerst du dich an die zwei Umschläge, die ich Stacey mitgegeben habe, als er mit deiner Mutter einkaufen ging? Er sollte sie in einen Briefkasten werfen. Ich muß ihnen jeden Tag vor Mitternacht zwei solche Kassetten schicken.« Er erzählte Bradley von der Verfallklausel und von seinen Bedenken, daß sie ihn aufgrund des Poststempels bis nach Boston verfolgen könnten.

»Das ist leicht zu ändern.«

»Wie?«

»Kümmer dich nicht drum, das machen wir später. Wie willst du aus Boston rauskommen? Du bist ein verdammt heißes Eisen. Hat sie ganz schön auf hundert gebracht, daß du ihre Kollegen da unten im CVJM in die Luft gejagt hast. In der Free-Vee-Sendung heute abend haben sie nur darüber berichtet. He, diese Aufnahmen mit dem Kissenbezug überm Kopf, die waren stark. Ma!« unterbrach er sich gereizt. »Wann ist das Zeug denn endlich fertig? Wir fallen sonst noch vor deinen Augen auseinander!«

»Ist gleich soweit«, antwortete Ma. Sie stülpte einen Dekkel über die langsam vor sich hin brodelnde Masse und ging ins Schlafzimmer, um sich ein bißchen an Cassies Bett zu setzen.

»Ich weiß es nicht«, antwortete Richards auf Bradleys Frage. »Ich werd' wohl versuchen, einen Wagen aufzutreiben. Ich habe gefälschte Papiere, aber ich trau' mich nicht, sie zu benutzen. Ich werd' irgendwas tun – vielleicht eine Sonnenbrille aufsetzen – und aus der Stadt verschwinden. Ich hab' mir gedacht, daß ich nach Vermont rauffahre und von dort über die Grenze nach Kanada.«

Bradley grunzte und stand auf, um Teller auf den Tisch zu stellen. »Inzwischen haben sie jeden Highway, der aus Boston rausführt, gesperrt. Und ein Mann mit einer Sonnenbrille macht ganz von allein auf sich aufmerksam. Die haben, noch bevor du sechs Meilen gefahren bist, Hackfleisch aus dir gemacht.«

»Dann weiß ich auch nicht«, seufzte Richards. »Wenn ich hierbleibe, kriegen sie euch wegen Beihilfe dran.«

Bradley verteilte Bestecke auf dem Tisch. »Angenommen, wir kriegen ein Auto. Du hast die vielen Blauen. Ich hab' einen Namen, der nicht heiß ist. Ich kenne einen Typen in der Milk Street, der mir für dreihundert einen Wint verkaufen würde. Ich könnte einen Kumpel dazu bringen, ihn nach Manchester raufzufahren. Manchester ist für dich ganz cool, denn du sitzt ja angeblich hier in Boston fest. Ißt du mit uns, Ma?«

»Ja, und gelobt sei Gott.« Sie watschelte in die Küche. »Deine Schwester schläft ein bißchen.«

»Gut.« Er füllte die drei Teller und sah sich dann um. »Wo ist Stacey?«

»Er wollte noch mal schnell zum Drugstore«, sagte Ma selbstzufrieden und löffelte sich das Essen mit atemberaubender Geschwindigkeit in den zahnlosen Mund. »Er wollte Medizin holen.«

»Wenn er sich dabei erwischen läßt, versohl' ich ihm den Hintern«, knurrte Bradley und ließ sich auf seinen Stuhl fallen.

»Das wird er nicht«, beruhigte Richards ihn. »Er hat Geld.«

»Ja, aber vielleicht brauchen wir keine Almosen, Weißer.«

Richards lachte und salzte sich sein Essen. »Wenn er nicht gewesen wäre, wäre es jetzt wohl schon aus mit mir«, sagte er. »Ich würde sagen, daß er sich das Geld verdient hat.«

Bradley beugte sich vor und konzentrierte sich auf seinen Teller. Alle schwiegen, bis sie aufgegessen hatten. Richards und Bradley nahmen sich noch zweimal, die alte Frau sogar dreimal. Als sie sich ihre Zigaretten anzündeten, hörten sie, wie ein Schlüssel am Türschloß kratzte und saßen einen Augenblick wie erstarrt da. Stacey erschien mit ängstlichem, schuldbewußtem und aufgeregtem Gesicht. Er hielt eine braune Einkaufstüte in der Hand und überreichte Ma ein Medizinfläschchen.

»Das ist erstklassiges Zeug, Ma«, sagte er. »Der alte Curry hat mich gefragt, wo ich die zwei Dollar und fünfundsiebzig Cent herhab, um so gute Medizin zu kaufen. Ich hab' ihm gesagt, er soll in seinen Stiefel scheißen und die Scheiße fressen.«

»Fluch nicht, oder der Teufel wird dich in den Hintern pieken«, sagte Ma. »Hier hast du was zu essen.«

Die Augen des Jungen weiteten sich. »Jesus, da ist ja Fleisch drin.«

»Nein, wir haben bloß reingeschissen, damit es etwas dikker wird«, hänselte ihn sein Bruder. Stacey musterte ihn scharf, sah, daß er ihn bloß ärgern wollte, kicherte und machte sich über seinen Teller her.

»Wird der Drogist zur Polizei gehen?« fragte Richards ruhig.

»Curry? Nein. Jedenfalls nicht, wenn er merkt, daß es noch mehr von den Blauen in unserer Familie gibt. Er weiß, daß Cassie so starke Mittel braucht.«

»Was ist mit Manchester?«

»Ja ... also, Vermont ist nicht gut. Zuwenig von unseren Leuten. Zu zähe Bullen. Ich werde einen Freund, vielleicht Rich Goleon, bitten, den Wint nach Manchester raufzufahren und dort in einem Parkhaus abzustellen. Ich fahr' dich dann in einem anderen Wagen hinterher.« Er drückte seine Zigarette aus. »Im Kofferraum. Auf den Seitenstraßen machen sie nur oberflächliche Routinekontrollen. Wir nehmen die 495.«

»Das ist ziemlich gefährlich für dich.«

»Oh, ich möchte es ja auch nicht umsonst machen. Wenn Cassie schon sterben muß, dann zumindest mit allem, was so dazugehört.«

»Gelobt sei Gott«, warf Ma dazwischen.

»Es ist trotzdem ziemlich gefährlich für dich.«

»Wenn irgendein Schwein Bradley anmacht, läßt er ihn in seinen Stiefel scheißen und die Scheiße fressen«, sagte Stacey und wischte sich den Mund ab. Stolz blickte er seinen Bruder an, und in seinen Augen blitzte ein Schimmer von Heldenverehrung auf.

»Du bekleckerst dein Hemd, Brüderchen«, erklärte Bradley und gab ihm eine liebevolle Kopfnuß. »Na, schaffst du deine Portion nicht? Bist wohl noch nicht groß genug?«

»Wenn sie uns dabei erwischen, dann ist es mit dir für lange Zeit aus«, gab Richards zu bedenken. »Wer kümmert sich dann um den Jungen?«

»Wenn etwas passiert, dann wird er sich um sich selbst kümmern«, sagte Bradley. »Er und Ma schaffen das schon. Er ist weder drogen- noch alkoholsüchtig, nicht wahr, Stace?«

Der Junge schüttelte heftig den Kopf.

»Er weiß genau, daß ich ihm das Gehirn rausprügeln werde, wenn ich auch nur einen Nadelstich an ihm entdecke. Nicht wahr, Stace?«

Stacey nickte.

»Außerdem können wir das Geld gut gebrauchen. Wir sind sehr arm. Also lassen wir das Thema. Ich denke, ich weiß, was ich tue.«

Richards rauchte seine Zigarette schweigend zu Ende, während Bradley das Arzneifläschchen nahm und zu Cassie ins Schlafzimmer ging.

...Minus 063 ... und der Countdown läuft...

Es war immer noch dunkel, als er aufwachte, und seine innere Uhr sagte ihm, daß es ungefähr halb fünf Uhr morgens sein mußte. Cassie hatte wieder geschrien, und Bradley war deswegen aufgestanden. Sie schliefen alle in dem winzigen, zugigen Hinterzimmer. Richards und Stacey auf dem Fußboden; Ma hatte sich zu Cassie ins Bett gelegt.

Er hörte, wie Bradley aus dem Zimmer ging. In der Küche klapperte ein Löffel gegen das Spülbecken. Das Schreien des Mädchens ging in Stöhnen über; schließlich war nichts mehr zu hören. Richards spürte Bradleys Anwesenheit in der Küche. Er stand unbeweglich da und wartete, bis Cassie wieder eingeschlafen war. Dann kam er zurück, setzte sich aufs Bett und ließ einen fahren. Das Quietschen der Bettfedern ließ darauf schließen, daß er sich wieder hingelegt hatte.

»Bradley?«

»Was ist?«

»Stacey hat mir gesagt, daß sie erst fünf ist. Stimmt das?«

»Ja.« Er sprach zum erstenmal ohne Downtown-Akzent, was ihn wie eine unwirkliche Traumfigur erscheinen ließ.

»Wie kommt ein fünfjähriges Mädchen zu Lungenkrebs? Ich hab' nicht einmal gewußt, daß so junge Menschen schon Krebs haben können. Lungenentzündung vielleicht, aber keinen Lungenkrebs.«

Er hörte ein bitteres, gedämpftes Lachen aus dem Bett.

»Du kommst aus Harding, nicht wahr? Wie hoch ist die Luftverschmutzung bei euch?«

»Das weiß ich nicht«, antwortete Richards. »Sie geben die Angaben nicht mehr zusammen mit der Wettervorhersage durch. Das ist schon seit... Donnerwetter, ich weiß es nicht mehr. Seit sehr langer Zeit ist das schon so.«

»In Boston haben sie 2020 damit aufgehört«, flüsterte Bradley. »Sie haben viel zuviel Schiß. Du hast keinen Nasenfilter, nicht wahr?«

»Sei nicht blöd«, erwiderte Richards gereizt. »Diese gottverdammten Dinger kosten über zweihundert Mäuse, sogar in den Billigläden. Ich habe im ganzen letzten Jahr keine zweihundert Dollar gesehen. Du vielleicht?«

»Nein«, antwortete Bradley leise. Er schwieg einen Augenblick. »Stacey hat einen. Ich habe ihn selbst gemacht. Auch Ma und Rich Goleon und noch ein paar andere haben welche.«

»Du willst mich wohl auf den Arm nehmen.«

»Nein, Mann.« Er überlegte. Richards merkte plötzlich, daß Bradley das, was er gerade gesagt hatte, gegen eine Menge anderer Dinge abwog, die er noch sagen könnte. Er fragte sich wahrscheinlich, wieviel davon zuviel wäre. Als er weitersprach, schien es ihm schwerzufallen, die Worte zu formulieren. »Wir haben eine Menge gelesen. Die Free-Vee-Scheiße ist nur für Hohlköpfe.«

Richards grunzte zustimmend.

»Ich bin in einer Bande, weißt du? Ein paar von den Typen sind einfach nur Rumtreiber. Nur daran interessiert, jeden Samstagabend auf die Weißen loszugehen. Aber ein paar von uns gehen regelmäßig in die Bibliothek. Seit wir zwölf sind oder so.«

»Lassen sie euch denn in Boston ohne Benutzerkarte rein?«

»Nee. Du kriegst keine Karte, wenn du nicht jemanden mit einem festen Jahreseinkommen von mindestens fünftausend Dollar in der Familie hast. Wir haben uns so ein dickärschiges Kind geschnappt und seine Karte geklaut. Wir wechseln uns ab. Die Bande besitzt einen Anzug, den jeweils der trägt, der reingeht.« Bradley schwieg eine Weile. »Wenn du mich jetzt auslachst, hau' ich dir eins über die Birne.«

»Ich lache nicht.«

»Anfangs haben wir nur Sexbücher gelesen. Dann, als Cassie krank wurde, habe ich mich sehr für diese Luftverschmutzungssache interessiert. Die ganzen Bücher über Umweltverschmutzung, Smogmessungen, Industrieabgase und Nasenfilter stehen in einer abgeschlossenen Abteilung. Wir haben uns mit einem Wachsabdruck einen Schlüssel nachmachen lassen. Mannomann, hast du gewußt, daß schon 2021 jedermann in Tokio so einen Nasenfilter tragen mußte?«

»Nein.«

»Rich und Dink Moran haben ein Meßgerät gebaut. Dink

hat die Konstruktionszeichnung aus einem Buch herausgerissen. Sie haben es aus Thermoskannen und irgendso 'nem Zeug, das sie aus Autos geklaut haben, zusammengebastelt. Es steht draußen in einer dieser Gassen versteckt. Damals, 1978, hatten sie eine Meßskala, die von eins bis zwanzig reichte, verstehst du?«

»Ja.«

»Wenn die Skala zwölf erreicht hatte, mußten alle Fabriken schließen, und alles, was die Luft verpestete, Autos und so weiter, durften nicht benutzt werden, bis das Wetter sich änderte. Das war Bundesgesetz bis 1987, als es vom neuen Kongreß abgeschafft wurde.« Der Schatten im Bett richtete sich auf und stützte sich auf seinen Ellenbogen. »Ich wette, du kennst eine Menge Leute mit Asthma, oder nicht?«

»Doch«, antwortete Richards vorsichtig. »Ich habe es selbst ein bißchen. *Das* kommt von der Luft. Heutzutage weiß doch jeder, daß man an heißen, bewölkten Tagen, wenn die Luft sich nicht bewegt, im Haus bleiben muß...«

»Temperaturinversion«, murmelte Bradley grimmig.

»... und da ist es ganz klar, daß viele Leute Atembeschwerden haben. Im August und September ist die Luft wie Sirup. Aber Lungenkrebs...«

»Wir sprechen hier nicht von Asthma«, unterbrach Bradley ihn. »Wir sprechen von Emphysemen.«

»Emphyseme?« Richards ließ sich das Wort durch den Kopf gehen. Er wußte nicht, was es bedeutet, aber es kam ihm irgendwie bekannt vor.

»Dein gesamtes Lungengewebe schwillt an«, erklärte Bradley. »Du keuchst und keuchst und keuchst und kriegst doch keine Luft. Sicher kennst du eine Menge Leute, die das haben?«

Richards dachte nach. Es stimmte. Er kannte eine Menge Leute, die daran gestorben waren.

»Darüber wird in der Öffentlichkeit nicht gesprochen«, fuhr Bradley fort, als hätte er Richards Gedanken gelesen. »Die Luftverschmutzungsrate in Boston erreicht heute schon an guten Tagen zwanzig Punkte auf der Skala. Das entspricht dem Dreck von vier Packungen Zigaretten, den du dir allein schon durchs Atmen in die Lunge ziehst. An schlechten Tagen geht die Skala rauf bis zweiundvierzig. In der ganzen Stadt fallen alte Leute auf der Straße tot um. Auf ihrem Totenschein steht dann Asthma. Aber es ist die Luft, die Luft und noch mal die Luft. Und trotzdem feuern sie die Scheiße zum Kamin hinaus, so schnell sie können. Die riesigen Schornsteine rauchen vierundzwanzig Stunden am Tag. Den großen Bossen gefällt das eben so.

Diese Zweihundert-Dollar-Filter taugen nichts. Das sind bloß zwei kleine Stücke Zellstoff mit einem Stück Menthol getränkter Baumwolle drin. Das ist alles. Die einzigen guten Filter sind die von General Atomics. Aber die können sich nur die großen Bosse leisten. Sie haben uns das Free-Vee gegeben, damit wir von der Straße wegbleiben und uns in aller Ruhe zu Hause totatmen können, ohne Schwierigkeiten zu machen. Wie findest du das? Der billigste G.A.-Filter kostet offiziell mindestens sechstausend neue Dollar. Wir haben für Stacey einen für zehn Dollar gebaut, mit Hilfe des Buches. Dazu haben wir uns einen winzigen atomisierten Filter, halb so groß wie der Halbmond deines Fingernagels, geholt. Wir haben uns einfach für sieben Dollar im Pfandleihgeschäft ein Hörgerät gekauft und ihn dort ausgebaut. Wir findest du das?«

Richards sagte nichts. Er war sprachlos.

»Glaubst du etwa, sie werden als Todesursache Krebs angeben, wenn Cassie stirbt? Scheiße, sie werden es wieder Asthma nennen. Sonst kriegen die Leute Angst. Sonst könnte sich nämlich noch jemand eine Bibliothekskarte klauen und nachlesen, daß die Fälle von Lungenkrebs seit 2015 um siebenhundert Prozent gestiegen sind.«

»Ist das wirklich wahr? Oder hast du dir das nur ausgedacht?«

»Ich habe es in einem Buch gelesen. Die bringen uns um, Mann. Das Free-Vee bringt uns um. Es ist wie ein Zauberer, der dich auf die aus der Bluse fallenden Brüste seiner Assistentin aufmerksam macht, um unterdesssen weiße Kaninchen aus der Hose zu ziehen und sie in seinem Zylinder zu verstecken.« Er schwieg einen Augenblick und fuhr dann träumerisch fort: »Manchmal denke ich, daß ich die ganze Sache auffliegen lassen könnte, wenn ich nur zehn Minuten Redezeit im Free-Vee bekäme. Ich würd's ihnen sagen, würd's ihnen zeigen. Jeder könnte so einen Nasenfilter haben, wenn die Fernsehanstalten es wollten.«

»Und ich helfe ihnen auch noch dabei«, sagte Richards leise.

»Das ist nicht deine Schuld. Du mußt es ja tun.«

Killians Gesicht und das von Arthur M. Burns stiegen vor Richards innerem Auge auf. Er wollte reinschlagen, sie zerstampfen, auf ihnen rumtrampeln. Besser noch, er wollte ihnen die Nasenfilter herausziehen und sie auf die Straße jagen.

»Die Leute sind wütend«, erklärte Bradley. »Sie haben schon seit dreißig Jahren eine Stinkwut auf diese weißen Scheißkerle. Sie bräuchten nur noch einen Anlaß. Einen Anlaß... einen Anlaß...«

Mit dieser Wiederholung in den Ohren schlief Richards wieder ein.

...Minus 062 ... und der Countdown läuft...

Richards blieb den ganzen Tag im Haus, während Bradley sich nach dem Wagen erkundigte und mit den anderen Bandenmitgliedern die Fahrt nach Manchester arrangierte.

Gegen sechs Uhr kamen Bradley und Stacey zurück. Bradley schaltete das Free-Vee ein. »Alles in Ordnung, Mann. Wir fahren heute nacht.«

»Jetzt gleich?«

Bradley lächelte säuerlich. »Willst du dich nicht mal als großen Star sehen?«

Richards stellte fest, daß es ihn tatsächlich interessierte; und als die Titelmelodie von *Menschenjagd* einsetzte, starrte er fasziniert auf den Bildschirm.

Bobby Thompson blickte mit unbeweglicher Miene in die Kamera. Er stand in einem Scheinwerferstrahl, der Rest des Studios lag im Dunkeln. »Seht her«, sagte er. »Dies ist einer der Wölfe, die des Nachts um eure Häuser schleichen.«

Auf der Leinwand erschien ein riesiges Photo, das nur Richards Gesicht zeigte. Es blieb eine Weile stehen und ging dann in eine Aufnahme von Richards in seiner John-Griffen-Springer-Verkleidung über.

Dann war wieder Thompson zu sehen, der einen besorgten Gesichtsausdruck aufgesetzt hatte. »Ich wende mich heute abend besonders an die Bevölkerung von Boston. Gestern nachmittag haben fünf Polizisten einen grausamen, schmerzvollen Tod im Keller des CVJM-Gebäudes gefunden. Durch die Hand dieses Ungeheuers, das ihnen eine schlaue, gnadenlose Falle gestellt hat. Wer ist es heute nacht? *Wo* ist es heute nacht? Seht hin! Seht es euch genau an!«

Thompson blendete das erste der beiden Videos ein, die Richards an diesem Vormittag aufgenommen hatte. Stacey hatte sie in der Commonwealth Avenue am anderen Ende der Stadt in den Briefkasten geworfen. Und Ma hatte die Kamera gehalten, nachdem er das Fenster und die Möbel im kleinen Hinterzimmer abgedeckt hatte.

»An alle, die ihr euch diese Sendung anseht«, sagte der Richards auf dem Videofilm langsam. »Ich meine nicht die Techniker oder die Reichen in ihren Penthäusern – an euch Schweine wende ich mich nicht. Aber ihr Leute in den Sozialwohnungen, in den Ghettos und den billigen Hochhäusern. Ihr jungen Kerle in den Motorradbanden. Ihr Leute ohne Arbeit. Ihr Kinder, die ihr wegen Rauschgift eingesperrt werdet, das ihr gar nicht haben könnt, und wegen Verbrechen bestraft werdet, die ihr nicht begangen habt, nur damit die Fernsehanstalt verhindert, daß ihr euch in Gruppen zusammentut und miteinander redet. Ich möchte euch von einer monströsen Verschwörung gegen euch erzählen. Man will euch eure Atemluft...«

Der Ton wurde plötzlich zu einem Piepsen, Blubbern und Gurgeln verzerrt. Einen Augenblick später war es still. Richards Lippen bewegten sich zwar noch, aber es kam kein Laut mehr über seine Lippen.

»Wir scheinen eine Tonstörung zu haben«, erklärte Bobby Thompsons Stimme gelassen. »Aber wir brauchen uns ja auch nichts mehr von diesen aufrührerischen, rebellischen Reden dieses Mörders anzuhören, nicht wahr? Wir wissen alle, mit wem wir es hier zu tun haben, oder?«

»*Ja!*«

»Was werdet ihr tun, wenn ihr ihn in *eurer* Straße seht?«

»WIR WERDEN IHN AUSLIEFERN!«

»Und was werden wir tun, wenn wir ihn finden?«

»IHN UMBRINGEN!«

Richards schlug mit der Faust auf die wackelige Lehne des einzigen in der Wohnküche vorhandenen Sessels. »Diese Schweine!« sagte er hilflos.

»Hast du etwa geglaubt, daß sie dich damit auf Sendung gehen lassen würden?« fragte Bradley spöttisch. »O nein, Mann. Ich bin schon überrascht, daß sie dir soviel durchgehen ließen.«

»Das hätte ich nicht erwartet«, sagte Richards kläglich.

»Nein, du vermutlich nicht«, antwortete Bradley.

Jetzt blendeten sie das zweite Video ein. Auf diesem hatte Richards die Leute aufgefordert, die Bibliotheken zu stürmen, sich Benutzerkarten zu erzwingen, die Wahrheit herauszufinden. Er hatte ihnen eine Liste von Büchern zum Thema Luft- und Wasserverschmutzung vorgelesen, die Bradley ihm zusammengestellt hatte.

Der Richards auf dem Film öffnete den Mund. »Ich scheiß' auf euch alle«, sagte er. Es war deutlich zu sehen, daß seine Lippen ganz andere Worte formten, aber welchem der rund zweihunderttausend Zuschauer vor den Bildschirmen würde das schon auffallen? »Nieder mit euch allen. Nieder mit der Spielekommission. Ich werde jeden von euch Schweinen, der mir vor die Augen kommt, töten. Ich werde...« So ging es immer weiter. Richards hätte sich am liebsten die Ohren zugehalten und wäre aus der Küche gerannt. Er konnte nicht erkennen, ob sie einen Synchronsprecher eingesetzt oder die Rede aus seinen Wortfetzen zusammengeschnitten hatten.

Auf dem Free-Vee erschien jetzt ein Doppelbild. Auf der einen Seite ein Foto von Richards, auf der anderen Bobby Thompsons Gesicht. »Merkt euch diesen Mann!« sagte Thompson. »Der Mann, der imstande ist, zu töten. Der Mann, der eine Meute von ebenso unzufriedenen Bürgern wie er selbst aufwiegeln wird. Sie werden durch die Straßen rennen, Leute überfallen, Autos umwerfen, Häuser in Brand setzen. Dieser Mann wird lügen, betrügen und morden. Er hat all dies schon getan.

Benjamin Richards!« rief er auf einmal mit kalter Befehlsstimme, in der so etwas wie alttestamentarischer Zorn mitschwang. »Siehst du uns gerade zu? Falls du uns siehst, laß dir gesagt sein, daß du dein schmutziges Blutgeld ausbezahlt bekommen hast. Einhundert Dollar für jede Stunde, die du in Freiheit verbracht hast – es sind mittlerweile fünfundvierzig Stunden. Und fünfhundert Dollar extra. Jeweils hundert Dollar für jeden dieser Männer.«

Die jungen, klaren Gesichter von fünf Polizeibeamten erschienen nacheinander auf dem Bildschirm. Die Fotos mußten bei der Abschlußfeier in der Polizeischule aufgenommen worden sein. Sie blickten alle hoffnungs- und erwartungsvoll in die Kamera und wirkten ungeheuer jung und verletzlich. Ganz leise spielte eine Trompete den letzten Zapfenstreich.

»Und das hier...« nun wurde Thompsons Stimme heiser vor Rührung, »...das hier sind ihre Familien.«

Hoffnungsvoll lächelnde Ehefrauen. Kinder, die man vor den Fotoapparat geschubst hatte. Viele Kinder. Richards senkte den Kopf und preßte die Hand gegen den Mund. Ihm war kalt und übel.

Bradleys warme, muskulöse Hand massierte seinen Nakken.

»He, Mann, nicht. Laß das. Das ist doch alles bloß Mache. Das haben die sich doch alles aus den Fingern gesogen. Vermutlich waren das fünf hundsgemeine alte Zugochsen, die...«

»Halt's Maul«, fuhr Richards ihn an. »Oh, laß mich in Ruhe. Bitte. Sei still.«

»Fünfhundert Dollar«, wiederholte Thompson mit tiefem Haß und Verachtung in der Stimme. Wieder tauchte Richards Bild auf, diesmal eine retouschierte Version, die ein hartes, kaltes Gesicht zeigte, dem jegliche Gefühlsregung abging. Nur in seinen Augen leuchtete so etwas wie Blut- oder Mordgier. »Fünf Polizisten, fünf Ehefrauen, neunzehn Kinder. Das läuft auf siebzehn Dollar und fünfzig Cent für jeden Ermordeten, jede trauernde Gattin, jedes vaterlose Kind hinaus. O ja, du arbeitest sehr billig, Ben Richards. Selbst Judas bekam für seinen Verrat dreißig Silberlinge. Du verlangst nicht mal das. Irgendwo da draußen muß jetzt eine weinende Mutter ihrem kleinen Jungen klarmachen, daß sein Daddy nie wieder abends nach Hause kommen wird, weil ein durch und durch verdorbener, habgieriger Mann mit einem Gewehr...«

»Mörder!« schrie eine Frauenstimme aufheulend dazwischen. »Dreckiger, gemeiner Mörder! Gott wird dich dafür bestrafen!«

»Schlagt ihn tot!« nahm das Publikum ihre Forderung auf. »Merkt euch diesen Mann! Er hat sein Blutgeld erhalten – doch wer das Schwert nimmt, wird durch das Schwert umkommen. Laßt jeden Mann seine Hand gegen Benjamin Richards erheben!«

Die gellenden Stimmen waren von Angst und Haß erfüllt. Die Schreie steigerten sich zu einem gleichmäßigen, rhythmischen Gebrüll. Nein, sie würden ihn nicht ausliefern, sie würden ihn an Ort und Stelle in Stücke reißen.

Bradley schaltete das Free-Vee aus und sah ihn an. »Das ist es, was jetzt auf dich zukommt, Mann. Wie fühlst du dich dabei?«

»Vielleicht werde ich sie alle umbringen«, antwortete Richards nachdenklich. »Vielleicht schaffe ich es noch, in ihr neunzehntes Stockwerk einzudringen, bevor ich sterbe, und die Schweine, die diesen Text verfaßt haben, umzubringen. Vielleicht jage ich sie auch alle zusammen in die Luft.«

»Hört auf damit!« rief Stacey plötzlich verzweifelt. »Hört auf, darüber zu reden!«

Im Nebenzimmer schlief Cassie ihren Todesschlaf.

...Minus 061 ... und der Countdown läuft...

Bradley hatte es nicht gewagt, Luftlöcher in den Kofferraumboden zu bohren. Richards hatte sich zu einer Kugel zusammengerollt und versuchte, Nase und Mund an das kleine Loch zu pressen, durch das ein wenig Licht und Luft hereinkam – das Schlüsselloch des Kofferraums. Bradley hatte zusätzlich die Abdichtung vom Kofferraumdeckel abgezogen, so daß wenigstens ein bißchen Luftzug herrschte.

Der Wagen fuhr mit einem Ruck an, und er knallte mit dem Hinterkopf an den Kofferraumdeckel. Bradley hatte ihm gesagt, daß die Fahrt mindestens anderthalb Stunden dauern würde, zwei Kontrollaufenthalte an den Straßensperren mitgerechnet. Vielleicht würde man sie noch öfter aufhalten. Bevor Bradley den Deckel zugeschlagen hatte, hatte er ihm noch einen Revolver hineingereicht.

»Sie halten jedes elfte oder zwölfte Auto an, um es genauer zu untersuchen«, hatte er erklärt. »Dann öffnen sie den Kofferraum und stochern darin herum. Das sind ganz gute Chancen, elf zu eins. Wenn es nicht klappt, hol dir wenigstens ein Stück Schweinefleisch.«

Der Wagen rumpelte über die löchrigen, buckeligen Straßen der Innenstadt. Einmal hörte er das höhnische Lachen eines Kindes und einen Asphaltbrocken, der gegen das Autoblech knallte. Dann wurde der Verkehr um sie herum stärker, und der Wagen mußte des öfteren vor einer Ampel halten.

Richards lag reglos im Dunkeln, hielt den Revolver locker in der rechten Hand und dachte daran, wie sehr sich Bradley durch den Bandenanzug verändert hatte. Es war ein geschäftsmäßig wirkender Dillon-Street-Zweireiher, mausgrau wie die Wände eines Bankgebäudes. Der Eindruck wurde durch einen kastanienbraunen Schlips und eine kleine goldende NAACP-Nadel abgerundet. Bradley hatte sich aus einem schmuddeligen Bandenmitglied (schwangere Frauen, paßt auf, unsereins frißt Fetusse!) in einen korrekten schwarzen Geschäftsmann verwandelt, der seine Onkel-Tom-Rolle perfekt beherrschte.

»Du siehst gut aus«, hatte Richards bewundernd festgestellt. »Donnerwetter, das macht unglaublich viel aus.«

»Gelobt sei Gott«, hatte Ma gesagt.

»Ich hatte mir schon gedacht, daß meine Verwandlung Ihnen gefallen würde, mein Lieber«, hatte Bradley mit herablassender Würde erwidert. »Gestatten Sie? Ich bin der Bezirksmanager von Raygon Chemicals. Wir betreiben ein aufblühendes Geschäft in dieser Gegend. Boston ist eine schöne Stadt. Ausgesprochen gesellig.«

Stacey hatte einen Lachanfall bekommen.

»Du hörst sofort auf zu lachen, Nigger«, hatte Bradley ihn gewarnt. »Sonst lasse ich dich in deinen Stiefel scheißen und die Scheiße fressen.«

»Du bist so verdammt gut als Onkel Tom, Bradley«, hatte Stacey gekichert, nicht im geringsten eingeschüchtert. »Das ist eine dolle Nummer.«

Der Wagen bog jetzt nach rechts auf eine asphaltierte Straße ein, die sich in einem großen Bogen nach oben wand. Sie befanden sich auf einer Auffahrtsrampe. Entweder zur 495 oder zu einer der Zubringerstraßen. Richards spürte die Spannung wie Kupferdrähte in seinen Beinen.

Eins zu elf. Das sind keine schlechten Chancen.

Bradley beschleunigte, legte einen höheren Gang ein, trat plötzlich auf die Bremse und bog aus der Fahrspur. Eine Stimme, die fürchterlich nahe klang, rief in monotonen Wiederholungen: »Bitte auf die Seite fahren... legen Sie Ihren Führerschein und die Wagenpapiere zurecht... bitte auf die Seite fahren... legen Sie...«

Jetzt schon. Es ging also jetzt schon los.

Du bist ein heißes Eisen, Mann.

Heiß genug, um jeden achten Wagen zu untersuchen? Oder jeden sechsten? Vielleicht sogar jeden?

Der Wagen hielt. Richards Augenlider flatterten wie bei einem Kaninchen, das in eine Falle geraten war. Er umklammerte den Revolvergriff fester.

...Minus 060 ... und der Countdown läuft...

»Steigen Sie bitte aus, Sir«, näselte die Beamtenstimme gelangweilt. »Ihren Führerschein und die Wagenpapiere bitte.«

Die Fahrertür wurde geöffnet und wieder geschlossen. Der Motor summte leise.

»... Bezirksmanager von Raygon Chemicals...«

Bradley mitten in seiner Vorstellung. Lieber Gott, wenn er nun nicht die richtigen Papiere hatte, um seine Aussage zu stützen? Wenn es Raygon Chemicals überhaupt nicht gab?

Die hintere Tür wurde aufgerissen, und jemand stocherte im Rücksitz herum. Es klang, als wolle der Bulle (oder war es etwa ein Beamter der Staatspolizei, fragte Richards sich, nur noch halb bei Sinnen) gleich zu ihm in den Kofferraum kriechen.

Die Tür wurde wieder zugeschlagen. Schritte gingen um das hintere Wagenende. Richards leckte sich über die Lippen und schloß seine Finger noch fester um den Revolvergriff. Er hatte plötzlich Visionen von den toten Polizisten. Er sah sie flirrend vor sich, mit ihren engelsgleichen toten Gesichtern und den unnatürlich verdrehten Körpern. Er fragte sich, ob der Bulle ihn mit einer Salve aus seiner Maschinenpistole niedermähen würde, sobald er den Deckel geöffnet und ihn hier drinnen, aufgerollt wie einen Salamander, entdeckt hätte. Was würde Bradley tun? Die Beine in die Hand nehmen und abhauen? Er mußte dringend pinkeln. Er hatte sich schon seit seiner Kindheit nicht mehr in die Hose gemacht, seit damals, als sein Bruder ihn so lange gekitzelt hatte, bis er es nicht mehr aushalten konnte. Ja, er spürte es, alle Muskeln da unten lösten sich. Er würde genau auf den Punkt zielen, wo die Nase in die Stirn überging, würde sein Gehirn und Schädelsplitter in häßlichen Luftschlangen gen Himmel jagen. Würde noch mehr Kinder zu Waisen machen. Ja, gut so. Jesus liebt mich, das sagt mir meine drückende Blase. Himmelherrgott, was macht der da hinten? Reißt er das ganze Polster raus? Oh, Sheila, ich liebe dich so sehr. Wie weit wirst du mit sechs Riesen kommen? Vermutlich reichen sie nur ein Jahr, wenn die dich nicht sowieso schon vorher töten. Dann mußt du wieder auf die Straße, auf und ab, Hüften schwingen, von einer Ecke zur nächsten, mit der leeren Brieftasche flirten. Hallo, Mister, ich mach's mit dem Mund, bin ein sauberes Mädchen, kann dir beibringen, wie...

Eine Hand schlug im Vorübergehen lässig auf den Kofferraumdeckel. Richards biß sich auf die Lippen, um einen Schrei zu unterdrücken. Staub drang in seine Nase, kitzelte ihn in der Kehle. Biologieunterricht in der Schule. Er saß ganz hinten und kritzelte seine und Sheilas Initialen auf den alten Holztisch: *Das Niesen entsteht durch eine unfreiwillige Funktion der vegetativen Muskeln.* Verdammt noch mal, ich platze gleich, aber wir sind sowieso am Ende, und ich kann ihm immer noch eine Kugel durch den Kopf jagen, bevor...

»Was ist im Kofferraum, Mister?«

Bradley antwortete mit scherzhaftem, leicht gelangweiltem Ton: »Ein überflüssiger Zylinder, der zudem nicht ganz in Ordnung ist. Ich habe den Schlüssel vorn an meinem Schlüsselbund. Warten Sie, ich hol' ihn schnell.«

»Ich hätte schon danach gefragt, wenn ich ihn sehen wollte.«

Die andere Tür wurde geöffnet; zugeschlagen.

»Fahrn Sie weiter.«

»Macht weiter so, Jungs. Ich hoffe, ihr schnappt ihn bald.«

»Fahrn Sie weiter, Mister. Setzen Sie Ihren Arsch in Bewegung.«

Der Motor sprang an. Der Wagen hob sich etwas und beschleunigte dann. Er fuhr noch einmal etwas langsamer, wurde dann aber vermutlich durchgewunken. Richards wurde ein bißchen durchgeschüttelt, als der Wagen wieder beschleunigte, ein wenig auf der Straße schwamm und dann vorwärtsschoß. Er atmete seufzend aus und stöhnte leise beim Einatmen. Jetzt mußte er nicht mehr niesen.

...Minus 059 ... und der Countdown läuft...

Die Fahrt kam ihm viel länger als anderthalb Stunden vor. Unterwegs wurden sie noch zweimal angehalten. Einmal schien es sich um eine reine Routinekontrolle zu handeln. Beim nächsten Mal hörte er, wie ein Polizist Bradley in schleppendem Tonfall erzählte, daß diese verdammten Kommunisten diesem Kerl Richards halfen und dem anderen vermutlich auch. Laughlin hatte noch niemanden getötet, aber es hieß, er habe in Topeka eine Frau vergewaltigt.

Danach begleitete ihn nur noch das monotone Säuseln des Fahrtwindes. Seine kalten, verkrampften Muskeln jagten Schmerzstiche durch seinen Körper. Er konnte nicht einschlafen, aber bald verfiel er in ein halbwaches Dösen. Gott sei Dank produzierten die Pneumoautos kein Kohlenmonoxid.

Jahrhunderte nach der letzten Straßensperre wurde der Wagen in einen niedrigeren Gang geschaltet. Langsam schlängelte er sich die Ausfahrtrampe hinunter. Richards blinzelte träge und fragte sich, ob er sich jetzt übergeben würde. Zum erstenmal in seinem Leben war ihm beim Autofahren schlecht geworden.

Es folgte eine schwindelerregende Serie von Kurven und steilen Abfahrten, und Richards vermutete, daß sie sich jetzt an der Kreuzung der Stadtautobahn befanden. Fünf Minuten später hörte er die typischen Geräusche des Stadtverkehrs. Er versuchte wiederholt, seinen Körper in eine andere Lage zu bringen, aber es war unmöglich. Schließlich gab er es auf und wartete nur noch stumpf darauf, daß es vorüberging. Sein rechter Arm, den er unter seinen Körper gezwängt hatte, war schon vor einer Stunde eingeschlafen. Jetzt fühlte er sich an wie ein Holzklotz. Wenn er ihn mit der Nasenspitze berührte, spürte er lediglich den Druck an seiner Nase.

Sie fuhren nach rechts, dann ein Stück geradeaus, und schließlich bogen sie noch einmal ab. Richards hatte das Gefühl, daß ihm der Magen in die Brust rutsche, als der Wagen plötzlich ein steiles Gefälle hinuntersauste. Das Echo des Motorengeräusches ließ darauf schließen, daß sie sich jetzt in einem geschlossenen Raum befanden. Sie hatten endlich die Garage erreicht.

Ein kleiner, hilfloser Seufzer der Erleichterung schlüpfte ihm über die Lippen.

»Haben Sie Ihre Scheckkarte, Mister?« fragte eine Stimme.

»Klar, hier ist sie, Kumpel.«

»Einfahrt fünf.«

»Danke.«

Sie bogen nach rechts ab. Der Wagen fuhr eine Steigung hinauf, blieb einen Augenblick stehen und bog dann nach links ein. Ganz sanft kam er zum Stehen und gab nur noch ein leises Puffen von sich, als der Motor ausgeschaltet wurde. Die Reise war zu Ende.

Einen Augenblick geschah gar nichts. Dann der hohle Klang der Fahrertür, als Bradley ausstieg; zuerst ging sie auf, dann schlug sie wieder zu. Seine Schritte näherten sich dem Kofferraum, und das Licht vor Richards Augen verschwand, als der Schlüssel ins Schloß gesteckt wurde.

»Bist du noch da, Bennie?«

»Nein«, krächzte er. »Du hast mich an der Staatsgrenze verloren. Mach dieses verdammte Ding auf.«

»Einen Augenblick. Es ist gerade niemand hier. Dein Wagen steht direkt neben uns, auf der rechten Seite. Kannst du schnell rüberlaufen?«

»Das weiß ich nicht.«

»Versuch es. Auf geht's.«

Der Kofferraumdeckel hob sich und ließ das dämmrige Garagenlicht hereinfallen. Richards erhob sich, stützte sich auf einen Arm und legte ein Bein über den Wagenrand. Weiter kam er nicht. Sein verkrampfter Körper brüllte vor Schmerzen. Bradley packte ihn am Arm und zog ihn heraus. Als Richards Knie einknickten, faßte Bradley ihn unter der Achsel, hob ihn halb über die Schulter und schleppte ihn schnell zum zerbeulten grünen Wint hinüber. Er zog die Beifahrertür auf, schob Richards hinein und knallte sie wieder zu. Einen Moment später schlüpfte er auf den Fahrersitz.

»Jesus«, sagte er leise. »Wir sind hier. Wir haben es geschafft.«

»Ja«, antwortete Richards. »Gehen Sie zurück zum Start. Ziehen Sie zweitausend Mark ein.«

Sie rauchten in aller Ruhe. Ihre Zigaretten glühten wie zwei Augen in der Dunkelheit. Eine Zeitlang schwiegen sie beide.

...Minus 058 ... und der Countdown läuft...

»Bei der ersten Straßensperre hätten sie uns fast erwischt«, sagte Bradley, während Richards sich den Arm massierte, um wieder etwas Gefühl zu bekommen. Es war, als würden tausend Phantomnadeln hineinstechen. »Dieser Bulle hätte fast den Kofferraum geöffnet. Fast.« Er stieß eine große Rauchwolke in die Luft. Richards sagte nichts.

»Wie fühlst du dich?« fragte Bradley nach einer Weile.

»Schon besser. Würdest du mir bitte mein Portemonnaie aus der Tasche ziehen? Ich kann meinen Arm noch nicht so richtig bewegen.«

Bradley winkte ab. »Später. Ich möchte dir erst mal erzählen, wie Rich und ich die Sache organisiert haben.«

Richards zündete sich am Stummel der ersten eine neue Zigarette an. Eine Horde Ameisen krabbelte langsam durch seinen Arm.

»Wir haben für dich ein Hotelzimmer in der Winthrop Street reserviert. Das Hotel heißt Winthrop House. Klingt ziemlich vornehm, ist es aber nicht. Du heißt jetzt Ogden Grassner. Kannst du dir den Namen merken?«

»Ja. Aber man wird mich sofort erkennen.«

Bradley langte auf den Rücksitz und holte eine Schachtel nach vorn, die er Richards auf den Schoß legte. Sie war länglich und braun und mit einer Schnur zusammengebunden. Richards kam sie wie die langen Kartons vor, in denen die geliehenen Examensgewänder ausgeteilt wurden. Er warf Bradley einen fragenden Blick zu.

»Mach ihn auf.«

Er öffnete den Karton und fand eine Brille mit dicken blau getönten Gläsern, die auf einem Haufen schwarzen Stoffs lag. Er legte die Brille vorsichtig aufs Armaturenbrett und zog das Gewand heraus. Ein Priestertalar. Auf dem Boden der Schachtel lagen ein Rosenkranz, eine Bibel und eine purpurne Stola.

»Als Priester?« krächzte er verblüfft.

»Genau. Du wirst dich gleich jetzt umziehen. Ich helfe dir dabei. Auf dem Rücksitz liegt auch noch ein Stock. Du bist nicht ganz blind, aber so gut wie. Du solltest ab und zu mal irgendwo anstoßen. Du bist hier in Manchester, um an einer Versammlung des Kirchenrates zur Eindämmung der Drogensucht teilzunehmen. Hast du kapiert?«

»Ja«, antwortete Richards und knöpfte sich zögernd das Hemd auf. »Sag mal, behalte ich eigentlich unter diesem Ding meine Hose an?«

Bradley brach in schallendes Gelächter aus.

...Minus 057 ... und der Countdown läuft...

Während sie durch die Stadt fuhren, redete Bradley hastig auf Richards ein.

»Wir haben dir eine Schachtel mit gummierten Adreßaufklebern in den Koffer gelegt«, erklärte er. »Er ist hinten im Kofferraum. Auf den Aufklebern steht: Nach fünf Tagen bitte an die Brickhill Manufacturing Company, Manchester, NH, zurücksenden. Rich hat sie mit einem anderen Typen zusammen gedruckt. Wir haben nämlich eine Druckerpresse in unserem Quartier in der Boylston Street. Du schickst mir also jeden Tag deine zwei Bänder nach Boston, und ich sende sie von dort an die Spielekommission weiter. Per Expreß. Das werden die niemals ausbaldowern.«

Der Wagen hielt sanft am Straßenrand vor dem Winthrop House. »Ich werde den Wagen wieder in der Garage abstellen. Versuch nicht, Manchester zu verlassen, ohne deine Verkleidung zu ändern. Du mußt jetzt ein Chamäleon sein, Mann.«

»Was glaubst du, wie lange werde ich hier sicher sein?« fragte Richards. Mein Gott, ich habe mich völlig in seine Hand gegeben, dachte er. Es schien, als könnte er nicht mehr vernünftig für sich selbst denken. Er konnte seine geistige Erschöpfung schon fast wie den eigenen Körpergeruch an sich wahrnehmen.

»Die Reservierung gilt für eine Woche. Das könnte hinkommen. Vielleicht aber auch nicht. Du mußt dich auf dein Gespür verlassen. Im Koffer ist auch noch ein Name und eine Adresse von einem Freund in Portland, Maine. Man wird dich dort ein oder zwei Tage lang verstecken. Es wird teuer werden, aber dafür ist es sicher. Ich muß weiter, Mann, das hier ist eine Fünf-Minuten-Parkzone. Zeit für die Abrechnung.«

»Wieviel?« fragte Richards ihn.

»Sechshundert.«

»Quatsch. Davon bezahlst du nicht mal deine Ausgaben.«

»Doch. Und es bleiben auch noch ein paar Mäuse für die Familie übrig.«

»Nimm tausend.«

»Nein, du brauchst deine Moneten, Mann. Ja, ja!«

Richards sah ihn hilflos an. »Himmel, Bradley...«

»Schick uns mehr, wenn du es geschafft hast. Schick uns eine Million. Hol uns aus der Scheiße raus.«

»Glaubst du, daß ich es schaffen werde?«

Bradley lächelte nachsichtig und antwortete nicht.

»Warum machst du das denn?« fragte Richards leise. »Warum hast du soviel für mich getan? Ich versteh' ja noch, daß du mich versteckt hast, das hätte ich auch getan, aber du mußt ja die ganze Bandenkasse geplündert haben.«

»Sie hatten nichts dagegen. Sie kennen das Motto.«

»Welches Motto?«

»Eine Hand wäscht die andere. Wenn wir nicht den Hals für unsere Leute hinhalten würden, hätten die uns schon lange gekriegt. Wir hätten keinen Grund, solange zu warten, bis die Luft uns umgebracht hat. Wir brauchten bloß eine Leitung vom Herd ins Wohnzimmer zu legen, uns vors Free-Vee zu setzen und zu warten.«

»Man wird dich umbringen«, sagte Richards düster. »Man wird dir an der Straßenecke auflauern, und du endest in irgendeinem Keller mit herausgeschlagenen Zähnen und kaputten Eingeweiden. Oder sie holen sich Stacey. Oder Ma.«

Bradleys Augen blitzten unheilverkündend. »Es kommt noch mal ein schlimmer Tag«, sagte er. »Ein sehr schlimmer Tag für dieses Gewürm mit den vollgefressenen Bäuchen. Ich sehe schon, wie ihr Mond sich langsam in Blut verwandelt. Ich sehe Fackeln und Gewehre. Ein sprechendes und gehendes Ungeheuer.«

»Diese Dinge haben manche Leute schon vor zweitausend Jahren gesehen.«

Die Fünf-Minuten-Uhr summte, und Richards langte nach dem Türgriff. »Danke«, sagte er schlicht. »Ich weiß nicht, wie ich es anders ausdrücken soll, aber...«

»Mach schon«, unterbrach Bradley ihn. »Bevor ich einen Strafzettel kriege.« Seine kräftige braune Hand griff nach der schwarzen Robe. »Und wenn sie dich erwischen, dann sieh zu, daß du ein paar mitnimmst.«

Richards öffnete den Kofferraum und holte seinen Koffer heraus. Bradley reichte ihm wortlos den Blindenstock.

Der Wagen ordnete sich reibungslos in den fließenden Verkehr ein. Richards blieb am Straßenrand stehen und blickte ihm nach. Er hoffte, daß er dabei recht kurzsichtig wirkte. Die Rücklichter blinkten noch einmal kurz auf, bevor der Wagen abbog und aus seinem Blickfeld verschwand. Er fuhr in die Parkgarage zurück, wo Bradley ihn gegen den anderen umtauschen und damit nach Boston zurückfahren würde.

Seltsamerweise empfand Richards Erleichterung. Er konnte sich ganz gut in Bradley hineinversetzen – der war sicher froh, daß er ihn endlich los war.

Er stolperte über die unterste Treppenstufe des Hoteleingangs, und der Portier eilte ihm sofort zu Hilfe.

... Minus 056 ... und der Countdown läuft ...

Zwei Tage waren vergangen.

Richards spielte seine Rolle ausgezeichnet – sozusagen, als ob sein Leben davon abhinge. An beiden Abenden hatte er sein Abendessen im Hotelzimmer eingenommen. Er stand morgens um sieben auf, las in der Halle seine Bibel und machte sich danach auf den Weg zu seiner ›Versammlung‹. Das Hotelpersonal behandelte ihn mit der leicht herablassenden Herzlichkeit, die man sich in einer Welt des legalisierten Mordes, des bakteriologischen Krieges in Ägypten und Südamerika und des berüchtigten Abtreibungsgesetzes in Nevada (hab eins, töte eins) für halbblinde, zerstreute Geistliche (die ihre Rechnungen bezahlten) bewahrt hatte. Der Papst war ein sabbelnder Greis von sechsundneunzig Jahren, dessen blödsinnige Äußerungen zu diesen Ereignissen in der Witzesendung nach den Neunzehn-Uhr-Nachrichten übertragen wurden.

Richards hielt seine ›Einmannsitzungen‹ in einer gemieteten Kabine der Stadtbibliothek ab. Hinter verschlossenen Türen las er Literatur zur Umweltverschmutzung. Es gab kaum jüngere Informationen als aus dem Jahr 2002. Was er fand, ließ sich kaum mit dem vereinbaren, was früher geschrieben worden war. Wie gewöhnlich hatte die Regierung etwas verspätet, aber deswegen nicht weniger wirkungsvoll die Tatsachen vertuscht.

Mittags ging er in ein kleines Restaurant an der Straßenecke, nicht weit von seinem Hotel entfernt. Er stieß unterwegs immer wieder mit Leuten zusammen und entschuldigte sich höflich. Einige quittierten dies mit einem freundlichen: »Aber das macht doch nichts, Pater.« Die meisten fluchten nur beiläufig und schoben ihn zur Seite.

Die Nachmittage verbrachte er in seinem Zimmer, und beim Abendessen sah er sich die *Menschenjagd* an. Er hatte die vier Kassetten morgens auf dem Weg zur Bibliothek in den Briefkasten geworfen, und die Weitersendung von Boston aus schien zu funktionieren.

Die Produzenten der Sendung hatten eine neue Taktik entwickelt, um seine Luftverschmutzungsbotschaften zu übertönen. (Er versuchte es mit grimmiger Entschlossenheit immer wieder – vielleicht konnte er wenigstens die Menschen erreichen, die von den Lippen lesen konnten.) Neuerdings wurde seine Stimme von auf Magnetbändern gespeicherten Publikumsreaktionen erstickt: Schreie, Jubelrufe, Obszönitäten und Schmähungen. Im Verlauf seiner Rede wurde das Gekreisch immer hysterischer, bis es den Punkt des kollektiven Wahnsinns erreichte.

Während dieser langen Nachmittage dachte Richards über die Veränderung nach, die er während der fünf Tage, die er nun auf der Flucht war, durchgemacht hatte. Das hatte Bradley ausgelöst – Bradley und das kleine Mädchen. Er war nicht mehr nur für sich selbst auf der Welt, ein einsamer Mann, der für seine Familie kämpfte und bald sterben würde. Er gehörte jetzt zu all den unterdrückten Menschen da draußen, die um ihre Atemluft kämpften – einschließlich seiner Familie.

Er war nie ein sozial engagierter Mensch gewesen. Im Gegenteil, er hatte diese Leute immer in selbstgefälliger Mißachtung gemieden. Er hatte sie für dumme Trottel gehalten, die offenbar zuviel Zeit und zuviel Geld hatten. Halbstarke College-Kinder mit bunten Aufklebern an ihren Wagen und protzige Neorockgruppen.

Sein Vater hatte sich bei Nacht und Nebel davongeschlichen, als Richards fünf Jahre alt gewesen war. Er war damals zu jung gewesen, um sich jetzt noch an ihn zu erinnern. Aber er hatte ihn deswegen nie gehaßt. Er konnte es sehr gut verstehen, daß ein Mann, der zwischen Stolz und Verantwortung wählen mußte, sich für seinen Stolz entschied – wenn die Verantwortung ihm seine Männlichkeit raubte. Ein Mann kann nicht einfach herumsitzen und mitansehen, wie seine Frau das tägliche Brot auf ihrem Rücken verdient. Wenn ihm nichts mehr bleibt, als sich von der Frau aushalten zu lassen, die er geheiratet hat, kann er ebensogut gleich aus dem Fenster springen.

Die Jahre zwischen sechs und sechzehn hatten sie sich mit Prostitution durchgebracht – er und sein Bruder Todd. Als er zehn war, war seine Mutter an Syphilis gestorben. Todd war damals sieben gewesen. Fünf Jahre später war auch er bei einem Unfall ums Leben gekommen. Er war von einem Zeitungslastwagen überfahren worden, dessen Bremsen sich gelöst hatten, während er ihn beladen hatte. Die Stadtbehörde hatte sowohl Todd als auch seine Mutter im städtischen Krematorium verbrennen lassen. Die Straßenkinder nannten es die Aschen- oder auch die Seifenfabrik. Sie wußten ja alle, daß sie höchstwahrscheinlich eines Tages auf dieselbe Weise die ohnehin schon verschmutzte Stadtluft noch mehr verpesten würden. Es machte sie bitter und zugleich hilflos. Mit sechzehn war Richards also ganz allein gewesen. Er arbeitete nach der Schule volle acht Stunden als Maschinenputzer. Trotz seines mörderischen Stundenplans hatte er noch Zeit, sich Gedanken zu machen. Er empfand eine permanente Angst, die von dem Gefühl herrührte, völlig verlassen und auf sich selbst gestellt zu sein. Manchmal schreckte er nachts um drei aus einem Alptraum hoch, roch den Abfallgestank seines Einzimmerapartments und verspürte tief in seinem Herzen nichts als Furcht und Entsetzen.

Also hatte er geheiratet. Sheila hatte die ersten fünf Ehejahre ruhig an seiner Seite gelebt, während ihre Freunde (und Richards Feinde; er hatte viele Freunde gegen sich aufgebracht, weil er sich weigerte, an den nächtlichen Streifzügen teilzunehmen und sich einer Rockerbande anzuschließen) auf ihre erste Schwangerschaft warteten. Als keine eintrat, flaute das Interesse ab. Sie lebten von da an in jener besonderen Art von Vorhölle, die Co-Op City für Jungvermählte darstellte. Wenig Freunde und ein begrenzter Bekanntenkreis, zu dem lediglich die Nachbarn im Häuserblock gehörten. Richards machte das nichts aus; es paßte ihm sogar ganz gut. Er stürzte sich mit grimmiger Entschlossenheit in seine Arbeit und machte Überstunden, wo es nur ging. Die Löhne waren schlecht; er hatte keinerlei Aussichten, irgendwann mal aufzusteigen, und die Inflation rannte ihnen davon – aber sie waren verliebt. Das änderte sich über die Jahre hinweg nicht – wieso auch? Richards gehörte zu der Art von Einzelgängern, die ihrer Frau tiefe Zuneigung und Liebe entgegenbringen und sie gleichzeitig psychisch dominieren konnten. Bis er Sheila getroffen hatte, waren seine Gefühle ja völlig unberührt geblieben. Während der elf Jahre ihrer Ehe hatten sie keinen nennenswerten Streit gehabt.

2018 kündigte er, weil die Chancen, ein Baby zu zeugen, sich mit jeder Schicht, die er hinter den undichten altmodischen Strahlenschutzschirmen von General Atomics verbrachte, verringerten. Er wäre ganz gut aus der Sache rausgekommen, wenn er die beleidigende Frage des Vormannes, warum er denn kündige, mit einer Lüge beantwortet hätte. Aber Richards hatte ihm ohne Umschweife erklärt, was er von General Atomics halte, und ihm noch geraten, er solle sich die Gammastrahlenschirme nehmen und sie den umgekehrten Weg in seinem Verdauungsapparat gehen lassen. Es endete mit einem kurzen, aber brutalen Kampf. Der Vormann war zäh und muskulös, aber Richards brachte ihn dazu, zu heulen wie ein kleines Kind.

Damit hatte der Abstieg begonnen. Er galt als gemeingefährlich. »Wenn Sie den Mann wirklich dringend brauchen, dann stellen Sie ihn ein, aber sehen Sie zu, daß Sie ihn spätestens nach einer Woche wieder loswerden!« Bei GA-Angestellten leuchtete beim Namen Richards die rote Signallampe auf.

Im Laufe der nächsten fünf Jahre belud er Lastwagen und fuhr die Zeitung aus. Aber die Jobs wurden immer weniger, und bald gab es gar keine mehr. Das Free-Vee hatte das gedruckte Wort aussterben lassen. Richards stand auf der Straße, wurde von der Polizei weggejagt, arbeitete ab und zu mal einen halben Tag oder ein paar Stunden.

Die großen Protestbewegungen dieses Jahrzehnts rauschten unbemerkt an ihm vorbei wie Geister an den Nichtgläubigen. Er wußte zum Beispiel nichts von dem Hausfrauenmassaker von 2024, bis seine Frau es ihm drei Wochen später erzählte. Zweihundert bewaffnete Polizisten waren mit Maschinenpistolen und Schlagstöcken auf eine Gruppe von Hausfrauen losgegangen, die sich auf einem Marsch zu den Lebensmittellagern im Südwesten der Stadt befanden. Sechzig Frauen waren dabei getötet worden. Er hatte auch nur eine ungefähre Ahnung davon, daß im mittleren Osten ein Nervengaskrieg geführt wurde. All das ging ihn nichts an. Mit Protest erreichte man sowieso nichts. Und Gewalt funktionierte auch nicht. Die Welt ist so, wie sie ist, und Ben Richards mühte sich durch sie hindurch, nahm alles hin und stellte keine Fragen, sondern suchte Arbeit. Er ergatterte hier und da mal einen Halbtagsjob, der miserabel bezahlt wurde. Er reinigte faulig stinkende Schlammlöcher unter den Hafenpiers und stand bis zur Hüfte im Dreck, während andere sich auf der Straße herumtrieben und ernsthaft glaubten, daß sie auf Arbeitssuche wären. Dabei taten sie nichts.

Geh weiter, du Wurm, sieh zu, daß du Land gewinnst. Hau ab. Nein, keine Arbeit. Raus hier. Wenn du nicht gleich verschwindest, reiß ich dir deinen Schrumpelkopf ab, Opa. Weitergehen.

Dann bekam er überhaupt keine Arbeit mehr. Es war schlichtweg unmöglich, welche zu finden. Ein betrunkener Reicher in einem seidenen Sporttrikot pöbelte ihn eines Abends auf der Straße an, als er mutlos nach einem fruchtlosen Tag nach Hause schlenderte. Er sagte, er würde ihm zehn neue Dollar geben, wenn Richards die Hosen runterziehen und ihn sehen lassen würde, ob die Straßenräuber tatsächlich ellenlange Schwänze hätten. Richards schlug ihn nieder und rannte weg.

Endlich, nachdem sie es neun Jahre lang immer wieder versucht hatten, wurde Sheila schwanger. »Er war Maschinenputzer«, flüsterten sich die Leute im Haus zu. »Nicht zu fassen, er ist über sechs Jahre lang Maschinenputzer gewesen, und jetzt hat er ihr ein Kind gemacht. Was kann dabei schon herauskommen? Ein Monster natürlich«, tratschten sie. »Es wird zwei Köpfe haben und keine Augen.« *Ja, ja, die Strahlungen, eure Kinder werden alle Ungeheuer sein –*

Aber es wurde kein Monster, sondern Cathy, ein pummeliges, vollkommenes, schreiendes Baby. Sie wurde von einer Hebamme aus der Nachbarschaft auf die Welt gebracht, die dafür fünfzig Cent und vier Dosen Bohnen verlangte.

Und jetzt war er zum erstenmal seit dem Tod seines Bruders wieder völlig unsicher, was er tun sollte. Aller Druck, im Augenblick sogar vorübergehend der Druck seiner Jäger, war von ihm gewichen.

Wütend dachte er an die Direktoren der Spieleorganisation, die ein riesiges und mächtiges, weltweites Kommunikationsnetz aufgebaut hatten. Dicke, fette Ärsche mit Nasenfiltern und Geld, um ihre Abende mit hübschen Nutten in Seidenhöschen zu verbringen. Sollte die Guillotine auf ihre Köpfe fallen. Und fallen. Und fallen. Aber es gab wohl keine Möglichkeit, ihnen an den Kragen zu gehen. Sie überschatteten die Welt und nahmen ihr das Licht wie das Spielegebäude der Stadt.

Aber weil er nun mal so war, wie er war, und weil er allein war und im Begriff, sich zu verändern, dachte er darüber nach. Er merkte nicht, daß sich auf seinem Gesicht ein grimmiges, wölfisches Grinsen ausgebreitet hatte. Es schien intensiv genug, die Menschen in Bewegung und Häuser in Brand zu setzen. Es war dasselbe Lächeln, das er an dem beinahe vergessenen Abend auf den Lippen gehabt hatte, als er einen Mann niedergeschlagen hatte und mit leeren Taschen und nichts als Wut im Bauch nach Hause gerannt war.

...Minus 055 ... und der Countdown läuft...

Der Montag war genau wie der Sonntag – die Arbeitswelt kannte schon lange keinen besonderen Tag in der Woche mehr, an dem man freihatte.

Abends um halb sieben ließ sich Pater Ogden Grassner einen ›Meatloaf Supreme‹ aufs Zimmer bringen und setzte sich damit gemütlich vors Free-Vee, um sich *Menschenjagd* anzusehen. (Die Hotelküche mochte für jeden, der mit besserer Nahrung als Hamburger und Konzentratpillen groß geworden war, ungenießbar sein, aber Richards fand das Essen köstlich.) Der erste Teil der Sendung, der sich mit ihm selbst befaßte, unterschied sich nicht sehr von den beiden vorherigen Abenden. Richards Rede wurde wieder von den Buhrufen des Publikums übertönt. Bobby Thompson gab sich wie immer weltmännisch und abgefeimt. In Boston wurde jetzt Haus für Haus durchsucht. Jeder, der den Flüchtling bei sich aufgenommen hatte, sollte sofort getötet werden. Richards lächelte freudlos, als die Werbespots eingeblendet wurden. Es war gar nicht so schlecht; auf gewisse Art fand er die Sendung sogar lustig. Er konnte alles vertragen, solange sie die verstorbenen Polizisten nicht brachten.

Der zweite Teil war jedoch bedeutend anders. Thompson hatte ein breites Lächeln aufgesetzt. »Nachdem wir nun die letzten Bänder gesehen haben, die uns das Monster, das sich Ben Richards nennt, geschickt hat, habe ich auch eine gute Nachricht für euch...«

Sie hatten Laughlin erwischt.

Er war am Freitag in Topeka gesehen worden, aber die intensive Suche nach ihm hatte weder am Sonnabend noch am Sonntag zu irgendwelchen Ergebnissen geführt. Richards hatte angenommen, daß Laughlin sich genau wie er durch die Linien geschlichen hatte und entkommen war. Doch Laughlin war am Nachmittag von zwei Kindern gesehen worden. Er hatte sich in einem Geräteschuppen der Straßenbaubehörde versteckt. Irgendwann auf der Flucht hatte er sich das rechte Handgelenk gebrochen.

Die beiden Kinder, Bobby und Mary Cowles, lächelten

strahlend in die Kamera. Bobby Cowles fehlte ein Zahn, und Richards fragte sich, ob ihm die Zahnfee über Nacht einen Quarter gebracht hatte. Die Bilder machten ihn ganz krank.

Thompson verkündete wichtigtuerisch, daß die beiden Kinder, ›Topekas Bürger Nr. 1‹, am nächsten Abend im Studio erscheinen würden, um eine Verdienstmedaille überreicht zu bekommen. Zusätzlich erhielten sie noch einen lebenslangen Gutschein für Frühstückscornflakes und jeder einen Scheck über tausend Dollar, den ihnen der Gouverneur von Kansas, Mr. Hizzoner, überreichen würde. Das Publikum reagierte mit gellendem Jubelgeschrei.

Die folgenden Bilder zeigten Polizisten, die Laughlins zerschossenen Körper aus dem Schuppen zerrten, der vorher zu einem schwelenden Haufen niedergebrannt war. Bravoschreie, gemischt mit Buhrufen und Pfiffen aus dem Publikum.

Richards wandte sich angeekelt ab. Dünne, unsichtbare Finger schienen sich gegen seine Schläfen zu pressen.

Wie aus weiter Entfernung hörte er, wie der Bericht weiterging. Laughlins Leiche war im Rundbau des Regierungsgebäudes von Kansas aufgebahrt worden. Es hatte sich schon eine riesige Schlange von Menschen gebildet, die neugierig an ihm vorbeidefilierten. Ein Polizist, der bei der Ergreifung dabeigewesen war, berichtete in einem Interview, daß Laughlin sich kaum zur Wehr gesetzt hätte.

Wie schön für euch, dachte Richards. Er erinnerte sich an Laughlins säuerliche Stimme, den direkten, spöttischen Blick seiner Augen.

Eine Freundin von mir aus unserer Fahrgemeinschaft.

Jetzt gab es nur noch eine große Show, und das war Ben Richards. Sein Abendessen schmeckte ihm nicht mehr.

... Minus 054 ... und der Countdown läuft ...

In der Nacht hatte er einen schlechten Traum. Das war ungewöhnlich. Der alte Richards hatte nie geträumt. Noch ungewöhnlicher war, daß er als Person in dem Traum gar nicht existierte. Er war bloß ein unsichtbarer Beobachter.

Der Raum war nicht scharf abgegrenzt und zerfloß an den Rändern des Blickfelds in der Dunkelheit. Es kam ihm vor, als tropfe irgendwo Wasser. Richards hatte das Gefühl, sich tief unter der Erde zu befinden.

In der Mitte des Raumes saß Bradley auf einem Holzstuhl. Seine Arme und Beine waren mit Lederriemen gefesselt. Sein Kopf war geschoren wie der eines Strafgefangenen. Um ihn herum standen Gestalten mit schwarzen Kapuzen über den Köpfen. Die Jäger, dachte Richards mit klopfendem Herzen. Mein Gott, das sind die Jäger.

»Ich bin nicht der Mann«, sagte Bradley.

»Natürlich bist du es«, sagte einer der Kapuzenmänner freundlich, und stach eine Nadel durch Bradleys Wange. Bradley schrie.

»Na, bist du der Mann?«

»Du kannst mich mal.«

Eine Nadel stach geschmeidig in Bradleys Auge und wurde langsam wieder herausgezogen. Eine farblose Flüssigkeit tropfte auf Bradleys Wange. Sein Auge wirkte jetzt flach und ausdruckslos.

»Bist du der Mann?«

»Steck dir die Nadel in den Arsch.«

Der Kapuzenmann berührte Bradleys Nacken mit dem elektrischen Schlagstock. Bradley schrie auf, und die Haare standen ihm zu Berge. Jetzt sah er aus wie eine schwarze Zeichentrickkarikatur.

»Na, bist du jetzt der Mann, kleiner Bruder?«

»Von euren Nasenfiltern werdet ihr noch Krebs kriegen«, rief Bradley. »Ihr weißen Schweinehunde seid doch alle durch und durch verdorben.«

Sein zweites Auge wurde durchstochen. »Bist du der Mann?«

Der blinde Bradley lachte sie aus.

Einer der Kapuzenmänner gab den anderen ein Zeichen, und Bobby und Mary Cowles kamen fröhlich in den Raum gehüpft. Sie tanzten um Bradley herum und sangen: »Wer hat Angst vorm schwarzen Mann? Wer hat Angst vorm schwarzen Mann?«

Bradley schrie und wand sich auf dem Stuhl. Es sah aus, als wolle er seine Hände zu einer abwehrenden Geste heben. Der Gesang wurde lauter und lauter, bis er in einem Echo verhallte. Die Kinder verwandelten sich. Ihre Köpfe wurden länger und länger und färbten sich blutrot. Sie rissen die Mäuler auf, und statt Zähnen blitzten Rasierklingen in ihren Rachen.

»Ich sag's euch«, brüllte Bradley. »Ich werd's euch sagen. Ich bin nicht der Mann. Ben Richards ist der Mann. Ich sag's euch... Gott... oh, Gott...«

»Wo ist dieser Mann, kleiner Bruder?«

»Ich sag's euch. Ich sag's euch. Er ist...«

Aber seine Worte gingen im Gesang unter. Die Kapuzenmänner griffen gerade nach Bradleys hochgerecktem, sehnigem Hals, als Richards schweißgebadet aufwachte.

...Minus 053 ... und der Countdown läuft...

Er war in Manchester nicht mehr sicher.

Er wußte nicht, warum er plötzlich dieses Gefühl hatte, ob es an Laughlins brutalem Tod lag oder an dem Traum oder ob es tatsächlich eine Vorahnung war.

Am Dienstag ging er jedenfalls nicht in die Bibliothek, sondern blieb in seinem Zimmer. Er hatte das Gefühl, als wäre jede Minute, die er noch in Manchester verbrachte, eine Einladung für einen raschen Tod. Wenn er aus dem Fenster blickte, sah er in jedem alten Bettler, in jedem schlampigen Taxifahrer einen der Kapuzenmänner. Visionen von Scharfschützen, die sich leise den Hotelflur entlang auf seine Tür zu schlichen, quälten ihn. Es war, als hätte er eine große Uhr im Kopf, die seine Lebenszeit wegtickte.

Kurz nach elf Uhr hatte er seine Unentschlossenheit überwunden. Er konnte unmöglich bleiben. Er wußte, daß sie ihn gefunden hatten.

Er nahm seinen Blindenstock und stolperte tolpatschig zum Fahrstuhl, um in die Empfangshalle hinunterzufahren.

»Gehen Sie heute spazieren, Pater Grassner?« fragte der Tagesportier mit dem üblichen herablassenden Lächeln.

»Ja, ich habe heute frei«, erwiderte Richards. »Gibt es ein Kino in dieser Stadt?«

Er hatte inzwischen mindestens schon zehn Kinos gesehen, und in acht davon liefen 3-D-Pornofilme.

»Hm«, antwortete der Portier vorsichtig. »Es gibt eins in der Innenstadt. Ich glaube, da läuft ein Walt-Disney-Film...«

»Oh, das ist sehr schön«, erklärte Richards kurz angebunden und stolperte beim Hinausgehen über einen Blumentopf.

Zwei Häuserblocks vom Hotel entfernt ging er in einen Drugstore und besorgte sich eine Mullbinde und zwei billige Aluminiumkrücken. Der Verkäufer verpackte seine Einkäufe in einer langen Schachtel. An der nächsten Straßenecke erwischte er ein Taxi.

Der Wint stand an demselben Platz, an dem sie ihn vor ein paar Tagen vorgefunden hatten. Richards entdeckte nirgendwo einen Aufsichtsbeamten. Schnell stieg er in den Wagen und startete den Motor. Er zögerte kurz, als ihm einfiel, daß er keinen Führerschein auf seinen Namen besaß, der ihn nicht sofort verraten würde, aber er schob den Gedanken beiseite. Er glaubte nicht, daß seine neue Verkleidung ihn bei einer echten Kontrolle wirklich schützen würde. Sollte er auf eine Straßensperre stoßen, würde er einfach hindurchrasen. Man würde ihn zwar dafür erschießen, aber er würde ja sowieso sofort getötet werden, wenn man ihn erkannte.

Er warf die Ogden-Grassner-Brille ins Handschuhfach und fuhr los. Als er das Parkhaus verließ, winkte er dem Jungen am Schalter kurz zu, aber der blickte kaum von seiner Zeitschrift hoch.

Am Nordrand der Stadt hielt er bei einer Tankstelle, um den Wagen mit neuer Preßluft auffüllen zu lassen. Der Luftwart war ein pubertierender Knabe mit einem schlimmen

Aknebefall. Er wagte es kaum, Richards bei der Arbeit ins Gesicht zu sehen. So weit, so gut.

Er bog von der Route 91 auf die 17 ab und von dort auf eine Landstraße ohne Namen oder Nummer. Drei Meilen weiter fuhr er auf einen verlassenen Müllabladeplatz und stellte den Motor ab.

Er drehte den Rückspiegel so, daß er sein Gesicht sehen konnte, und wickelte sich schnell die Bandage um den Kopf, die er mit einem Clip befestigte. Auf einer trostlosen Ulme saß ein Vogel und zwitscherte aufgeregt.

Das Ergebnis war gar nicht mal schlecht. Wenn er in Portland genügend Zeit hätte, könnte er sich auch noch eine Halsstütze besorgen.

Er legte die Krücken auf den Beifahrersitz und fuhr wieder los. Vierzig Minuten später erreichte er das Autobahnkreuz Portsmouth. Auf der Route 95 nach Norden fahrend, langte er in seine Jackentasche und holte den zerknitterten Zettel heraus, den Bradley ihm gegeben hatte. Mit den sorgfältig gemalten Buchstaben eines Autodidakten hatte Bradley mit einem weichen Bleistift darauf geschrieben:

94 State Street, Portland
DIE BLAUE TÜR, GÄSTEHAUS
Elton Parrakis (& Virginia Parrakis)

Richards betrachtete den Zettel mit gerunzelter Stirn und sah dann wieder auf den Straßenverkehr. Ein schwarzgelbes Polizeiauto kreiste über dem Verkehr auf der Autobahn. Auf der Straße befand sich ein Kollege in einem schweren Bodenfahrzeug. Sie kreisten ihn einen Augenblick lang ein und sausten dann weiter, sich elegant durch den sechsspurigen Verkehr schlängelnd. Eine ganze normale Verkehrsüberwachung.

Während die Straße unter ihm wegsauste, spürte er allmählich eine leichte, fast Übelkeit verursachende Entspannung in seiner Brust. Er wußte nicht, ob er lachen oder sich übergeben sollte.

…Minus 052 … und der Countdown läuft…

Die Fahrt nach Portland verlief ohne Zwischenfälle.

Als er den Stadtrand erreicht hatte, war das Gefühl der Erleichterung wieder verschwunden. Sie konnten überall sein. Vor oder hinter ihm, über und sogar unter ihm. Oder auch nirgendwo. Er fuhr durch reiche Wohnviertel mit breiten Straßen und großen Privatschulen, deren Gelände mit elektrischen Zäunen abgesichert waren.

Die State Street lag in einem öden Viertel mit alten Sandsteinbauten, nicht weit von einem ehemaligen Park entfernt, der inzwischen völlig überwuchert war – ein gutes Versteck für die Straßenräuber, Diebe, Drogensüchtigen und Verliebten dieser kleinen Stadt, dachte Richards. Hier würde nach Einbruch der Dunkelheit niemand mehr auf die Straße gehen, es sei denn, er führte einen Polizeihund an der Leine oder gehörte einer der Straßenbanden an.

Die Hausnummer 94 war ein verfallenes, rußgeschwärztes Gebäude, dessen Fenster mit ehemals grünen Holzläden verschlossen waren. Richards fand, es sah aus wie ein alter Mann, der mit blinden Augen gestorben war.

Er parkte den Wagen am Straßenrand und stieg aus. Auf der Straße lagen vereinzelte Wracks von Pneumoautos, schon so verrostet, daß ihre ehemalige Form kaum mehr zu erkennen war. Auf dem Parkstreifen entdeckte er einen umgekippten Studebaker, der wie ein toter Hund auf der Seite lag. Nein, dies war kein Polizeigebiet. Wenn er hier seinen Wagen unbewacht stehen ließ, würde er innerhalb einer Viertelstunde eine Traube von spuckenden, zankenden, schlitzäugigen Jungen anlocken. Und innerhalb einer halben Stunde würden diese Jungen sich Schraubenzieher, Zangen und Brecheisen beschaffen, die sie miteinander vergleichen, in die Luft werfen, gegen den Wagen schlagen und damit scheinbar Schwertkämpfe ausführen würden. Dann würden diese Jungen ihre Werkzeuge nachdenklich in die Luft halten, als ob sie das Wetter prüfen oder eine mysteriöse Radiobotschaft aus dem All empfangen wollten, und innerhalb einer Stunde wäre der Wagen bis auf den

Rumpf ausgeweidet. Luftkappen, Zylinder und das Lenkrad eingeschlossen.

Ein kleiner Junge kam auf Richards zu gerannt, als er sich gerade seine Krücken zurechtstellte. Ein Brand mußte ihm eine Gesichtshälfte zerstört haben. Er hatte dort keine Haare auf dem Kopf und wirkte mit den Runzeln und Brandnarben wie ein von Frankenstein höchst persönlich zusammengeflicktes Monster.

»Dope, Mister? Guter Stoff. Bringt Sie auf den Mond.« Er kicherte verschmitzt, wobei sich die zerfetzte Haut seiner kranken Gesichtshälfte zu einer grotesken Fratze verzog.

»Verpiß dich«, sagte Richards kurz angebunden.

Der Junge versuchte, mit dem Fuß eine Krücke wegzustoßen. Richards holte mit der anderen aus und schlug ihn damit auf den Hintern. Fluchend rannte der Junge weg.

Richards humpelte langsam die ausgetretenen Steinstufen hinauf und betrachtete die Haustür. Früher mußte sie einmal blau gestrichen gewesen sein, aber die Farbe war mit der Zeit abgeblättert und verblichen, so daß nur das müde Blaugrau des Regenhimmels übriggeblieben war. Es hatte wohl mal eine Türklingel gegeben, aber irgendein Vandale hatte sie mit einem Meißel herausgebrochen.

Richards klopfte und wartete. Nichts geschah. Er klopfte noch mal.

Es war schon spät am Nachmittag, und die Kälte kroch langsam über den Boden. Weit hinten im Park hörte er das leise Knistern der Zweige, die ihre Blätter schon verloren hatten.

Es war niemand zu Hause. Er sollte lieber gehen.

Er klopfte noch mal, überzeugt davon, daß sich *bestimmt* jemand im Hause befand.

Und diesmal wurde er mit dem schlurfenden Geräusch von Hausschuhen belohnt. Ein kurzer Augenblick Stille hinter der Tür. Und dann: »Wer ist da? Ich kaufe nichts. Verschwinden Sie.«

»Man hat mir gesagt, daß ich Sie aufsuchen solle«, rief Richards.

Ein Guckloch öffnete sich quietschend, und ein braunes Auge spähte hindurch. Das Guckloch wurde zugeknallt.

»Ich kenne Sie nicht.« Eine klare Antwort.

»Ich sollte nach Elton Parrakis fragen.«

Grunzend: »Ach so, Sie sind einer von denen...«

Hinter der Tür wurden Schlösser aufgeschlossen und Riegel zurückgeschoben. Eine Kette rasselte. Er hörte das Klikken eines Sicherheitsschlosses, dann noch eins. Eine schwere Querstange fiel zu Boden.

Endlich ging die Tür auf, und Richards sah eine dürre Frau ohne Brüste mit riesigen, knotigen Händen. Ihr Gesicht war faltenlos, beinahe engelsgleich. Es sah aus, als würde es von unzähligen unsichtbaren Klammern und Häkchen gehalten, die einen verzweifelten Kampf mit der Zeit führten. Vermutlich würde die Zeit gewinnen, aber diese Frau war nicht leicht zu schlagen. Sie war fast einen Meter neunzig groß, trotz ihrer flachen Hausschuhe, und ihre Knie waren von der Arthritis zu dicken Baumstümpfen angeschwollen. Das Haar hatte sie unter einen Handtuchturban gesteckt. Ihr braunen Augen saßen tief unter buschigen Brauen, die sich wie zerzauste Gebirgssträucher verzweifelt an ihre Stirn zu klammern schienen. Sie musterte ihn mit einem schlauen, aber auch wilden Blick, der von ihrer Angst oder aber ihrem Zorn herzurühren schien. Später erst begriff er, daß sie eine fürchterlich verängstigte, verwirrte Frau war, die sich am Rand des Wahnsinns befand.

»Ich bin Virginia Parrakis«, sagte sie tonlos. »Eltons Mutter. Kommen Sie rein.«

...Minus 051 ... und der Countdown läuft...

Sie erkannte ihn nicht, bis sie in der Küche standen, in der sie Tee aufbrühte.

Das Haus war alt und düster. Die Art von Möbeln kannte Richards aus seiner eigenen Wohnung: moderner Ramsch aus dem Billiggroßhandel.

»Elton ist nicht da«, erklärte sie, während sie am Gasherd darauf wartete, daß das Wasser in dem zerbeulten Aluminiumtopf heiß wurde. In der Küche war es etwas heller. Richards sah die braunen Wasserflecken auf der verschimmelten Tapete, die toten Fliegen auf der Fensterbank – eine Erinnerung an den Sommer –, den aufgewölbten, rissigen Linoleumbelag auf dem Fußboden, durchzogen von schwarzen Furchen. Das Abflußrohr war undicht. Unter dem Leck klemmte ein Stapel Packpapier, um die Tropfen aufzufangen. Die Küche roch nach Desinfektionsmitteln, die ihn an die Intensivstation im Krankenhaus erinnerten.

Sie durchquerte die Küche und durchwühlte auf der Suche nach Teebeuteln mit ihren gichtigen Fingern das Gerümpel auf einem Regal. Endlich hatte sie zwei gefunden, von denen einer schon benutzt war. Richards bekam den gebrauchten, was ihn allerdings nicht sonderlich überraschte.

»Er arbeitet«, sagte sie und betonte das ›er‹ so, daß der Satz wie ein Vorwurf klang. »Sie kommen von diesem Kerl in Boston, nicht wahr? Der, dem Elton immer diese Briefe über die Luftverschmutzung schreibt.«

»Ja, Mrs. Parrakis.«

»Sie haben sich in Boston kennengelernt. Mein Elton füllt nämlich Verkaufsautomaten auf.« Sie schien trotz allem stolz auf ihn zu sein. Langsam latschte sie über das gewellte Linoleum zum Herd zurück. »Ich hab' meinem Eltie gesagt, daß das, was dieser Bradley tut, gegen das Gesetz ist. Ich hab' ihm gesagt, daß er dafür ins Gefängnis kommt oder Schlimmeres. Aber auf *mich* hört er ja nicht. Er hört nicht mehr auf seine alte Mammie.« Sie lächelte bei dieser mißbilligenden Feststellung. »Eltie hat schon immer gebastelt, wissen Sie... als er noch ein kleiner Junge war, hat er mal ein Baumhaus mit vier Zimmern gebaut. Das war, als die alte Ulme im Hinterhof noch nicht gefällt war. Aber dieser Nigger hatte die Idee, daß er so ein Gerät für Portland basteln sollte. Um die Luftverschmutzung zu messen, wissen Sie.«

Sie warf die Teebeutel in die Tassen und blieb, den Rücken zu Richards gekehrt, am Herd stehen, um sich die Hände über der Gasflamme zu wärmen. »Sie schreiben sich Briefe. Ich hab' zu meinem Eltie gesagt, die Post ist nicht sicher. Du kommst dafür ins Gefängnis oder noch was viel Schlimmeres. Aber Mam, hat er zu mir gesagt, wir schreiben einen Code. Er bittet mich um ein Dutzend Äpfel, ich schreib ihm, daß es meinem Onkel schlechter geht. Ich hab' gesagt: Eltie, glaubst du wirklich, daß die Polizei das nicht rauskriegen kann? Aber er hört ja nicht auf mich. Oh, früher war das anders. Früher war ich sein bester Freund. Aber das hat sich geändert. Seit seiner Pubertät hat sich alles verändert. Pornozeitschriften unter seinem Bett und all das. Und Sie hat man wohl auch dabei erwischt, was? Beim Messen von Smog und krebserzeugenden Sachen in der Luft. Und jetzt sind Sie auf der Flucht, nicht wahr?«

»Ich...«

»Macht nichts«, unterbrach sie ihn heftig und sah aus dem Fenster. Es ging auf den Hinterhof hinaus, der mit rostigem Blech, alten Autoreifen und sonstigem Gerümpel übersät war. Ein kleiner Sandkasten, der früher wohl mal dem kleinen Elton gehört hatte, war jetzt mit moderndem Herbstlaub gefüllt.

»Es macht nichts!« wiederholte sie. »Daran ist nur dieser Nigger schuld.« Sie drehte sich zu Richards um, und ihre Augen weiteten sich vor Zorn. »Ich bin jetzt fünfundsechzig, aber als das alles anfing, war ich ein frisches, junges Mädchen von neunzehn Jahren. Neunzehnhundertneunundsiebzig war das. Da hat alles angefangen. Plötzlich waren die Schwarzen überall! Überall! Ja, sie waren nicht mehr zu bremsen!« Sie schrie Richards an, als hätte er den Versuch gemacht, ihr zu widersprechen. »Überall. Sie haben diese Nigger zusammen mit den Weißen in die Schule gesteckt. Sie haben sie sogar an die Regierung gelassen. Radikale, Rebellen, Unruhestifter! Es ist ja nicht so, daß...«

Sie unterbrach sich mitten im Satz, als wären ihr die Worte im Mund zerplatzt. Entsetzt starrte sie Richards an, als hätte sie ihn vorher gar nicht gesehen.

»Liebergottseimirgnädig!« flüsterte sie.

»Mrs. Parrakis...«

»Nein!« kreischte sie heiser. »Nein, nein und nochmals ein!« Langsam schritt sie auf ihn zu und griff dabei nach einem langen, blinkenden Brotmesser, das in dem Durcheinander im Waschbecken lag. »Raus hier! Raus! Raus!« Richards stand auf und zog sich rückwärts aus der Küche zurück, Schritt für Schritt. Zuerst durch den dunklen Flur zwischen Küche und Wohnzimmer, dann durch das Wohnzimmer selbst.

Er bemerkte, daß an der Wand einer von den altmodischen Münzfernsprechern hing. Er stammte wahrscheinlich noch aus der Zeit, als dieses Haus ein echtes Hotel gewesen war. *Die blaue Tür, Gästehaus.* Wie lange war das wohl her? Zwanzig Jahre? Vierzig? Noch bevor die Schwarzen außer Rand und Band geraten waren oder erst danach?

Er bewegte sich schon rückwärts auf die Haustür zu, als er einen Schlüssel im Schloß klappern hörte. Beide erstarrten. Es sah aus, als hätte eine göttliche Hand den Film angehalten, um zu überlegen, was als nächstes folgen sollte.

Die Tür ging auf, und Elton Parrakis kam herein. Er war ein ungeheuer dicker junger Mann. Sein glanzloses blondes Haar war in grotesken Wellen aus der Stirn zurückgekämmt, und unter dieser Mähne hatte er ein rundes, unschuldiges Babygesicht, das einen Ausdruck ständiger Verwunderung zeigte. Er trug die blaugoldene Uniform seiner Automatenfirma und sah seine Mutter nachdenklich an.

»Leg das Messer weg, Mam.«

»Nein!« rief sie widerspenstig, aber der Ausdruck von Entschlossenheit verschwand langsam aus ihrem Gesicht.

Parrakis schloß die Haustür hinter sich und schritt auf seine Mutter zu. Sein ganzer Körper schwabbelte.

Sie zuckte zurück. »Du mußt ihn sofort wegschicken, Sohn. Es ist dieser Verrückte, dieser Richards. Wenn du ihn hierbehältst, kommst du ins Gefängnis. *Ich will nicht, daß du ins Gefängnis kommst!*« Sie fing an zu weinen, ließ das Messer fallen und warf sich ihrem Sohn in die Arme.

Er zog sie an sich und wiegte sie sanft wie ein kleines Baby. »Ich werde nicht ins Gefängnis kommen«, beruhigte er sie. »Schhh, schhh, Mam, wein nicht. Ich bitte dich, hör auf zu weinen.« Er lächelte Richards über ihre zuckenden Schultern hinweg zu und bedeutete ihm mit einer verlegenen Geste, daß ihm das alles sehr leid tue. Richards wartete.

»Na also«, sagte Elton zu seiner Mutter, als die Schluchzer in Schniefen übergegangen waren. »Mr. Richards ist ein guter Freund von Bradley Throckmorton, und er wird ein paar Tage bei uns bleiben.«

Sie fing an zu kreischen, und er hielt ihr den Mund zu, wobei er allerdings selbst zusammenzuckte. »Doch, Mam, er wird bei uns bleiben. Ich werde seinen Wagen gleich in den Park fahren und dort unter Strom setzen. Und du wirst morgen früh mit einem Paket zur Post gehen und es nach Cleveland schicken.«

»Boston«, korrigierte Richards automatisch. »Die Bänder gehen nach Boston.«

»Sie gehen ab jetzt nach Cleveland«, erklärte Elton ihm. »Bradley ist auf der Flucht.«

»O Gott.«

»Du wirst auch bald auf der Flucht sein«, fuhr Mrs. Parrakis ihren Sohn an. »Und dich werden sie kriegen. Du bist viel zu fett.«

»Ich führe Mr. Richards jetzt nach oben und zeige ihm sein Zimmer, Mam.«

»Mr. Richards? Mr. Richards? Warum nennst du ihn nicht bei seinem richtigen Namen? Satan!«

Er befreite sich mit einer sehr sanften Bewegung aus ihrer Umklammerung, und Richards folgte ihm gehorsam die dunkle Treppe hinauf. »Wir haben hier sehr viele Zimmer«, berichtete Elton freundlich und etwas außer Atem, während sein riesiger Hintern vor Richards Augen auf und ab wakkelte. »Vor vielen, vielen Jahren war dies mal ein Hotel – als ich noch ein Baby war. Sie können von Ihrem Zimmer aus die Straße beobachten.«

»Vielleicht sollte ich doch lieber gehen«, schlug Richards vor. »Wenn Bradley wirklich aufgeflogen ist, könnte Ihre Mutter recht haben.«

»Das ist Ihr Zimmer«, fuhr Elton fort, als hätte er Richards Einwand nicht gehört. Die Tür öffnete sich in ein feuchtes, staubiges Zimmer, das den Mief vieler Jahre gespeichert zu haben schien. »Es ist zwar nicht sehr gemütlich, leider, aber...« Er drehte sich mit einem Lächeln zu Richards um, das die Bitte ausdrückte, ihn doch zu mögen. »Sie können bleiben, solange Sie wollen. Bradley Throckmorton ist mein allerbester Freund.« Das Lächeln verdüsterte sich. »Er ist mein einziger Freund. Ich sehe mal nach Mam. Machen Sie sich keine Sorgen.«

Richards konnte nur leise sein Angebot wiederholen. »Es ist wohl besser, wenn ich gehe.«

»Nein, das können Sie nicht. Sie haben nicht mal Mam mit Ihrem Kopfverband getäuscht. Ich werde Ihren Wagen jetzt an einen sicheren Ort fahren, Mr. Richards. Wir sprechen später darüber.«

Er verließ das Zimmer mit eiligen Schritten. Richards sah, daß der Hosenboden seiner Uniform durchgesessen war. Als er draußen war, blieb eine unangenehme Atmosphäre der Unterwürfigkeit zurück.

Richards schob den Fensterladen auf und sah, wie er auf die Straße ging und in seinen Wagen stieg. Dann kam er wieder heraus und eilte die Stufen hinauf. Richards Herz setzte einen Schlag aus.

Schwere Schritte, die eilig die Treppe heraufstapften. Dann wurde die Zimmertür aufgestoßen. »Mam hat recht«, entschuldigte er sich. »Ich würde wirklich keinen guten Geheimagenten abgeben. Ich hab' die Autoschlüssel vergessen.«

Richards reichte sie ihm und versuchte es mit einem Scherz: »Ein halber Geheimagent ist besser als gar keiner.«

Entweder hatte er einen wunden Punkt bei Elton getroffen – oder gar keinen; der junge Mann trug sein Leiden zu deutlich zur Schau. Richards sah es fast vor sich: spottende Kinder, die hinter ihm her zogen wie kleine Küstenboote hinter einem Tanker.

»Vielen Dank«, sagte er leise.

Parrakis ging wieder hinunter und fuhr den kleinen grünen Wagen, der Richards aus New Hampshire hierhergebracht hatte, in den ehemaligen Stadtpark.

Richards zog die Tagesdecke vom Bett und legte sich hin. Die Arme hinter dem Kopf verschränkt, atmete er flach und starrte zur Decke hinauf. Das Bett schien ihn mit kalter Feuchtigkeit zu umfangen, der er noch durch die Decke und seine Kleider hindurch spürte. Ein schimmeliger Geruch drang ihm in die Nase.

Unten hörte er Mrs. Parrakis weinen.

...Minus 050 ... und der Countdown läuft...

Er döste ein wenig vor sich hin, aber er konnte nicht einschlafen. Es war schon fast dunkel, als er Eltons schwerfällige Schritte wieder auf der Treppe hörte. Er seufzte erleichtert auf und setzte sich auf.

Als Elton klopfte und eintrat, bemerkte Richards, daß er sich umgezogen hatte. Statt der Uniform trug er jetzt Jeans und darüber ein Zelt von einem Oberhemd.

»Ich hab' alles erledigt«, sagte er. »Der Wagen steht jetzt im Park.«

»Wird er da nicht ausgeraubt?«

»Nein«, beruhigte Elton ihn. »Ich habe eine besondere Vorrichtung angebracht. Eine elektrische Batterie mit zwei Krokodilklemmen. Wenn jemand den Wagen mit der Hand oder einer Brechstange berührt, kriegt er einen gewaltigen Schlag, und eine Sirene geht los. Funktioniert ganz gut, ich hab's mir selbst ausgedacht.« Mit einem tiefen Seufzer ließ er sich aufs Bett sinken.

»Was war das von wegen Cleveland?« wollte Richards wissen. (Er hatte festgestellt, daß Elton es einem sehr leicht machte, ihn herumzukommandieren.)

Parrakis zuckte die Achseln. »Oh, da lebt so ein Kerl wie ich. Ich habe ihn mal zusammen mit Bradley in der Bostoner Stadtbibliothek getroffen. Unser kleiner Luftverschmutzungsclub. Mam wird Ihnen vermutlich darüber erzählt haben.« Er rieb die Hände und lächelte unglücklich.

»Ja, sie hat so was erzählt«, bestätigte Richards.

»Sie ist... ein bißchen begriffsstutzig«, sagte Parrakis entschuldigend. »Sie hat nicht mehr so genau mitgekriegt, was in den letzten zwanzig Jahren passiert ist. Sie hat ständig Angst. Ich bin alles, was ihr noch geblieben ist.«

»Werden sie Bradley kriegen?«

»Ich weiß es nicht... Er hat sich ein ziemlich großes... hm, Netz aufgebaut.« Er wandte den Blick von Richards Gesicht ab.

»Sie...«

Die Tür ging auf, und Mrs. Parrakis stand im Eingang. Sie

hielt die Arme über der Brust verschränkt und lächelte, aber ihre Augen funkelten gehetzt. »Ich habe die Polizei angerufen«, sagte sie. »Jetzt müssen Sie verschwinden.«

Eltons Gesicht wurde weiß. »Du lügst.«

Richards sprang auf und lauschte mit geneigtem Kopf.

Aus der Ferne vernahm er die näher kommenden Polizeisirenen.

»Nein, sie lügt nicht«, sagte er. Ein fürchterliches Gefühl von Vergeblichkeit übermannte ihn. Zurück zum Start. »Bringen Sie mich zu meinem Auto.«

»Sie lügt«, wiederholte Elton beharrlich. Er stand auf, um Richards am Arm zu fassen, zog dann aber schnell die Hand zurück, als sei Richards zu heiß. »Das sind Feuerwehrsirenen.«

»Bringen Sie mich zu meinem Wagen. Schnell.«

Die Sirenen kamen immer näher, ihr an- und abschwellendes Heulen wurde lauter. Das Geräusch erfüllte Richards mit Entsetzen. Da war er nun, eingesperrt mit diesen beiden Verrückten, während –

»Mutter...« Eltons Gesicht verzog sich flehend.

»Ich habe sie angerufen!« schrie sie und versuchte, ihn am Arm zu packen, als wolle sie ihn schütteln. »Ich mußte es tun! Für dich! Dieser Nigger hat dich völlig durcheinandergebracht. Wir sagen einfach, er ist hier eingebrochen und wollte mit dem Geld wegrennen...«

»Kommen Sie!« rief Elton Richards zu und versuchte, seine Mutter abzuschütteln.

Aber sie klammerte sich an ihn wie ein giftiger kleiner Terrier, der sich einem Riesen in den Weg stellt. »Ich mußte es tun! Du mußt mit dieser ganzen Sache aufhören, Eltie! Du mußt jetzt...«

»Eltie!« schrie er. »*Eltie!*« Er stieß sie von sich, so daß sie durch das ganze Zimmer schlitterte und auf das Bett fiel.

»Schnell«, sagte er mit entsetztem Gesicht zu Richards. »Kommen Sie schnell.«

Sie rasten die Treppe hinunter und stolperten durch die Haustür auf die Straße hinaus. Elton fiel in einen zittrigen, schwerfälligen Trott. Er fing schon jetzt an zu keuchen.

Durch die offene Tür und das obere, geschlossene Fenster

hörten sie Mrs. Parrakis' Schreie, die sich zu seinem Crescendo steigerten, das sich mit dem Heulen der näherkommenden Sirenen vermengte: »Ich habe es für diiiiiich getaaaan...«

...Minus 049 ... und der Countdown läuft...

Ihre Schatten glitten den Hügel hinunter und auf den Park zu. Sie krümmten und streckten sich, je nachdem, ob sie sich den elektrischen G. A.-Straßenlampen näherten oder sich von dem Lichtkegel entfernten. Elton Parrakis schnaufte mittlerweile wie eine Lokomotive.

Sie rannten über die Straße und wurden plötzlich von zwei Scheinwerfern erfaßt, die ihre Silhouette scharf auf den Bürgersteig warfen. Flackerndes Blaulicht erhellte die Nacht, als der Polizeiwagen ungefähr einhundert Meter vor ihnen mit quietschenden Bremsen zum Stehen kam.

»RICHARDS! BEN RICHARDS!«

Eine dröhnende, durch Megaphon verstärkte Stimme.

»Ihr Wagen... da vorn... sehen Sie ihn?« keuchte Elton.

Richards konnte nur Umrisse erkennen. Elton hatte ihn unter einer Gruppe von Trauerbirken am Rand des Teiches gut versteckt.

Der Straßenkreuzer fuhr mit jaulendem Motor an; der heiße Gummi seiner Reifen hinterließ schwarze Spuren auf dem Asphalt. Der mit Benzin betriebene Motor heulte auf, als der Wagen über den Straßenrand auf das Hügelgelände jagte. Die Scheinwerfer stießen erst senkrecht in den Himmel; dann wippte die Motorhaube wieder herunter, und die beiden standen direkt im Lichtkegel.

Richards drehte sich um. Plötzlich überkam ihn eiskalte Ruhe. Er riß Bradleys Revolver aus der Tasche, während er Schritt für Schritt rückwärts ging. Die anderen Polizeiwagen waren noch nicht zu sehen. Nur dieser eine. Mit kreischendem Getriebe raste er über das weiche Gelände, wobei die Hinterreifen Grassoden und schwarze Erdklumpen aufrissen und hinter sich schleuderten.

Er feuerte zwei Schüsse auf die Windschutzscheibe ab. Sie klirrte zwar, zersplitterte aber nicht. In letzter Sekunde sprang er zur Seite und ließ sich ins Gras fallen. Er spürte es kalt an seinem Gesicht. Auf den Knien kauernd feuerte er dem Wagen zwei Schüsse hinterher, bevor dieser abrupt bremste und in einen großen Bogen schlitterte, um umzukehren. Das aufblitzende Blaulicht verwandelte die Nacht in einen verrückten, blau glitzernden Alptraum. Der Kreuzer war jetzt zwischen ihm und seinem Wagen, aber Elton war in der anderen Richtung gerannt und arbeitete schon fieberhaft an der Alarmvorrichtung, um den Wagen startklar zu kriegen.

Jemand lehnte zur Hälfte auf der Beifahrerseite aus dem Polizeiwagen, der sich jetzt wieder auf ihn zu bewegte. Ein donnerndes Stottern zerriß die Dunkelheit. Ein Maschinengewehr. Die Kugeln schlugen um ihn herum in den Boden und wühlten die Erde auf, die ihm gegen Stirn und Wangen spritzte.

Er kniete im Gras, als wolle er beten, und zielte nochmals auf die Windschutzscheibe. Diesmal schlug die Kugel durchs Glas.

Der Wagen war jetzt neben ihm –

Er sprang zur Seite, aber der Stoßdämpfer erwischte ihn am linken Fuß und zersplitterte seinen Knöchel. Richards stürzte kopfüber zu Boden.

Der Motor des Straßenkreuzers heulte erneut auf, als der Wagen wieder umkehrte. Jetzt waren die Scheinwerfer direkt auf ihn gerichtet, und er konnte kaum mehr etwas sehen. Er versuchte aufzustehen, aber der gebrochene Knöchel hinderte ihn daran.

Er schrie laut auf und beobachtete, wie der Wagen immer näher kam. Plötzlich nahm er alle Dinge irgendwie erhöht wahr, die Umgebung wurde surreal. Er durchlebte eine Art Adrenalindelirium und alles bewegte sich langsamer, bewußter, organisierter. Der heranfahrende Polizeiwagen war ein riesiger blinder Büffel.

Das Maschinengewehr ratterte wieder los, und eine Kugel traf ihn am linken Arm und riß ihn zur Seite. Der schwere Wagen steuerte auf ihn zu und versuchte, ihn zu erfassen.

Eine Sekunde lang sah er den Fahrer deutlich vor sich. Er drückte ab, und die Windschutzscheibe explodierte. Der Wagen bremste quietschend, rollte langsam auf die Seite, überschlug sich, landete krachend auf dem Dach und schlitterte noch ein Stück weiter. Der Motor soff ab, und in der plötzlichen Stille konnte man den Polizeifunk hören.

Richards konnte immer noch nicht aufstehen, deshalb kroch er auf den Wint zu. Parrakis saß schon hinterm Lenkrad und versuchte, den Motor zu starten, aber in seiner Panik hatte er wohl vergessen, die Sicherheitsventile zu öffnen. Jedesmal, wenn er den Schlüssel umdrehte, war nur das heisere Husten der leeren Luftkammern zu hören.

Die Nachtluft füllte sich mit dem Geheul heranrasender Sirenen.

Er war noch gut fünfzig Meter vom Wagen entfernt, als Elton plötzlich merkte, was er falsch machte, und den Ventilregler herunterstieß. Als er diesmal den Schlüssel umdrehte, sprang der Motor an, und der Wagen schwebte langsam auf Richards zu.

Er richtete sich auf, so gut er konnte, und riß die Beifahrertür auf, um sich erschöpft auf den Sitz fallen zu lassen. Elton bog nach links auf die Route 77, die oberhalb des Parks die State Street kreuzte. Der Wagen war kaum fünf Zentimeter über der Erde, als sie über den Randstein fuhren. Fast tief genug, um am Boden zu schleifen und sich zu überschlagen.

Elton keuchte angestrengt; er atmete die Luft so heftig aus, daß seine Lippen wie Fensterjalousien flatterten.

Zwei weitere Polizeiwagen kamen mit flackerndem Blaulicht und quietschenden Reifen um die Ecke gerast. Sie nahmen sofort die Jagd auf.

»Wir sind nicht schnell genug!« schrie Elton in Panik. Wir sind...«

»Sie fahren auf der Straße!« schrie Richards zurück. »Fahren Sie da über das leere Grundstück.«

Das Pneumoauto drehte abrupt nach links ab, und sie wurden mit Wucht nach oben gestoßen, als sie wieder den Randstein überquerten. Die angestaute Preßluft brachte das Auto schließlich in Fahrt.

Die Polizeiwagen blieben am Straßenrand stehen, aber

man schoß auf sie. Richards hörte, wie die Kugeln Löcher ins Autoblech schlugen. Das Rückfenster zersplitterte mit lautem Krachen, und beide wurden von Glassplittern übersät.

Schreiend steuerte Elton den Wagen mal nach links, mal nach rechts. Er wippte gefährlich in der Luft.

Eines der Polizeiautos verlor, als es über den Randstein donnerte, das Gleichgewicht. Es schlingerte heftig, wobei das Blaulicht mit grell zuckenden Blitzen die Dunkelheit zerfetzte, und landete krachend auf der Seite. Die Motorhaube schürfte einen tiefen Graben in den mit Abfall übersäten Morast. Als der Tank Feuer fing, explodierte der Wagen in einer großen, weiß glühenden Stichflamme.

Der zweite Straßenkreuzer fuhr ihnen auf der Straße nach. Elton hatte durch die Abkürzung einen guten Vorsprung gewonnen, aber der Straßenkreuzer würde sie bald wieder einholen. Die Benzinwagen fuhren gut viermal so schnell wir die Pneumoautos. Außerdem bestand die Gefahr, durch die Unebenheiten des Bodens aus dem Gleichgewicht zu geraten, wenn man zu weit von der Straße abwich. Das hatte Elton ja gerade vorhin bewiesen.

»Fahr nach rechts!« befahl Richards.

Parrakis fuhr wieder eine scharfe Kurve, so daß es Richards speiübel wurde. Sie waren jetzt auf der Route 1, und Richards entdeckte, daß sie weiter vorn nur noch auf den Zubringer zur Küstenautobahn gelangen konnten. Dort war kein Entkommen mehr möglich. Dort wartete der Tod.

»Bieg ab!« brüllte er. »Abbiegen, verdammt noch mal! Da rein, in die Sackgasse!« Einen Augenblick waren die Polizeiwagen nicht zu sehen. Sie befanden sich noch hinter der Kurve.

»NEIN!« schrie Parrakis entsetzt. »Nein!« Er zitterte am ganzen Körper. »Da sitzen wir wie die Ratten in der Falle.«

Richards beugte sich vor und riß das Steuer herum. Gleichzeitig schlug er Eltons Hand vom Antriebsknüppel weg. Der Wagen drehte sich beinahe neunzig Grad um sich selbst. Sie stießen an eine Hausecke auf der linken Gassenseite, und der Wagen trudelte zu Boden. Die Motorhaube rammte einen Abfallhaufen und eine Reihe von Mülltonnen. Dahinter befand sich nur festes Mauerwerk.

Richards wurde mit aller Wucht gegen das Armaturenbrett geschleudert, als der Wagen aufschlug. Bei dem plötzlichen Aufprall brach er sich die Nase, die sich sofort mit Blut füllte.

Das Pneumoauto lag schräg in der Gasse; einer der Zylinder hustete noch ein bißchen. Parrakis war nur noch ein stummer Haufen Fleisch über dem Lenkrad. Er hatte jetzt keine Zeit, sich um ihn zu kümmern.

Richards stemmte die Schulter gegen die verbogene Beifahrertür. Sie sprang auf, und er hüpfte auf einem Bein zu der Stelle, wo die Gasse in die Straße mündete. Dort lud er die Pistole neu; Bradley hatte ihm genügend Munition mitgeliefert. Die Patronen fühlten sich kalt und glitschig an. Ein paar ließ er fallen. Sein Arm hatte zu schmerzen angefangen. Er pochte wie ein kranker Zahn. Ihm war schwarz vor Augen.

Schweinwerfer beleuchteten die ruhige Ausfallstraße und machten die Nacht zu einem sonnenlosen Tag. Der Straßenkreuzer schlitterte um die Ecke; seine Reifen verbreiteten einen Gestank nach verbranntem Gummi und hinterließen schwarze Schlangenlinien auf dem Asphalt. Dann schoß er wieder vorwärts. Richards hielt die Pistole mit beiden Händen und stützte sich gegen die Wand des Gebäudes neben ihm. Gleich würden sie bemerken, daß sie keine Rücklichter mehr vor sich hatten. Der Polizist mit dem Maschinengewehr würde die Gasse entdecken und wissen –

Er zog das Blut durch die Nase hoch und feuerte. Das Ziel war so nahe, daß die Kugeln aufgrund ihrer Geschwindigkeit die kugelsichere Windschutzscheibe durchschlugen, als wäre sie aus Papier. Jeder Rückschlag dieser schweren Waffe fuhr ihm durch seinen verwundeten Arm, so daß er laut aufschrie.

Der Wagen donnerte über den Bürgersteig, flog ein kleines Stück durch die Luft und donnerte mit Karacho in die Hauswand auf der gegenüberliegenden Straßenseite. ECHO FREE-VEE REPARATUREN stand dort auf einem verblichenen Reklameschild. WIR REPARIEREN, SIE SEHEN! IM HUSCH, OHNE PFUSCH!

Beim Aufprall gegen die Mauer explodierte der Wagen.

Doch Richards hörte schon die nächsten kommen: es wurden immer mehr.

Keuchend rannte er zu seinem Auto zurück, auf seinem gesunden Bein humpelnd.

»Ich bin verletzt«, stöhnte Parrakis leise. »Ich bin schwer verletzt. Mam? Wo ist meine Mammie?«

Richards legte sich auf den Rücken und kroch unter den Wagen, wo er anfing, wie ein Verrückter Abfall und Unrat aus den Luftkammern zu ziehen. Das Blut aus seiner gebrochenen Nase lief ihm die Wangen hinunter und bildete kleine Pfützen neben seinen Ohren.

... Minus 048 ... und der Countdown läuft...

Nur noch fünf der sechs Zylinder funktionierten. Er schaffte höchstens vierzig Kilometer pro Stunde, und das Auto hing schräg in der Luft, als wäre er betrunken.

Parrakis dirigierte ihn vom Beifahrersitz aus, auf den Richards ihn manövriert hatte, durch die Stadt. Der Antriebsknüppel hatte sich beim Aufprall wie eine Radspeiche in seinen Bauch gebohrt. Sein Blut klebte warm an Richards Händen, während er das Lenkrad bediente. Er war sicher, daß Parrakis sterben würde.

»Es ist alles meine Schuld«, stöhnte Parrakis. »Es tut mit so leid. Ich hätte es besser wissen müssen. Sie kann nicht mehr klar denken. Sie... ist...« Er hustete einen schwarzen Blutklumpen hoch und spuckte ihn teilnahmslos in seinen Schoß. Die Sirenen heulten immer noch durch die Nacht, doch waren sie jetzt weit entfernt und bewegten sich nach Westen. Sie waren auf dem Marginal Way stadtauswärts gefahren, und Parrakis hatte ihn auf Seitenstraßen gelotst. Jetzt befanden sie sich auf der Route 9 und fuhren nordwärts. Die Vorstädte von Portland gingen langsam in eine kahle Herbstlandschaft über. Der gesamte Waldbestand war hier schon vor langer Zeit gefällt worden. Die Holzfäller mußten hier gewütet haben wie ein Heuschreckenschwarm. Sie hatten nichts als armseliges Buschwerk und öde Flächen zurückgelassen.

»Haben Sie auch wirklich 'ne Ahnung, wohin Sie mich eigentlich lotsen?« fragte Richards. Sein Körper schmerzte von Kopf bis Fuß. Er war sicher, daß der Knöchel gebrochen war, und auch bei der Nase hatte er keine Zweifel. Er konnte kaum noch durch die Nase atmen.

»Ich kenne da hinten ein Versteck«, antwortete Elton und spuckte noch mehr Blut. »Sie hat immer zu mir gesagt, daß die Mutter der beste Freund eines Jungen wäre. Können Sie sich das vorstellen? Ich hab' ihr immer geglaubt. Was werden sie jetzt mit ihr machen? Wird sie ins Gefängnis gesteckt?«

»Nein«, antwortete Richards kurz, aber es wußte es natürlich auch nicht. Es war zwanzig vor acht. Als Elton und er *Die blaue Tür* verlassen hatten, war es gerade zehn nach sieben gewesen. Ihm kam es so vor, als wären inzwischen Jahrzehnte vergangen.

In weiter Ferne konnte er immer noch die Sirenen hören. *Der Unaussprechliche verfolgt den Unausstehlichen;* dachte er unzusammenhängend. *Wenn du die Hitze nicht verträgst, verschwinde aus der Küche.* Er hatte wieder zwei Polizeiwagen ausgeschaltet. Mit der linken Hand. Wieder ein Bonus für Sheila. Blutgeld. Und Cathy? Würde Cathy krank werden und an der Milch sterben, die mit solchem Geld bezahlt wurde? *Wie geht es dir, mein Schatz? Ich hab' dich lieb. Hier draußen, auf dieser verrückten kurvigen Landstraße, die nur für Wilddiebe und Liebespaare geeignet ist, die sich im Dunkeln verstecken, hier draußen möchte ich dir sagen, daß ich dich lieb habe und dir wünschen, daß du heute nacht gut träumst. Ich wünschte –*

»Die nächste links«, krächzte Elton.

Richards bog in eine geteerte Straße ein, die durch ein wirres Gestrüpp von Gebersträuchen, Ulmen, Kiefern und Fichten führte, das noch nicht sehr hoch war. Er roch einen faulig nach Schwefel stinkenden Fluß, der mit Industrieabfällen angefüllt war. Kahle Zweige kratzten über das Autodach. Sie fuhren an einem Schild vorbei: SUPER-PINE-TREE-EINKAUFSZENTRUM – BAUSTELLE – BETRETEN VERBOTEN! – ELTERN HAFTEN FÜR IHRE KINDER!!

Sie kamen über eine Hügelkuppe, und da war es, das Super-Pine-Tree-Einkaufszentrum. Die Bauarbeiten sind bestimmt schon vor zwei Jahren eingestellt worden, dachte Richards, und auch da waren sie noch nicht sehr weit gewesen.

Die Baustelle war ein Chaos, ein von Ratten beherrschtes Gewirr von halb fertigen und halb schon wieder zerfallenen Läden und Geschäften, liegengelassenen Rohren, Brettern, Ziegelsteinen und eingestürzten Bauhütten, Geräteschuppen und Unkraut. Die Pflanzen hatten sich das Geländer zurückerorbert: struppige Wacholder- und Lorbeersträuche, Andelgras und Krüppelkiefern, Brombeere und Schwarzdorn, Teufelskraut und Goldrute. Es erstreckte sich über Meilen. Gähnende, ausgehöhlte Fundamente, so groß, als wären sie als Gräber für römische Götterstatuen gedacht, rostige Stahlgitter, die wie Skelette in die Luft ragten, mit Stahl vergitterte Zementmauern, die ein geheimes Kryptogramm in sich zu bergen schienen. Planierte und von Gras überwucherte Ebenen, die wahrscheinlich als Parkplätze gedacht gewesen waren.

Am Horizont begann eine Eule mit steifen, lautlosen Flügelschlägen ihre nächtliche Jagd.

»Helfen Sie mir... in den... Fahrersitz.«

»Sie sind nicht in der Verfassung, um zu fahren«, widersprach Richards und stieß an die Fahrertür, um sie zu öffnen.

»Es ist das mindeste... was ich... für Sie tun kann«, stöhnte Elton heiser, wobei er zwischendurch immer wieder Blut spuckte. »Ich werde sie ablenken... fahren, so weit ich kann.«

»Nein.«

»Lassen Sie mich gehen!« schrie er Richards an. Sein dickes Babygesicht war nur noch eine groteske Maske. »Ich sterbe... und Sie lassen mich besser al – al – al –, ah!« Er wurde von einem grauenhaften Hustenanfall geschüttelt, der wieder frisches Blut in seinen Schoß beförderte. Im Wagen roch es wie in einem Schlachthaus. »Helfen Sie mir«, flüsterte Elton. »Ich bin zu dick, um es allein zu schaffen. Mein Gott, so helfen Sie mir doch!«

Richards half ihm. Er hob und zog ihn zu sich herüber, und seine Hände spürten Eltons Wunden. Der Vordersitz war völlig durchnäßt. Und Elton (wer hätte gedacht, daß ein Mensch soviel Blut in sich hat?) hörte nicht auf zu bluten.

Endlich hatte er ihn hinter dem Lenkrad. Der Wagen hob sich wackelig in die Luft, wendete und zuckelte davon. Die

Bremslichter blinkten. Elton rammte ein paar Sträucher, bevor er die Straße fand und hinausfuhr.

Richards wartete darauf, das Krachen zu hören, wenn Elton gegen einen Baum raste, aber nichts derlei geschah. Nur das rhythmische *Humpa-humpa-humpa* der Luftzylinder, das immer leiser wurde, und das gleichmäßige Surren des kaputten Zylinders, der die anderen wohl in spätestens einer Stunde auch ausgebrannt haben würde. Und dann hörte er nur noch ein Flugzeug, das irgendwo hoch über ihm das Gebiet überflog. Zu spät fiel ihm ein, daß er die Krücken, die er zur Tarnung gekauft hatte, auf dem Rücksitz vergessen hatte.

Die Sterne blinkten verschwommen am Nachthimmel.

Er konnte seinen Atem sehen, der kleine gefrorene Kondensationswölkchen bildete. Heute nacht war es kälter.

Er stolperte von der Straße runter und hinkte in den Dschungel des Baugeländes.

... Minus 047 ... und der Countdown läuft...

In einem Kellerloch entdeckte er einen Haufen weggeworfenen Isoliermaterials und kletterte langsam hinunter, wobei er sich an den überhängenden Goldrutenzweigen festhielt. Er suchte sich einen Stock und stocherte damit in dem Haufen herum, um die Ratten zu vertreiben, doch es stieg nichts weiter als Fiberglasstaub auf, der ihn zum Niesen reizte. Er schrie auf, denn das Niesen schmerzte fürchterlich in der gebrochenen Nase. Keine Ratten. Die Ratten lebten alle in der Stadt. Er stieß ein heiseres, bitteres Lachen aus, das in dem großen, dunklen Raum hohl und geisterhaft klang.

Dann wickelte er sich in die Streifen des Isolationsmaterials, bis er aussah wie ein menschlicher Iglu – aber es war warm. Er lehnte sich an die Kellerwand und döste ein.

Als er aufwachte, hing eine schmale Mondsichel, nicht mehr als ein kleiner Streifen Licht, am östlichen Horizont. Er war immer noch allein. Keine Sirenen waren zu hören. Es mochte so gegen drei Uhr nachts sein.

Sein Arm tat weh, aber das Blut war inzwischen geronnen. Er zog ihn sanft aus dem Isoliermaterial und reinigte die Wunde sorgsam von den Glasfiberfusseln. Die Gewehrkugel hatte ihm ein ziemlich großes Stück Fleisch kurz über dem Ellbogen weggerissen. Er konnte von Glück sagen, daß sie ihm nicht den Knochen zertrümmert hatten. Dafür schmerzte sein Knöchel um so mehr. Der Fuß selbst war seltsam gefühllos, als gehöre er nicht mehr zu ihm. Er vermutete, daß der Knochen eigentlich genagelt werden müßte.

Mit diesen Gedanken schlief er wieder ein.

Als er endgültig erwachte, hatte er einen klaren Kopf. Der Mond stand hoch am Himmel, aber es gab noch keine Anzeichen der Morgendämmerung. *Er hatte etwas vergessen –*

Es war ein entsetzlicher Schock, als es ihm einfiel.

Er mußte bis zum Mittag zwei Kassetten aufgeben, wenn sie noch rechtzeitig in der Sechs-Uhr-dreißig-Sendung gezeigt werden sollten. Das bedeutete, daß er sein Versteck verlassen mußte, oder das Geld war flöten.

Aber Bradley war auf der Flucht, vielleicht schon gefaßt.

Und Elton Parrakis hatte keine Zeit gehabt, ihm die Cleveland-Adresse zu geben.

Und er hatte einen gebrochenen Knöchel.

Etwas Großes (ein Reh? Aber waren die im Osten nicht schon längst ausgerottet?) brach durch das Unterholz. Er zuckte vor Schreck zusammen. Die Isolationsstreifen glitten wie Schlangen von seinem Körper. Er versuchte, sie wieder um sich festzuzurren und schnaufte ungeduldig durch die verletzte Nase.

Da saß er also, ein Stadtbewohner auf einer verlassenen Baustelle, die wieder zu wilder Natur geworden war. Allein und verlassen. Und plötzlich wurde die Dunkelheit zu einem lebendigen Ungeheuer, bösartig und voll seltsamer Geräusche. Er hatte Angst.

Richards atmete tief durch den Mund ein und überdachte seine Möglichkeiten und deren Konsequenzen.

1. *Nichts tun:* Einfach sitzenbleiben und warten, bis die Lage sich wieder beruhigt hatte. Die Folge: Das Geld, das er sich Stunde um Stunde verdiente, würde ab heute abend sechs Uhr nicht mehr ausgezahlt werden. Er würde umsonst

sein Leben aufs Spiel setzen, und die Jagd auf ihn würde trotzdem weitergehen. Selbst wenn er die dreißig Tage schaffte, würde er dafür keinen Pfennig kriegen. Und er würde in jedem Fall eines Tages auf einer Bahre davongetragen werden.

2. *Die Kassetten nach Boston schicken.* Es konnte Bradley oder seiner Familie nicht mehr schaden, denn sie waren ja schon aufgeflogen. Die Folgen: (1) Die Bänder würden mit Sicherheit von den Jägern nach Harding weitergeschickt werden, die mittlerweile Bradleys Post überwachten. Aber sie würden ihn (2) auf diese Weise sofort in jeder Stadt aufstöbern, von der er sie ohne Zwischenadresse aufgab.

3. *Die Bänder direkt an die Spielekommission in Harding schikken. Die Folge: Die Jagd würde weitergehen, aber er würde vermutlich an jedem Ort erkannt werden, der groß genug war, um einen Briefkasten zu besitzen.*

Ziemlich miese Aussichten.

Ich danke Ihnen, Mrs. Parrakis. Vielen herzlichen Dank.

Er stand auf und schüttelte die restlichen Fetzen des Isoliermaterials aus seinen Kleidern. Dann nahm er die Kopfbinde ab und warf sie oben auf den Haufen. Nach kurzem Überlegen vergrub er sie unter dem Abfall.

Er machte sich auf die Suche nach einer Stütze (wobei er sich wieder der Ironie, die Krücken im Wagen vergessen zu haben, bewußt wurde), und als er ein Brett fand, das ihm ungefähr bis unter die Achsel reichte, warf er es auf den oberen Rand des Kellerlochs. Dann begann er seinen mühsamen Aufstieg, wobei die Goldrutenzweige wieder sehr nützlich waren.

Als er endlich zitternd und schwitzend oben stand, merkte er, daß er seine Hände sehen konnte. Das erste schwache Morgengrau hatte die Dunkelheit besiegt. Er sah sich noch einmal sehnsüchtig auf dem Gelände um und dachte, was für ein gutes Versteck das doch gewesen wäre.

Aber es ging nicht. Schließlich sollte er sich nicht verstekken, sondern fliehen. Das hielt die Einschaltquoten in der Höhe.

Bodennebel kroch wallend durch die kahlen Sträucher. Richards blieb einen Moment stehen, um sich zu orientieren, und humpelte dann zum Waldrand, der nördlich an das verfallene Baugelände stieß.

Unterwegs hielt er noch einmal an, um seinen Mantel über die Brettkante zu schlagen, dann verschwand er im Gebüsch.

...Minus 046 ... und der Countdown läuft...

Schon seit zwei Stunden war es heller Tag, und Richards war beinahe überzeugt davon, daß er die ganze Zeit im Kreis herumgelaufen war. Doch plötzlich drangen Autogeräusche durch das Unterholz.

Er schlich vorsichtig weiter, bis er, durch die Zweige spähend, eine zweispurige Schotterstraße entdeckte. Autos rauschten in regelmäßigem Abstand in beiden Richtungen vorbei. Ungefähr eine halbe Meile die Straße hinauf sah er eine Gruppe von Häusern, die entweder zu einer Tankstelle oder zu einem Kolonialwarenladen gehörte, vor dem zwei Zapfsäulen standen.

Er humpelte weiter durch das Gestrüpp und hielt sich dabei immer neben der Straße. Ab und zu stolperte er und fiel hin. Sein Gesicht und seine Hände waren von den dornigen Brombeerranken völlig zerkratzt, und seine Kleidung war über und über mit Kletten bedeckt. Er hatte es nach einer Weile aufgegeben, sie immer wieder abzuklauben. Kleine Bällchen von Wollgras flogen um seine Schultern; er sah aus, als hätte er gerade bei einer Kissenschlacht mitgemacht. Er war von Kopf bis Fuß durchnäßt; zweimal war es ihm gelungen, einen Bach zu überqueren, doch beim dritten Mal war die Behelfskrücke auf dem unebenen Bachgrund abgerutscht, und er war kopfüber ins Wasser gefallen. Die Kamera war natürlich unversehrt. Sie war sowohl wasserdicht als auch stoßsicher.

Allmählich wurde das Unterholz spärlicher. Richards kroch auf allen vieren vorwärts. Als er sich den Gebäuden so weit genähert hatte, daß er sie aus sicherer Entfernung deutlich sehen konnte, studierte er die Lage.

Er befand sich auf einem Hügel, einer Art Halbinsel in dem

dichten Buschgelände, durch das er gekommen war. Unter sich sah er die Straße und die Gruppe von ranchähnlichen Häusern. Die Tankstelle war tatsächlich so einer von der alten Kolonialwarenläden mit ein paar Zapfsäulen davor. Ein Wagen wurde gerade aufgefüllt. Der Fahrer, ein junger Mann in einer Wildlederjacke, unterhielt sich mit dem Tankwart. Neben dem Ladeneingang, hinter einer Reihe von Kaugummi- und einem Zigarettenautomaten, hing ein hübscher, blau-roter Briefkasten. Er war weniger als zweihundert Meter von ihm entfernt. Während er ihn betrachtete, dachte er bitter, daß er die Bänder vermutlich unbemerkt hätte einwerfen können, wenn er vor Tagesanbruch hier gewesen wäre.

Nichts zu machen.

Es war wie verhext.

Er zog sich wieder ins Unterholz zurück, so daß er die Kamera aufstellen und seine Aufnahmen machen konnte, ohne dabei gesehen zu werden.

»Hallo, ihr tollen Leute da draußen im Free-Vee-Land«, begann er. »Hier ist wieder euer lieber Freund Ben Richards auf seiner jährlichen Wanderung durch die unberührte Natur. Wenn ihr genau hinseht, könnt ihr vielleicht ein paar Rotkehlchen hinter mir entdecken oder einen gesprenkelten Kuckuck. Vielleicht sogar einen gelbbäuchigen Buchfinken oder auch zwei.« Er schwieg einen Augenblick. »Diesen Teil lassen sie vielleicht durchgehen, aber nicht den Rest. Wenn Sie taub sind und von den Lippen ablesen können, merken Sie sich, was ich jetzt sage. Sagen Sie es einem Freund weiter oder Ihren Nachbarn. Verbreiten Sie die Nachricht. Die Fernsehanstalt verpestet die Luft, die Sie alle atmen, und enthält Ihnen billige Schutzfilter vor, weil...«

Er nahm zwei Kassetten auf und steckte sie in seine Hosentasche. So weit, so gut. Und was nun? Die einzige Möglichkeit war wohl, mit vorgehaltener Pistole hinunterzugehen, die Bänder einzuwerfen und abzuhauen. Vielleicht einen Wagen zu klauen. Es war ja nicht so, daß sie nicht sehr bald herausfinden würden, wo er sich aufhielt.

Beiläufig fragte er sich, wie weit Parrakis wohl gekommen war, bevor sie ihn geschnappt hatten. Er hatte die Pistole gerade aus der Tasche gezogen, als er eine Stimme hörte, so nah und deutlich, als spräche sie in sein linkes Ohr: »Na los, Rolf!«

Er zuckte zusammen, als er lautes Hundegebell hörte, und hatte gerade noch soviel Zeit zu denken: *Polizeihunde! Himmel, sie hetzen Polizeihunde auf mich!* bevor etwas Großes, Dunkles aus dem Gebüsch hervorbrach und ihm an die Brust sprang.

Richards fiel auf den Rücken, und seine Pistole flog in die Büsche. Der Hund stand mit den Vorderpfoten auf seiner Brust, ein großer, allerdings nicht reinrassiger Schäferhund. Er leckte ihm übers Gesicht und spielte mit seinem Hemdkragen. Sein Schwanz wedelte freudig hin und her wie eine Signalflagge.

»Rolf! He, Rolf! Ro – oh, mein Gott!« Richards konnte ein Paar rennende Beine in Jeans sehen und dann einen Jungen, der den Hund am Halsband faßte und von ihm wegzog. »Jesus, tut mit leid, Mister. Himmel, aber der beißt nicht. Er ist viel zu dumm, um zu beißen. Er ist ein ganz freundlicher Hund, kein... Gott, Sie sehen aber zerzaust aus. Haben Sie sich verlaufen?«

Der Junge hielt Rolf am Halsband fest und musterte Richards mit offenem, interessierten Blick. Er war vielleicht elf Jahre alt, kräftig gebaut und hatte ein schönes Gesicht, das keineswegs so blaß und fleckig war wie das der Stadtkinder. In seinen Zügen lag etwas Fremdartiges und doch Vertrautes. Es dauerte einen Augenblick, bis Richards erkannte, was es war, Unschuld.

»Ja«, antwortete er trocken. »Ich habe mich verlaufen.«

»Donnerwetter, Sie müssen ein paarmal ganz schön gestolpert sein.«

»Das stimmt, mein Junge. Könntest du dir mal mein Gesicht etwas genauer ansehen, ob es sehr zerkratzt ist? Ich selbst kann es ja nicht.«

Der Junge beugte sich gehorsam über ihn und untersuchte sein Gesicht sorgfältig. Er schien Richards nicht zu erkennen, was diesen sehr beruhigte.

»Es ist ganz schön mitgenommen«, sagte er (er hatte einen leichten New-England-Akzent; nicht direkt von der Ostküste, aber doch irgendwie typisch: federnd und leicht herablassend). »Aber Sie werden's überleben.« Er runzelte die Augenbrauen. »Sind Sie aus Thomastown ausgebrochen? Ich weiß, daß Sie nicht aus Pineland kommen. Sie sehen nicht aus wie einer von denen, die hiergeblieben sind.«

»Ich bin nirgendwo ausgebrochen«, antwortete Richards, wobei er sich allerdings selbst nicht darüber klar war, ob dies eine Lüge oder die Wahrheit war. »Ich bin getrampt. Eine schlechte Angewohnheit, mein Freund. Du würdest das nie tun, oder?«

»Niemals«, sagte der Junge ernst. »Heutzutage fahren viele Verrückte auf der Straße. Das sagt wenigstens mein Vater.«

»Er hat vollkommen recht«, bestätigte Richards. »Aber weißt du, ich muß dringend zu dem... eh...« Er schnippte mit den Fingern und tat so, als wäre ihm der Name entfallen, »du weißt schon, zum Flughafen.«

»Ah, Sie meinen Voigt Field.«

»Ja, genau.«

»Jesus, das ist aber über hundert Meilen von hier, Mister. In Derry.«

»Ich weiß«, sagte Richards bedauernd und streichelte Rolfs Fell. Der Hund rollte sich sofort auf die Seite und spielte toter Mann. Richards unterdrückte ein düsteres Schmunzeln. »Ich bin an der Grenze von New Hampshire von drei Typen mitgenommen worden. Das waren echte Scheißkerle. Haben mich zusammengeschlagen, mir das Portemonnaie geklaut und mich dann einfach aus dem Auto geschmissen. Es war irgendwo da hinten bei einem verlassenen Einkaufszentrum...«

»Ja, das kenne ich. Jesus, Mister, wollen Sie nicht mit nach Hause kommen und erst mal frühstücken?«

»Das wäre ganz toll, Kamerad, aber ich hab' leider keine Zeit. Ich muß noch heute abend bei diesem Flughafen sein.«

»Wollen Sie etwa noch mal trampen?« fragte der Junge mit großen Augen.

»Ich muß.« Richards erhob sich mühsam, ließ sich dann aber wieder auf den Hintern fallen, als sei ihm gerade etwas Großartiges eingefallen. »Hör mal, kannst du mir einen Gefallen tun?«

»Ich glaube schon«, antwortete der Junge vorsichtig.

Richards zog die beiden Kassetten aus seiner Hosentasche. »Dies sind Kundenkreditkarten meiner Bank«, erklärte er leichthin. »Wenn du sie für mich in den Briefkasten werfen würdest, könnte meine Bank mir das Geld bis heute abend nach Derry schicken. Dann kann ich wieder normal reisen.«

»Ohne Adresse?«

»Sie gehen direkt an meine Bank.«

»Klar, natürlich. Gleich da unten ist ein Briefkasten, bei Jarrolds Laden.« Er stand auf. In seiner Unerfahrenheit wollte er Richards nicht zeigen, daß er ihm nicht glaubte. »Komm, Rolf.«

Richards ließ den Jungen fünfzehn Schritte weit gehen und rief ihn dann noch einmal zurück. »He, komm noch mal her.«

Der Junge drehte sich um und kam mit schleppenden Schritten auf Richards zu. Na klar, die Löcher in seiner Geschichte waren so groß, daß ein Lastwagen hindurchfahren konnte.

»Ich glaube, ich muß dir wohl die ganze Geschichte erzählen«, sagte Richards. »Das meiste, was ich dir gesagt habe, ist wahr, Kamerad. Siehst du, ich wollte nicht das Risiko eingehen, daß du zuviel herumerzählen könntest.«

Die Oktobersonne schien warm auf seinen Nacken und Rücken. Am liebsten hätte er sich ausgestreckt und wäre den ganzen Tag in der Wärme liegengeblieben, um sich mal richtig auszuschlafen. Er zog die Pistole aus dem Gebüsch und ließ sie vor sich ins Gras fallen. Der Junge riß die Augen auf.

»Ich bin von der Regierung«, erklärte Richards mit ruhiger Stimme.

»Jesus!« flüsterte der Junge. Rolf saß abwartend mit hechelnder Zunge neben ihm.

»Ich bin hinter ein paar Gewaltverbrechern her, mein Junge. Du siehst ja selbst, wie sie mich zugerichtet haben. Diese Umschläge, die du da in der Hand hältst, müssen *unbedingt* durchkommen.«

»Ich werde sie abschicken«, versprach der Junge atemlos. »Ich will es vorher nur meinem Vater erzählen.«

»Du wirst es niemandem erzählen!« befahl Richards. »Jedenfalls nicht innerhalb der nächsten vierundzwanzig Stunden. Sie könnten Vergeltungsmaßnahmen ergreifen«, fügte er geheimnisvoll hinzu. »Also. Bis morgen vormittag um dieselbe Zeit hast du mich nicht gesehen, verstanden?«

»Ja, natürlich!«

»Dann mal los. Und vielen Dank, Junge.« Er streckte seine Hand aus, und der Junge schüttelte sie ehrfurchtsvoll.

Richards beobachtete, wie die beiden den Hügel hinunter trotteten. Ein schönes Bild, der Junge in seinem rotkarierten Hemd und der Hund, der fröhlich neben ihm durch das Unterholz jagte. *Mein Gott, warum kann Cathy nie so etwas Schönes erleben?*

Sein Gesicht verzog sich in unkontrollierbarem Haß und Zorn, und er hätte Gott selbst in dem Augenblick verflucht, wenn er nicht eine bessere Adresse gehabt hätte, jemanden, der wie ein Schatten eines bösen Gottes über allem schwebte: die Spielekommission. Und darüber ein noch dunklerer Gott: die Fernsehanstalt.

Er blieb sitzen, bis er gesehen hatte, daß der Junge die beiden Kassetten in den Briefkasten geworfen hatte. Aus dieser Entfernung wirkte er ganz winzig.

Dann stand er ungeschickt auf, klemmte die Krücke unter seine Achsel und stolperte weiter durchs Gebüsch, immer entlang der Straße.

Zum Flughafen also. Und vielleicht würde noch jemand für ihn bezahlen, bevor das alles vorbei war.

...Minus 045 ... und der Countdown läuft...

Er hatte eine Meile weiter hinten eine Kreuzung gesehen und verließ den Wald an dieser Stelle. Ungeschickt rutschte er den kleinen Schotterabhang zwischen Waldrand und Straße hinunter.

Er setzte sich an den Straßenrand und ließ sich von der Sonne bescheinen. Er machte ganz den Eindruck eines Mannes, der das Trampen langsam satt hatte, da ja sowieso niemand anhielt, und statt dessen die Herbstsonne genoß. Die beiden ersten Wagen ließ er vorbeifahren. Es saßen jeweils zwei Männer drin, und er rechnete sich bei diesem Zahlenverhältnis keine sehr großen Chancen aus.

Doch als der dritte Wagen sich dem Stoppschild näherte, stand er auf. Er hatte wieder das quälende Gefühl, auf allen Seiten eingeschlossen zu sein. Die ganze Gegend war für ihn zu unsicher, egal, wie weit Parrakis gekommen war. Der nächste Wagen könnte eine Polizeistreife sein, und das wäre das Ende.

Eine Frau saß in dem Auto, und sie war allein. Sie vermied es, ihn anzusehen; Tramper waren unangenehme Zeitgenossen, und es war besser, man ignorierte sie. Er riß die Beifahrertür auf und es zog ihn in den Wagen hinein, als dieser abrupt anfuhr. Der plötzliche Schub warf ihn auf die Seite, und er konnte sich gerade noch mit einer Hand am Türgriff festhalten. Sein gesunder Fuß schleifte auf der Straße.

Dann folgte der nächste Ruck, als sie kräftig auf die Bremse trat. Das Pneumoauto schlingerte heftig in der Luft.

»Wer... was... Sie können doch nicht...«

Richards hielt ihr seine Pistole vor die Nase. Er war sich darüber im klaren, daß er aus der Nähe grotesk aussehen mußte – wie ein Mann, den man gerade durch den Fleischwolf gedreht hatte. Um so besser, dieses wilde Aussehen würde ihm helfen. Er zog seinen Fuß herein und schloß die Tür, wobei die Pistole keinen Zentimeter von der Stelle wich. Die Frau war für einen Einkaufsbummel angezogen und trug eine Sonnenbrille mit einem blauen Gestell. Soweit er das beurteilen konnte, sah sie ganz gut aus.

»Fahren Sie weiter«, befahl er.

Sie tat genau das, was vorherzusehen war. Sie trat mit beiden Füßen auf die Bremse und schrie. Richards wurde nach vorn geschleudert. Sein gebrochener Knöchel knirschte scheußlich. Das Pneumoauto schlitterte auf den Randstreifen und blieb circa fünfzig Meter hinter der Kreuzung stehen.

»Sie sind dieser... dieser... R–R–R–«

»Ben Richards. Nehmen Sie die Hände vom Steuer und legen Sie sie in den Schoß.«

Sie gehorchte widerstrebend und vermied es beharrlich, ihn anzusehen. Vermutlich aus Angst zu versteinern, dachte Richards.

»Wie heißen Sie, Madam?«

»A-Amelia Williams. Erschießen Sie mich nicht. Lassen Sie mich leben. Ich... ich... Sie können mein ganzes Geld haben, aber, *um Gottes Willen, töten Sie mich niiiiii...«*

»Schhhh«, versuchte Richards, sie zu beruhigen. »Schhhh, schhhh.« Als sie zu kreischen aufhörte, sagte er: »Ich werde nicht versuchen, Ihre Meinung über mich zu ändern, Mrs. Williams. Sie sind eine Mrs., nicht wahr?«

»Ja«, antwortete sie wie ein Automat.

»Und ich habe nicht die Absicht, Ihnen etwas anzutun. Haben Sie das verstanden?«

»Ja.« Auf einmal wurde sie sehr gesprächig. »Sie wollen den Wagen. Man hat Ihren Freund gefaßt, und jetzt brauchen Sie ein Auto. Sie können es haben... es ist versichert... ich würde Sie nicht einmal verraten. Ich schwöre es. Ich werde einfach sagen, daß man es mir auf dem Parkplatz gestohlen hat, und...«

»Darüber sprechen wir später«, unterbrach Richards sie. »Fahren Sie jetzt. Fahren Sie die Route 1 hinauf, und dann sehen wir weiter. Haben Sie Straßensperren bemerkt?«

»N-ja. Hunderte. Sie werden Sie bald fangen.«

»Lügen Sie nicht, Mrs. Williams. Das hat gar keinen Sinn.«

Sie fuhr weiter, zuerst zitternd, aber mit der Zeit immer sicherer. Das Fahren schien sie zu beruhigen. Richards fragte sie noch einmal nach den Straßensperren.

»Bei Lewistown«, antwortete sie mit unglücklicher und ängstlicher Miene.

»Wie weit ist das von hier?«

»Dreißig Meilen, vielleicht auch mehr.«

Parrakis war weiter gekommen, als Richards es sich hätte träumen lassen.

»Werden Sie mich vergewaltigen?« fragte Amelia Williams unvermittelt, und Richards hätte beinahe lauthals gelacht.

»Nein«, antwortete er und fügte nüchtern hinzu: »Ich bin verheiratet.«

»Ja, ich habe sie gesehen«, bemerkte sie mit einem süffisant-zweideutigen Unterton, und Richards hatte große Lust, ihr ins Gesicht zu schlagen. *Du sollst deinen eigenen Abfall fres-*

sen, du Nutte. Töte erst mal eine Ratte. Töte du mal mit deinem Kehrbesen eine Ratte, die aus deinem Brotkasten huscht, und wir werden ja sehen, wie du dann über meine Frau reden wirst.

»Darf ich hier aussteigen?« fragte sie flehend, und er empfand so etwas wie Mitleid.

»Nein«, sagte er bestimmt. »Sie sind meine Geisel, Mrs. Williams. Ich muß nach Voigt Fields, einem Flughafen, der in Derry liegt, und Sie werden dafür sorgen, daß ich dort hinkomme.«

»Aber das sind über hundertfünfzig Meilen!« jammerte sie.

»Mir hat man gesagt, es wären nur hundert.«

»Das stimmt nicht. Sie werden niemals so weit kommen.«

»Es könnte klappen«, sagte er und sah ihr offen ins Gesicht. »Und Sie werden es auch schaffen, wenn Sie sich richtig verhalten.«

Sie fing wieder an zu zittern, sagte aber nichts. Sie wirkte wie eine Frau, die darauf wartet, aus einem Alptraum aufzuwachen.

...Minus 044 ... und der Countdown läuft...

Sie fuhren durch die Herbstlandschaft nach Norden. Das Herbstlaub glühte in der Sonne wie brennende Fackeln.

Hier waren die Bäume noch nicht von der Luftverschmutzung abgetötet wie in Portland, Manchester und Boston. Die Blätter leuchteten in allen Farbschattierungen: gelb, rot und strahlendes Purpur. Sie weckten in Richards eine schmerzliche Melancholie. Es war eine Empfindung, die er an sich nicht kannte und die er vor zwei Wochen noch für unmöglich gehalten hätte. In einem Monat würde die ganze Landschaft unter einer Schneedecke liegen.

Alles endete im Herbst.

Sie schien seine Stimmung zu spüren und schwieg. Das Motorengeräusch betonte die Stille und lullte sie ein. Bei Yarmouth überquerten sie einen Fluß; danach führte die Straße endlos durch den Wald. Unterwegs entdeckte er bloß ein paar Wohnwagen und Arme-Leute-Hütten, bei denen das Klo noch außen angebaut war. (Trotzdem konnte man bei jeder Klitsche die Free-Vee-Antenne sehen, entweder auf durchhängenden Fensterbänken, von denen die Farbe abgeblättert war, oder neben verrotteten Haustüren, wo sie in der Sonne blinkten.) Dann kamen sie nach Freeport.

Kurz vor der Stadt parkten drei Polizeiwagen am Straßenrand. Die Bullen hielten so etwas wie eine Straßenkonferenz ab. Die Frau versteifte sich wie eine Puppe und wurde blaß wie eine Wand. Richards blieb völlig ruhig.

Sie fuhren vorbei, ohne Aufsehen zu erregen, und die Frau sank in sich zusammen.

»Wenn sie tatsächlich den Verkehr kontrollieren würden, wären sie jetzt wie der Blitz hinter uns her«, brummte Richards. »Warum schreiben Sie sich nicht mit Leuchtfarbe BEN RICHARDS IST IN DIESEM AUTO auf die Stirn?«

»Warum lassen Sie mich nicht frei?« schrie sie auf, und im gleichen Atemzug: »Haben Sie einen Joint?«

Reiche Leute rauchen Dope. Bei dem Gedanken lachte er bitter und schüttelte den Kopf.

»Sie lachen mich aus?« fragte sie beleidigt. »Mann, Sie haben wirklich Nerven, Sie kleiner, fieser Mörder! Sie erschrekken mich halb zu Tode und haben wahrscheinlich vor, mich zu töten, genauso wie sie die armen Männer in Boston umgebracht haben...«

»Das waren keine armen Männern, sondern ausgewachsene Killer«, berichtigte Richards. »Sie wollten mich umbringen. Das ist ihr Job.«

»Töten für Geld. Sie würden doch alles für Geld tun. Sie wollen das Land in Aufruhr versetzen. Wissen Sie, warum Sie keine anständige Arbeit haben? Weil Sie zu faul dazu sind! Leute wie Sie spucken doch nur auf alles, was anständig ist.«

»Sind Sie denn anständig?« wollte Richards wissen.

»Ja!« rief sie heftig. »Das ist ja der Grund, warum Sie mich ausgesucht haben. Weil ich hilflos bin... und anständig. Damit Sie mich ausnutzen können, damit Sie mich in den Dreck ziehen und auslachen können, wenn ich genauso tief unten bin wie Sie.«

»Wenn Sie wirklich so anständig sind, wie kommt es denn, daß Sie sich einen Sechstausend-Dollar-Wagen leisten können, während meine kleine Tochter an einer Lungenentzündung sterben muß?«

»Was...« Sie sah ihn verblüfft an. Ihr Mund öffnete sich, um etwas zu entgegnen, aber dann klappte er wieder zu. »Sie sind ein Feind der Fernsehanstalt«, sagte sie nach einer Weile. »Das habe ich im Free-Vee gehört. Ich hab' ein paar von den häßlichen Dingen gesehen, die Sie getan haben.«

»Wollen Sie wissen, was häßlich ist?« fragte Richards und zündete sich eine Zigarette aus der Packung auf dem Armaturenbrett an. »Ich werd's Ihnen sagen. Es ist häßlich, wenn man auf die schwarze Liste gesetzt wird, nur weil man seine Arbeit bei General Atomics gekündigt hat, um nicht steril zu werden. Es ist häßlich, zu Hause rumsitzen und zusehen müssen, wie die eigene Frau mit Prostitution das Geld für die Familie verdient. Es ist häßlich zu wissen, daß die Fernsehanstalt Millionen Menschen tötet, indem sie die Luft verpestet und sich weigert, Nasenfilter zu produzieren, die nur sechs Dollar das Stück kosten würden.«

»Das ist eine Lüge«, rief sie. Die Knöchel ihrer Hand traten weiß hervor.

»Wenn das hier vorbei ist, können Sie wieder nach Haus«, erklärte er. »Dann können Sie sich in Ihr nettes Wohnzimmer setzen, einen Joint anzünden, sich die Birne vollknallen und sich darüber freuen, wie hübsch Ihr geputztes Silber in Ihrer Vitrine glänzt. Keine Nachbarsfrauen, die die Ratten mit dem Besen aus der Küche jagen müssen, keine Kinder, die neben die Toilette scheißen, weil die ständig verstopft ist. Ich hab' ein fünfjähriges Mädchen kennengelernt, das an Lungenkrebs stirbt. Na, ist das häßlich oder nicht? Was glau...«

»Hören Sie auf!« schrie sie. *»Sie reden unanständig!«*

»Das ist richtig«, sagte er und blickte aus dem Fenster auf die vorbeifliegende Landschaft. Hoffnungslosigkeit überkam ihn. Es gab keine Verständigungsmöglichkeit mit den herrlichen Auserwählten. Sie lebten ganz oben, wo die Luft fast zu dünn zum Atmen war. Plötzlich verspürte er den Drang, die Frau aus dem Wagen zu stoßen, ihr die Sonnenbrille aus dem Gesicht zu schlagen, so daß sie auf dem Asphalt zersplitterte, sie am Straßenrand durch den Dreck zu schleifen, sie zu vergewaltigen, sie den Staub schmecken zu lassen, auf ihr rumzutrampeln, ihr die Zähne auszuschlagen, sie nackt auszuziehen und dann zu fragen, ob sie langsam eine Vorstellung von dem Bild bekäme, das die Fernsehanstalten dieser Welt tagtäglich präsentierten, vierundzwanzig Stunden lang und ohne Nationalhymne am Anfang und Ende des Programms.

»Das ist richtig«, wiederholte er trocken. »Was bin ich doch für ein unanständiger Mensch.«

... Minus 043 ... und der Countdown läuft ...

Sie kamen weiter, als sie nach Richards Ansicht hätten kommen dürfen. Sie erreichten .eine hübsche kleine Stadt am Meer namens Camden. Sie war über hundert Meilen von dem Punkt entfernt, an dem Richards Amelia Williams angehalten hatte.

»Hören Sie«, hatte er ernst zu ihr gesagt, als sie in die Hauptstadt des Staates, Augusta, fuhren. »Es besteht die Möglichkeit, daß sie uns hier schnappen. Ich habe kein Interesse daran, Sie zu töten, kapiert?«

»Ja«, hatte sie mit haßerfüllter Stimme geantwortet. »Sie brauchen mich als Geisel.«

»Richtig. Wenn also ein Polizeiwagen hinter uns aufkreuzt, fahren Sie an den Straßenrand und halten. Sofort. Sie werden die Tür aufmachen und sich hinauslehnen. Aber nur hinauslehnen, ihr Hintern wird sich nicht vom Sitz lüften, verstanden?«

»Ja.«

»Dann rufen Sie laut: Ben Richards hält mich als Geisel fest. Wenn Sie uns nicht durchfahren lassen, wird er mich umbringen.«

»Und Sie glauben, *das* funktioniert?«

»Das sollte es besser«, antwortete er spöttisch. »Schließlich geht es um Ihren Hintern.«

Sie biß sich auf die Lippe und schwieg.

»Ich glaube schon, daß es klappen wird. Es werden sofort einige Leute mit Kameras da sein, um sich etwas Geld bei den Fernsehanstalten zu verdienen, vielleicht sogar den großen Preis zu gewinnen. Bei einer solchen Publicity können sie es sich nicht leisten, uns abzuschlachten. Tut mir leid, daß Sie keine Gelegenheit haben werden, uns beide im Kugelhagel sterben zu sehen und sich darüber zu freuen, wie das Free-Vee Sie, die heilige Amelia, Ben Richards letztes Opfer, nennen wird.«

»Warum reden Sie immer so?«

Er antwortete nicht, sondern rutschte so weit in den Sitz hinunter, daß er gerade noch über das Armaturenbrett sehen konnte, und wartete darauf, daß er das erste Blaulicht im Rückspiegel entdeckte. Aber es waren keine Blaulichter in Augusta zu sehen. Sie fuhren gut anderthalb Stunden weiter immer die Küsten entlang. Die Sonne neigte sich langsam gen Westen und malte kleine Blitze und Lichtflecken auf dem Wasser. Die Straße führte durch Felder und Wiesen, über Brücken und durch dichte Tannenwälder.

Es war ein paar Minuten nach zwei, als sie kurz vor der Stadtgrenze von Camden um eine Kurve kamen und plötzlich eine Straßensperre vor sich sahen. Zwei Polizeiwagen standen links und rechts am Straßenrand. Die beiden Polizisten hatten gerade einen Farmer in einem Unimog abgefertigt und winkten ihn durch.

»Fahren Sie noch zweihundert Meter weiter und halten Sie dann«, sagte Richards ruhig. »Machen Sie es genauso, wie ich es Ihnen gesagt habe.«

Sie war bleich geworden, hatte sich aber offenbar unter Kontrolle. Vielleicht hatte sie resigniert. Sanft trat sie auf die Bremse, und das Pneumoauto blieb gut fünfzig Meter vor den Polizisten stehen. Mitten auf der Straße.

Der Beamte mit einem Schreibblock in der Hand winkte sie mit einer herrischen Geste weiter. Als sie nicht weiterfuhr, sah er seinen Kollegen stirnrunzelnd an. Ein dritter Polizist, der mit den Füßen auf dem Armaturenbrett in einem der Wagen saß, griff zu seinem Mikrophon und sprach schnell hinein.

Jetzt geht's los, dachte Richards. *O mein Gott, jetzt geht's los.*

...Minus 042 ... und der Countdown läuft...

Der Tag war sonnig und hell (der Dauerregen von Harding schien Lichtjahre entfernt), und Richards sah alle Konturen scharf und deutlich. Die Schatten der Polizisten wirkten wie mit schwarzer Kreide auf die Straße gemalt. Sie knöpften ihre Pistolenhalfter auf.

Mrs. Williams öffnete die Tür und beugte sich hinaus. »Bitte nicht schießen!« rief sie, und Richards fiel jetzt erst auf, wie kultiviert ihre Stimme klang.

Abgesehen von den weißen Fingerknöcheln auf dem Lenkrad und dem aufgeregt hüpfenden Kehlkopf hätte sie eine elegante Lady in ihrem Salon sein können. Durch die offene Tür roch er den frischen, belebenden Duft der Fichten und des Timotheygrases.

»Kommen Sie mit den Händen über dem Kopf aus dem Wagen«, rief der Beamte mit dem Schreibblock. Er klang wie ein programmierter Roboter. General Atomics, Modell 6925-A9, dachte Richards. Der Hicksville-Polizist. 16-psm-Iridiumbatterien, im Preis inbegriffen. Nur in weißer Ausführung lieferbar. »Kommen Sie heraus, Sie und Ihr Beifahrer, Madam. Wir können ihn sehen.«

»Ich bin Amelia Williams«, sagte sie laut und deutlich. »Ich kann Ihren Anweisungen nicht folgen. Ben Richards hält mich als Geisel fest. Wenn Sie ihn nicht durchlassen, wird er mich töten.«

Die beiden Bullen sahen sich an, und zwischen ihnen lief etwas kaum Spürbares ab. Doch Richards Nerven waren so angespannt, daß er einen siebenten Sinn zu haben schien. Er spürte es.

»Fahren Sie los!« brüllte er.

Sie starrte ihn verblüfft an. »Aber sie werden doch nicht...«

Der Schreibblock fiel auf die Straße. Die beiden Bullen knieten sich hin und zogen die Pistolen heraus. Mit den linken Händen stützten sie ihre rechten Handgelenke ab und zielten. Einer auf jeder Seite des durchgehenden weißen Mittelstreifens.

Die Blätter des Schreibblocks flatterten im Wind.

Richards stellte seinen kaputten Fuß auf Amelia Williams rechten Schuh und zog eine fürchterliche Grimasse, als der Schmerz des gebrochenen Knöchels ihm durchs Bein fuhr. Der Wagen schnellte in die Luft.

Im nächsten Augenblick knallten zwei Kugeln mit einem hohen Geräusch durchs Autoblech. Der Wagen schlingerte.

Eine Sekunde später zersplitterte die Windschutzscheibe und übersäte sie mit Glassplittern. Sie schlug beide Hände vors Gesicht, um sich zu schützen, und Richards drängte sie heftig zur Seite, um das Steuer herumzureißen.

Sie rasten durch die Lücke zwischen den beiden Polizeiwagen, und Richards sah aus den Augenwinkeln, wie die Bullen sich umdrehten, um erneut zu zielen. Dann konzentrierte er sich auf die Straße.

Sie rasten einen kleinen Hügel hinauf und hörten erneut ein Krachen, als eine Kugel den Lufttank traf. Der Wagen brach hinten aus, und Richards versuchte, ihn abzufangen, indem er das Steuer kurz hin und herdrehte. Dumpf wurde ihm bewußt, daß Amelia Williams schrie.

»Lenken Sie!« brüllte er sie an. «Verdammt noch mal, nehmen Sie endlich das Steuer! Na los!«

Ihre Hände griffen automatisch nach dem Steuer und hielten es fest. Er ließ sich zurückfallen und erwischte dabei mit einem Arm ihre Sonnenbrille. Sie hing noch einen Augenblick an ihrem Ohr fest und fiel dann herunter.

»Halten Sie an!«

»Sie haben auf uns geschossen!« kreischte sie. »Sie haben auf uns geschossen. *Sie haben...«*

»Halten Sie an!«

Sirenengeheul wurde hinter ihnen laut.

Sie fuhr ungeschickt auf den Randstreifen, so daß der Wagen sich halb um sich selbst drehte und den Schotter in die Luft jagte.

»Ich hab' es ihnen gesagt, und sie haben trotzdem auf uns geschossen«, sagte sie verwundert. »Sie haben versucht, uns zu töten.«

Aber er war schon aus dem Wagen gesprungen und

humpelte mit vorgehaltener Pistole auf die Straße. Er stolperte und fiel hin, wobei er sich beide Knie aufschürfte.

Als der erste Straßenkreuzer über die Hügelkuppe schoß, kniete er am Straßenrand, die Pistole in Schulterhöhe krampfhaft umklammert. Der Wagen fuhr jetzt gut hundert und beschleunigte immer noch. Hinter dem Steuer saß ein Provinzcowboy, der auf seine Pferdestärken sehr stolz zu sein schien. In seinen Augen glänzte die Vorfreude auf den kommenden Ruhm. Konnte sein, daß er ihn gesehen hatte und anhalten wollte, aber es war zu spät. Die Reifen des Wagens waren nicht kugelsicher. Der vordere, der Richards am nächsten war, explodierte, als wäre er mit Dynamit gefüllt gewesen. Der Wagen segelte über die Straße wie ein schwerfälliger Schwan und raste dann den Abhang hinunter. Unten krachte er gegen den Stamm einer riesigen Ulme. Die Fahrertür sprang auf. Der Fahrer selbst flog durch die Windschutzscheibe und gut drei Meter durch die Luft, bevor er im Gebüsch landete.

Der zweite Wagen raste genauso schnell heran, und Richards mußte viermal schießen, bevor er einen Reifen traf. Sand und Steine wurden in seine Richtung geschleudert. Der Wagen schlitterte über den gegenüberliegenden Straßenrand und überschlug sich dreimal, wobei er Glassplitter und Metallteilchen in die Luft spritzte.

Richards rappelte sich auf und sah, daß sein Hemd sich über dem Hosengürtel zu verfärben begann. Er humpelte zum Wagen zurück und ließ sich aufs Gesicht fallen, als der zweite Straßenkreuzer explodierte.

Um ihn herum flogen die Einzelteile wie Schrapnells durch die Gegend.

Er richtete sich keuchend auf und stöhnte leise. Ein leicht pulsierender Schmerz breitete sich langsam in seiner Hüfte aus.

Sie hätte fliehen können, aber sie hatte keine Anstalten dazu gemacht. Gebannt starrte sie auf den brennenden Polizeiwagen. Als Richards einstieg, zuckte sie vor ihm zurück.

»Sie haben sie umgebracht. Sie haben all diese Männer umgebracht.«

»Sie haben versucht, mich umzubringen! Und Sie auch! Fahren Sie los, schnell!«

»SIE HABEN NICHT VERSUCHT, MICH UMZUBRINGEN!«

»Fahren Sie!«

Sie fuhr los.

Die Maske der wohlhabenden, unschuldigen Hausfrau, die gerade vom Einkaufen zurückkehrte, war zerbröckelt. Darunter kam etwas aus der Zeit der Höhlenmenschen zum Vorschein, etwas, das sich in rollenden Augen und zitternden Lippen ausdrückte. Vielleicht war das schon immer in ihr gewesen.

Sie fuhren ungefähr fünf Kilometer weit und trafen auf einen kleinen Laden mit einer Lufttankstation.

»Fahren Sie da hinein!« befahl Richards.

...Minus 041 ... und der Countdown läuft...

»Steigen Sie aus!«

»Nein!«

Er stieß ihr die Pistole unter die rechte Brust, und sie fing an zu weinen. »Bitte nicht.«

»Tut mir leid, aber jetzt ist nicht der richtige Zeitpunkt, um Primadonna zu spielen. Steigen Sie aus.«

Sie stieg aus, und er schlüpfte hinter ihr aus dem Wagen.

»Ich muß mich auf Sie stützen.«

Er legte ihr einen Arm um die Schultern und deutete mit der Pistole auf die Telefonzelle neben dem Speiseeisautomaten. Langsam schlurften sie auf die Telefonzelle zu, ein groteskes Zweimannteam in einer Clownnummer. Richards humpelte auf seinem gesunden Fuß. Er war entsetzlich müde. In seinem Kopf rollten immer wieder die Bilder der Ereignisse ab: der explodierende Wagen, der wie ein Torpedo durch die Luft jagende Körper, das gegen die Ulme krachende Auto. Wieder und wieder, wie ein nicht enden wollender Film.

Der Ladenbesitzer, ein alter weißhaariger Mann auf dünnen, krummen Beinen, die er hinter einer schmutzigen

Schlachterschürze versteckte, kam aus dem Haus und beobachtete sie besorgt.

»Guten Tag«, sagte er leise, »ich möchte, daß Sie wieder gehen. Ich habe eine Familie. Fahren Sie doch bitte weiter, ich möchte hier keine Schwierigkeiten haben.«

»Geh wieder rein, Alter«, sagte Richards, und der Mann drehte sich um.

Richards schlüpfte in die Telefonzelle und fischte fünfzig Cents aus der Hosentasche. Er atmete schwer durch den Mund, als er das Geld in den Schlitz warf. Den Hörer und die Pistole in einer Hand haltend, drückte er auf den Vermittlungsknopf.

»Vermittlung? In welchem Telefonnetz bin ich hier?«

»Rockland.«

»Verbinden Sie mich bitte mit dem Nachrichtensender von Rockland.«

»Sie können selbst durchwählen, Sir. Die Nummer ist...«

»Verbinden Sie mich.«

»Möchten Sie...«

»Verbinden Sie mich, verdammt noch mal!«

»Ja, Sir«, antwortete die Stimme ungerührt. Richards hörte ein Klicken in der Leitung. Sein Hemd hatte eine schmutzigrote Farbe angenommen. Er sah weg, weil ihm von dem Anblick schlecht wurde.

»Rockland-Nachrichten«, brüllte ihm eine laute Stimme ins Ohr. »Free-Vee-Tafel Nummer 6943.«

»Hier spricht Ben Richards.«

Langes Schweigen am anderen Ende. Dann: »Hör'n Sie mal, Sie Witzbold, ich kann einen Scherz genausogut gebrauchen wie jeder andere, aber ich habe einen langen, schweren Tag hinter mir, und ...«

»Halten Sie die Klappe! Sie werden Ihre Bestätigung innerhalb der nächsten zehn Minuten kriegen. Sie können sie sich auch schon jetzt holen, wenn Sie den Polizeifunk abhören.«

»Ich... einen Augenblick mal.« Er hörte, wie der Hörer am anderen Ende fallengelassen wurde, dann ein leiser Pfeifton. Als der Hörer wieder aufgenommen wurde, klang die Stimme kalt und geschäftsmäßig. Allerdings schwang auch etwas Aufregung darin mit.

»He, wo sind Sie? Die Hälfte aller Polizeiwagen von Maine ist soeben durch Rockland gebraust... mit hundertachtzig Sachen.«

Richards bog den Kopf zurück, um das Schild über dem Laden zu lesen. »Ich bin in einem kleinen Laden, der sich Gilly's Town Line Store & Airstop nennt. Er liegt an der U. S. 1. Kennen Sie den Ort?«

»Ja, aber...«

»Hör'n Sie zu, Mister, ich habe nicht angerufen, um Ihnen meine Lebensgeschichte zu erzählen. Schicken Sie sofort ein paar Kameraleute auf die Reise. Schnell. Sehen Sie zu, daß Sie folgende Nachricht so schnell wie möglich in den Äther bringen: Ich habe eine Geisel. Sie heißt Amelia Williams und ist aus...« Er sah sie fragend an.

»Falmouth«, flüsterte sie verstört.

»Aus Falmouth. Ich will freies Geleit, oder ich bringe sie um.«

»Jesus, ich rieche schon den Pulitzer-Preis.«

»Scheißen Sie sich von mir aus in die Hose!« sagte Richards. Er fühlte sich plötzlich leichtsinnig. »Sehen Sie nur zu, daß die Schlagzeilen rausgehen. Ich will, daß die Staatsbullen und auch sonst alle wissen, daß ich nicht allein bin. Vorhin an der Straßensperre haben drei von ihnen versucht, uns in die Luft zu jagen.«

»Was ist mit ihnen passiert?«

»Ich habe sie getötet.«

»Alle drei? Donnerwetter!« Die Stimme ging vom Hörer weg und rief in der Ferne: »Dicky! Halt das Hauptkabel frei!«

»Wenn man auf mich schießt, werde ich sie töten«, sagte Richards und versuchte, tiefen Ernst in seine Stimme zu legen. Er dachte an die Kriminalfilme, die er als kleiner Junge gesehen hatte. Dort hatten alle Gangster mit tiefer, ernsthafter Stimme geredet. »Wenn sie die Frau retten wollen, sollten sie mich lieber ungehindert durchlassen.«

»Wann...«

Richards legte auf und humpelte schwerfällig aus der Zelle. »Helfen Sie mir.«

Sie legte ihren Arm um ihn und verzog das Gesicht, als sie

das Blut bemerkte. »Da sehen Sie, worauf Sie sich eingelassen haben.«

»Ja.«

»Das ist doch Wahnsinn. Man wird Sie umbringen.«

»Fahren Sie nach Norden«, murmelte er. »Fahren Sie einfach immer weiter nach Norden.«

Er setzte sich schwer atmend ins Auto. Die Welt schwankte vor seinen Augen. Mal war sie ganz nah, dann weit, weit weg. In seinen Ohren summte ein hoher, unirdischer Ton. Sie fuhr den Wagen wieder auf die Straße. Sein Blut hatte ihre adrette, schwarz-grün gestreifte Bluse beschmiert. Der alte Mann, Gilly, schob die Ladentür auf und streckte eine uralte Polaroidkamera heraus. Er drückte auf den Auslöser, zog das Bild heraus und wartete. Sein Gesichtsausdruck war eine Mischung aus Entsetzen, Aufregung und Vorfreude.

In der Ferne hörten sie das an- und abschwellende Geheul der Polizeisirenen.

...Minus 040 ... und der Countdown läuft...

Sie fuhren fünf Meilen weiter, und dann kamen die Leute allmählich aus ihren Häusern in die Vorgärten und betrachteten sie neugierig. Viele von ihnen hatten ihre Kameras dabei, und Richards entspannte sich etwas.

»An der Straßensperre haben sie nur auf die Luftkappen geschossen«, sagte sie vorwurfsvoll. »Es war ein Versehen. Ja, genau das war's, ein Versehen.«

»Wenn dieser Idiot auf die Luftkappen gezielt hat, als er unsere Windschutzscheibe rausgeblasen hat, dann möchte ich mal wissen, was der für ein Zielfernrohr gehabt hat.«

»Es war ein Versehen!«

Sie kamen jetzt durch weitläufige Vorstadtviertel, die vermutlich schon zu Rockland gehörten. Sommerhäuser und matschige Wege, die von der Straße zum Strand hinunterführten. Pensionen und Gästehäuser. *Privatstraße, betreten verboten. Elisabethsruh'. Unbefugten ist der Zutritt nicht gestat-*

tet. Auf Zuwiderhandelnde wird geschossen. Wolkenheim. Ein 5000-Volt-Zaun. *Vorsicht, bissige Hunde!*

Gesichter mit mißtrauischen Augen spähten hinter Bäumen und Büschen hervor wie Raubkatzen auf der Jagd. Durch die zersprungene Windschutzscheibe konnten sie das Geplärre der Free-Vee-Übertragung hören, das aus allen Häusern drang.

Das Ganze bewirkte eine Art Karnevalsstimmung.

»Diese Leute da«, sagte Richards und deutete nach draußen, »diese Leute haben nur eins im Sinn: Sie wollen jemanden bluten sehen. Je mehr Blut, desto besser. Dabei ist es ihnen vollkommen egal, ob Sie es sind oder ich es bin. Können Sie sich das vorstellen?«

»Nein.«

»Dann gratuliere ich Ihnen.«

Ein älterer Herr mit einem dichten silbernen Haarschopf und in Madras-Shorts, die ihm bis weit über die Knie reichten, rannte mit seiner Kamera zum Straßenrand. Es war ein monströses Gerät mit einem ellenlangen aufmontierten Teleobjektiv. Er fing an, wie wild Fotos zu schießen, mal kniend, dann wieder auf seinen Beinen stehend, die so blaß waren wie ein Fischbauch. Richards lachte plötzlich schallend, und Amelia zuckte erschrocken zusammen.

»Was...«

»Schaun Sie mal, er hat immer noch die Schutzkappe vor der Linse«, sagte Richards. »Er hat...« aber er konnte vor Lachen nicht weitersprechen.

An den Straßenrändern stauten sich die Autos, während sie einen langgestreckten Hügel hinaufkrochen und dann in die Innenstadt von Rockland hinunterfuhren. Vielleicht war es früher mal ein malerisches Fischerdorf gewesen, in dem sich mutige Männer in gelben Öljacken und hüfthohen Gummistiefeln mit kleinen Booten auf die See hinausgewagt hatten, um Hummer zu fangen. Aber das war schon lange her. Auf jeder Straßenseite standen riesige Einkaufszentren. Die Hauptstraße war von Jazzschuppen, Bars und Autoreparaturwerkstätten gesäumt. Im höher gelegenen Teil der Stadt standen adrette kleine Mittelklassehäuser, die von ihrer Warte aus das wachsende Slumviertel überblickten, welches sich zur Küste hin erstreckte. Der Strand war mit Abfall übersät. Nur weit draußen war die See unberührt. Sie glitzerte blau in der späten Nachmittagssonne, deren Strahlen ein tanzendes Lichternetz aufs Wasser warfen.

Am Fuße des Hügels standen zwei Polizeiwagen quer auf der Straße. Ihre flackernden Blaulichter warfen ein bizzares Muster auf die Straße. Sie blinkten nicht im Takt. Im rechten Winkel zum Straßenrand stand ein schwer armierter Wagen mit einem auf das Dach montierten Kanonenrohr, das genau auf sie zielte.

»Jetzt sind Sie fertig«, bemerkte sie leise, beinahe bedauernd. »Muß ich jetzt auch sterben?«

»Halten Sie fünfzig Meter vor der Straßensperre und ziehn Sie Ihre Show ab«, antwortete er und rutschte in den Sitz hinunter. Er hatte plötzlich ein nervöses Zucken in der Wange.

»Ich habe Angst«, flüsterte sie. »Ich habe solche Angst.«

»Sie werden nicht auf Sie schießen«, beruhigte er sie. »Es sind viel zu viele Leute da. Sie können keine Geisel töten, wenn so viele Zuschauer ihnen dabei zusehen, das geht nur im geheimen. So sind nun mal die Spielregeln.«

Sie sah ihn unsicher an, und plötzlich hatte er das Verlangen, mit ihr eine Tasse Kaffee trinken zu gehen. Einfach so. Er würde ihrem Geplauder zuhören und dabei echte Sahne in seinen schwarzen Kaffee rühren – natürlich auf ihre Rechnung. Dann könnten sie über die soziale Ungerechtigkeit diskutieren und darüber, daß einem die Socken immer von den Füßen rutschen, wenn man Gummistiefel trägt, und darüber, wie wichtig es ist, sein Leben ernsthaft zu leben.

»Nun mal los, Mrs. Williams«, sagte er spöttisch. »Die Augen der Welt sind auf Sie gerichtet.«

Sie beugte sich hinaus.

Sechs Polizeistreifen und ein weiterer armierter Wagen stellten sich etwa dreißig Meter hinter ihnen auf, um ihnen den Rückweg abzuschneiden.

Jetzt gibt es nur noch einen Ausweg, dachte er, *direkt in den Himmel.*

...Minus 039 ... und der Countdown läuft...

»Ich heiße Amelia Williams. Ben Richards hält mich als Geisel fest. Wenn sie ihm nicht freies Geleit geben, wird er mich töten.«

Einen Augenblick lang herrschte Stille. Richards konnte das Tuten eines Yachthorns weit draußen auf dem Ozean hören.

Dann die geschlechtslose, plärrende Stimme eines elektronisch verstärkten Megaphons: »WIR WOLLEN MIT BEN RICHARDS REDEN!«

»Nein«, antwortete Richards schnell.

»Er sagt, er will nicht.«

»KOMMEN SIE AUS DEM WAGEN, MADAM.«

»Aber dann wird er mich umbringen!« schrie sie entsetzt. »Hören Sie mir denn nicht zu? Vorhin haben schon ein paar Männer versucht, *uns zu erschießen*! Er sagt, es ist Ihnen egal, wen sie töten. *Hat er etwa recht?*«

Eine heisere Stimme aus der Menge brüllte: »Laßt sie durch!«

»KOMMEN SIE AUS DEM WAGEN, ODER WIR SCHIESSEN!«

»Laßt sie durch! Laßt sie durch!« Die Menge hatte die Forderung in ihren Sing-Sang aufgenommen wie eifrige Fans bei einem Killer-Ball-Match.

»KOMMEN SIE HERAUS...«

Die Menge übertönte das Megaphon. Von irgendwoher flog ein Stein. Die Windschutzscheibe eines Polizeiwagens zersplitterte.

Auf einmal das Geräusch von startenden Motoren, und die beiden Straßenkreuzer fuhren auseinander und machten einen schmalen Streifen in der Mitte der Straße frei. Die Menge applaudierte fröhlich und wurde dann wieder still, um abzuwarten, was als nächstes geschah.

»ALLE BÜRGER VERLASSEN BITTE DIE UNMITTELBARE UMGEBUNG«, brüllte das Megaphon. »ES KANN ZU SCHIESSEREIEN KOMMEN. ALLE ZIVILPERSONEN VERLASSEN SOFORT DIE UMGEBUNG, ODER SIE WERDEN WEGEN WIDERSTANDES GEGEN DIE STAATSGEWALT UND ILLEGALER VERSAMMLUNG FESTGENOM-

MEN. DIE STRAFEN FÜR DIESE VERGEHEN BETRAGEN MINDESTENS 10 JAHRE STAATSGEFÄNGNIS ODER EIN BUSSGELD VON ZEHNTAUSEND DOLLAR ODER AUCH BEIDES. RÄUMEN SIE DAS GEBIET. RÄUMEN SIE DAS GEBIET.«

»Klar, damit niemand sehen kann, wie Sie das Mädchen erschießen!« brüllte eine hysterische Stimme. »Zum Teufel mit euch Bullen!«

Die Menge stand wie ein Mann. Hinten war ein schwarzgelber Übertragungswagen herangefahren, und ein paar Techniker machten sich daran, eine Kamera aufzustellen. Zwei Polizisten rannten sofort auf sie zu, und es gab ein kleines Handgemenge um die Kamera. Schließlich konnte einer der Bullen sich befreien, packte das Stativ und schmetterte die Kamera auf die Straße. Einer der Techniker ging auf ihn los, wurde aber mit einem Knüppel zusammengeschlagen.

Ein kleiner Junge schoß aus der Menge hervor und warf dem Bullen einen Stein an den Hinterkopf. Der Mann fiel hintenüber und sein Blut spritzte auf die Straße. Ein halbes Dutzend Polizisten warf sich sofort auf den Jungen und schleppte ihn fort. Plötzlich war an den Straßenrändern eine wilde Schlägerei zwischen den elegant gekleideten Oberstadtbewohnern und den schlampig angezogenen Slumleuten im Gange. Eine Frau in einem zerrissenen, verblichenen Hauskleid kniete sich auf eine elegante, zu Boden gefallene Matrone und fing an, ihr die Haare auszureißen. Dann wälzten sich beide kratzend, beißend und kreischend auf der Straße.

»Mein Gott«, sagte Amelia angewidert.

»Was ist los?« wollte Richards wissen. Er wagte es nicht, über das Armaturenbrett hinauszugucken.

»Straßenkämpfe. Die Polizei schlägt auf die Leute ein. Ein Polizist hat eine Fernsehkamera zerschmettert.«

»GEBEN SIE AUF, RICHARDS. KOMMEN SIE HERAUS.«

»Fahren Sie weiter«, sagte Richards leise.

Das Pneumoauto bewegte sich schlingernd nach vorn. »Sie werden auf die Luftkappen schießen«, sagte sie. »Und dann brauchen sie nur noch zu warten, bis Sie aufgeben.«

»Nein, das werden sie nicht tun«, widersprach Richards.

»Warum nicht?«

»Sie sind zu dumm dazu.«

Und sie schossen tatsächlich nicht.

Langsam fuhren sie durch die Straßensperre und die Reihen der Gaffer hindurch. Unbewußt hatten diese sich in zwei Gruppen geteilt. Auf der rechten Straßenseite standen die Ober- und Mittelklassebürger, die feinen Damen, die sich die Haare in Schönheitssalons frisieren ließen, und die feinen Herren in ihren Seidenhemden und Wildlederschuhen. Männer in eleganten Uniformen, die ihre Firmennamen auf dem Rücken und ihre eigenen – in Gold gestickt – auf den Brusttaschen trugen. Frauen wie Amelia Williams, für einen Stadtbummel gekleidet. Ihre Gesichter glichen sich alle in einer Hinsicht: Sie waren auf seltsame Weise unvollständig. Wie Statuen, die statt Augen Löcher im Gesicht hatten, oder wie ein Puzzlespiel, in dem ein winziges Teilchen fehlt. Verzweiflung, abgrundtiefe Verzweiflung, dachte Richards. In ihren Bäuchen heulten keine Wölfe. Ihre Gedanken wurden nicht von wilden Träumen und zornigen Hoffnungen beherrscht. Sie hatten nichts, an das sie sich klammern konnten.

Diese Leute standen auf der rechten Straßenseite, der mit den kombinierten Marine- und Country-Clubs, an denen sie gerade vorbeifuhren.

Auf der anderen Straßenseite, der linken, standen die Armen. Die Menschen mit roten Nasen und geschwollenen Venen, mit flachen Bäuchen und hängenden Brüsten, strähnigen Haaren und schmutzigen Socken, offenen Wunden und Pickeln. Menschen, die hungerten.

Auf dieser Seite war ein großes Polizeiaufgebot, und es kamen immer mehr hinzu. Richards war nicht sonderlich überrascht über ihr schnelles Auftauchen und ihr brutales Vorgehen. Selbst hier, in der amerikanischen Wildnis, war man mit Schlagstöcken und Gewehren schnell zur Hand. Und die Hunde wurden in ihren Zwingern hungrig gehalten. Die Armen brechen in die im Herbst und Winter verriegelten Sommerhütten ein. Die Armen überfielen harmlose Teenager und schlagen sie zusammen. Die Armen, das weiß doch jeder, schmieren obszöne Sprüche auf die Schaufensterscheiben. Den Armen juckt es ständig in den Fingern, und der dauernde Anblick von chromblitzenden Autos, Zweihundert-Dollar-Anzügen und dicken Bäuchen hat schon einige in Aufruhr versetzt und mit Bitterkeit erfüllt. Die Armen brauchen ihre Jack Johnsons, Muhammed Alis und Clyde Browns. Sie standen da und guckten dumm aus der Wäsche.

Hier auf der rechten Seite haben wir die reichen Sommerfrischler, dachte Richards. Schaut genau hin, Leute. Sie sind dick, faul und gefräßig. Auf der linken Seite – wohl kaum ein Gegengewicht, aber dennoch wild entschlossene Kämpfer mit rollenden Augen – haben wir die hungrigen Wölfe. Ihre Politik ist der Hungertod; sie würden Christus selbst verraten, nur um ein Pfund Salami zu ergattern. Die Polarisierung hat jetzt auch West Sticksville erreicht. Aber nehmen Sie sich vor diesen Kandidaten in acht. Sie haben die schlechte Angewohnheit, bei den Boxkämpfen aus dem Ring zu fliegen und auf die Zehn-Dollar-Sitze zu fallen. Können wir vielleicht einen Sündenbock für beide Parteien finden?

Mit langsamen dreißig Stundenkilometern fuhr Ben Richards zwischen den beiden Gruppen hindurch.

...Minus 038 ... und der Countdown läuft...

Eine Stunde verging. Es war vier Uhr nachmittags. Lange Schatten krochen über die Straße.

Richards war wieder in den Sitz hinuntergerutscht und kämpfte – allerdings nicht sehr erfolgreich – gegen eine Ohnmacht an. Er hatte sich mit ungeschickten Bewegungen das Hemd aus der Hose gezogen, um die neue Wunde zu untersuchen. Die Kugel hatte einen häßlichen Kanal in seine rechte Hüfte gerissen, und er hatte sehr viel Blut verloren. Im Augenblick war die Wunde zwar verschorft, doch sobald er sich heftig bewegen mußte, würde sie wieder anfangen zu bluten. Das machte nun auch nichts mehr. Sie würden ihn sowieso erwischen. Angesichts dieser Armee war sein Plan ein Witz. Er konnte bis zum Ende weitermachen, auf seine Stichworte reagieren, seine Rolle spielen, bis es einen ›Unfall‹ gab und das Pneumoauto in der Luft explodierte. Außer

Glassplittern und verbogenem Blech würde von ihnen nichts übrigbleiben. (... furchtbarer Unfall... der schuldige Polizeibeamte vom Dienst suspendiert... eine vollständige Untersuchung zur Klärung des Falles... wir bedauern den Verlust unschuldigen Lebens... und dieser Unsinn so ganz nebenbei zwischen dem Börsenbericht und den letzten Blähungen des Papstes!) Aber es war nur ein Reflex, eine vorübergehende Depression.

Er machte sich zunehmend Sorgen wegen Amelia Williams, der Hausfrau, die den Fehler begangen hatte, ausgerechnet am Mittwoch vormittag zum Einkaufen zu fahren.

»Da vorn stehen Panzer«, sagte sie plötzlich. Ihre Stimme klang überdreht, beinahe hysterisch. »Können Sie sich das vorstellen? Können Sie...« Sie fing an zu weinen.

Richards wartete einen Augenblick. Schließlich sagte er: »In welcher Stadt sind wir jetzt?«

»A-auf dem Schild steht W-W-Winterport. Oh, ich kann nicht mehr. Ich kann nicht mehr darauf warten, daß sie schießen. *Ich kann nicht!*«

»In Ordnung«, sagte er ruhig.

Sie blinzelte ihn verblüfft an und schüttelte heftig den Kopf, als wolle sie auf diese Weise Ordnung in ihre Gedanken bringen. »Wie bitte?«

»Halten Sie an. Steigen Sie aus.«

»Aber Sie werden Sie tö...«

»Ja. Aber es wird kein Blutvergießen mehr geben. Sie werden keinen Tropfen Blut zu sehen kriegen. Die haben da draußen genug Munition, um mich und den Wagen zu Staub zu schießen.«

»Sie lügen. Sie werden mich töten und dann...«

Die Pistole hing locker zwischen Richards Knien. Er ließ sie auf den Boden fallen. Sie erzeugte nur ein dumpfes Geräusch, als sie auf die Gummimatte fiel.

»Oh, ich brauche einen Joint«, stöhnte sie plötzlich. »Oh, Gott, ich wäre jetzt so gern high. Warum steigen Sie nicht aus und warten auf das nächste Auto, Himmelherrgott?«

Richards fing an zu lachen. Es war ein lautloses, keuchendes Lachen, und bei jedem Atemzug tat ihm die Hüfte weh. Er schloß die Augen und lachte, bis ihm die Tränen kamen.

»Es ist ziemlich kalt hier drinnen, jetzt, wo die Scheibe kaputt ist«, sagte sie trocken. »Machen Sie die Heizung an.«

Ihr Gesicht leuchtete bleich in der untergehenden Abendsonne.

...Minus 037 ... und der Countdown läuft...

»Wir sind in Derry«, informierte sie ihn.

Die Straßen waren schwarz vor Menschen. Sie beugten sich aus den Fenstern oder saßen auf ihren Balkonen und Verandas, obwohl die Sommermöbel schon längst weggeräumt waren. Sie aßen Sandwiches oder Brathähnchen und machten sich über fetttriefende Pommes frites her.

»Sehen sie schon Hinweisschilder zum Flughafen?«

»Ja, ich folge ihnen. Sie werden einfach die Tore schließen.«

»Wenn sie das tun, drohe ich einfach wieder damit, Sie umzubringen.«

»Wollen Sie ein Flugzeug entführen?«

»Ich werd's versuchen.«

»Das schaffen Sie nicht.«

»Ich bin sicher, daß Sie recht haben.«

Sie bogen zuerst nach rechts ab, dann nach links. Die Menge auf der Straße wurde ununterbrochen durch ein Megaphon aufgefordert zurückzuweichen, besser noch, nach Hause zu gehen.

»Ist sie wirklich Ihre Frau? Ich meine die auf den Fotos.«

»Ja, sie heißt Sheila. Unser Baby, Cathy, ist gerade anderthalb Jahre alt. Es hat Lungenentzündung. Das heißt, vielleicht ist es jetzt schon besser. Aus diesem Grund bin ich in diese Sache hineingeraten.«

Ein Hubschrauber donnerte über sie hinweg und warf einen großen, spinnenähnlichen Schatten vor sie auf die Straße. Eine fürchterlich verzerrte Stimme forderte Richards auf, die Frau freizulassen. Als er weg war und sie sich wieder unterhalten konnten, sagte sie:

»Ihre Frau sieht wirklich wie eine kleine Schlampe aus. Könnte sie sich nicht ein bißchen besser pflegen?«

»Das Bild war retuschiert«, antwortete Richards tonlos.

»So was tun die?«

»Ja, so was tun die.«

»Da vorne ist der Flughafen. Wir fahren direkt darauf zu.«

»Sind die Tore geschlossen?«

»Ich kann es nicht sehen... Moment... sie sind offen, aber blockiert. Ein Panzer. Das Geschützrohr ist direkt auf uns gerichtet.«

»Fahren Sie bis auf dreißig Meter heran und bleiben sie dann stehen.«

Der Wagen kroch langsam die vierspurige Flughafeneinfahrt entlang, durch die Reihen der Polizeiwagen und der Zuschauer hindurch, die unablässig zu schreien und zu plappern schienen. Über der Straße hing ein riesiges Leuchtschild: VOIGT FIELD FLUGHAFEN. Amelia sah auf beiden Straßenseiten einen Starkstromzaun, der das weite Flughafenfeld abgrenzte. Vor ihr, auf einer Verkehrsinsel, befand sich eine Art kombinierte Informations- und Verkehrskontrollzelle. Dahinter war das große Haupttor, das im Augenblick von einem Panzer blockiert wurde, dessen Geschütz gut eine Viertelmegatonne Munition auf sie loslassen konnte. Weiter hinten entdeckte sie ein Gewirr von Fahr- und Parkspuren, die alle zum Flughafengebäude führten, das die Sicht zu den dahinter liegenden Start- und Landebahnen versperrte. Über allem thronte der riesige Kontrollturm, dessen Westfenster die leuchtende Abendsonne widerspiegelten, so daß sie aussahen, als stünde das ganze Gebäude in Flammen. Passagiere und Flughafenangestellte hatten das Gebäude verlassen und standen jetzt neugierig hinter den Parkplätzen, wo sie von der Polizei in Schach gehalten wurden. Amelia hörte plötzlich ein dröhnendes Heulen in der Luft und blickte auf. Über ihr erhob sich elegant eine stahlgraue Lockheed G/A Superbird in den Himmel.

»RICHARDS!«

Sie zuckte zusammen und sah ihn ängstlich an. Er winkte gelassen ab: Alles in Ordnung, Ma'm, ich sterbe gerade.

»SIE DÜRFEN DEN FLUGHAFEN NICHT BETRETEN!« warnte ihn

die verzerrte, dröhnende Stimme. »LASSEN SIE DIE FRAU FREI UND KOMMEN SIE HERAUS!«

»Was nun?« fragte sie. »Es ist hoffnungslos. Sie brauchen nur zu warten, bis Sie...«

»Wir wollen sie noch ein wenig provozieren«, sagte Richards. »Mal sehen, wie weit sie mit ihrem Bluff gehen. Beugen Sie sich hinaus. Sagen Sie ihnen, daß ich angeschossen und halb wahnsinnig sei. Sagen Sie ihnen, daß ich mich der Flughafenpolizei ergeben werde.«

»*Das* wollen Sie wirklich tun?«

»Die Flughafenpolizei ist weder staatlich noch dem Bundesland unterstellt. Seit den UN-Verträgen von 1995 ist sie international. Es gab mal das Gerücht, daß man so etwas wie Amnestie kriegen könne, wenn man sich ihr ausliefere. So was ähnliches wie freies Parken bei Monopoly. Das stimmt natürlich nicht. Sobald man in ihren Händen ist, übergibt sie einen den Jägern oder der Staatspolizei.«

Sie starrte ihn ungläubig an. »Vielleicht nehmen sie es mir ab, daß ich dieses Märchen glaube. Versuchen Sie's mal. Erzählen Sie ihnen, was ich gerade gesagt habe.«

Sie lehnte sich nach draußen, und Richards Körper spannte sich. Wenn es einen unglücklichen ›Unfall‹ geben sollte, dann war jetzt der richtige Augenblick dafür. Ihr Kopf und ihr ganzer Oberkörper waren schutzlos den Mündungen von über tausend Gewehren ausgesetzt. Ein winziges Zucken an einem Abzug, und die gesamte Farce war mit einem Schlag vorüber.

»Ben Richards will sich der Flughafenpolizei ausliefern!« rief sie. »Er ist schwer verletzt!« Sie warf einen ängstlichen Blick über die Schulter und rief dann mit lauter, klarer Stimme in die Stille, die sich plötzlich über den Flughafen gesenkt hatte: »Er ist schon seit einiger Zeit nicht mehr bei Verstand, und, o Gott, *ich habe solche Angst... bitte, helfen Sie mir...* BITTE!«

Die Kameras summten und zeichneten alles live auf. Innerhalb von wenigen Sekunden gelangten die Bilder in alle Haushalte Nordamerikas und der halben Welt. Gut so. Richards spürte wieder eine Spannung in sich, die seine Muskeln versteifte. Er hatte wieder angefangen zu hoffen.

Wieder herrschte einen Augenblick Stille; hinter der Verkehrsinsel fand eine kleine Konferenz statt.

»Sehr gut«, lobte er sie leise.

Sie funkelte ihn an. »Glauben Sie etwa, es fällt mir schwer, ängstlich zu klingen? Was immer Sie auch denken mögen, Mister, das hier ist nicht ›unsere‹ Sache. Ich möchte Sie nur endlich loswerden.«

Zum ersten Mal fiel Richards auf, wie vollkommen ihre Brüste sich unter der blutbefleckten, schwarz-grünen Bluse rundeten, wie wundervoll und kostbar sie aussahen.

Plötzlich zerriß ein donnerndes Getöse die Stille, und sie schrie laut auf.

»Das ist bloß der Panzer«, sagte er beruhigend. »Alles in Ordnung, bloß der Panzer.«

»Er fährt zurück«, rief sie verwundert. »Sie lassen uns durch.«

»RICHARDS! SIE FAHREN JETZT DIREKT ZU SCHALTER 16! DIE FLUGHAFENPOLIZEI WIRD SIE DORT IN EMPFANG NEHMEN!«

»Also gut«, sagte er tonlos. »Dann fahrn Sie mal los. Ungefähr einen halben Kilometer hinter dem Tor halten Sie wieder an.« »Die werden Sie erschießen«, sagte sie hoffnungslos und dann unsinnigerweise: »Ich muß dringend aufs Klo, und Sie sorgen dafür, daß ich umgebracht werde.«

Der Wagen hob sich gut vier Zentimeter in die Luft und fuhr langsam an. Als sie durch das Eingangstor kamen, duckte Richards sich in der Erwartung, voll unter Beschuß genommen zu werden, aber nichts geschah. Der Wagen bog in einer eleganten Kurve ab und bewegte sich aufs Hauptgebäude zu. Ein Schild über der Straße deutete mit einem Pfeil auf die Spuren 16–20.

Polizisten standen oder knieten hinter gelben Barrikaden. Richards wußte, daß man bei der nur im geringsten verdächtigen Bewegung schießen und den Wagen in der Luft explodieren lassen würde.

»Halten Sie jetzt an«, sagte er, und sie blieb stehen.

Die Reaktion kam prompt. »RICHARDS! FAHREN SIE SOFORT WEITER ZU SCHALTER 16!«

»Sagen Sie ihnen, daß ich ein Megaphon will«, befahl er leise. »Sie sollen es zwanzig Meter vor dem Wagen auf die Straße legen. Ich will mit ihnen reden.«

Sie rief seine Order zur Wagentür hinaus, und dann warteten sie. Einen Augenblick später lief ein Mann in einer blauen Uniform auf die Straße hinaus und legte ein Megaphon mit elektronischem Verstärker auf den Boden. Er blieb einen Moment stehen, in dem er sich vermutlich bewußt wurde, daß ihn jetzt über fünf Millionen Menschen beobachteten, dann verschwand er schnell wieder in die Anonymität hinter den Barrikaden.

»Na los, holen Sie's.«

Der Wagen kroch bis zum Megaphon vor, und als die Fahrertür sich mit ihm auf einer Höhe befand, öffnete sie die Tür und zog es schnell herein. Es war rot und weiß gestreift, und am Handgriff waren über einem Blitzsymbol die Initialen G und A eingraviert.

»Sehr gut«, lobte er. »Wie weit ist es noch bis zum Hauptgebäude?«

Sie kniff die Augen zusammen. »Ich schätze eine Viertelmeile.«

»Und wie weit bis Schalter 16?«

»Halb so weit.«

»Gut. Das ist sehr gut. Jaaa.« Er spürte, daß er sich nervös auf die Unterlippe biß, und versuchte, es zu unterlassen. Er hatte rasende Kopfschmerzen, und sein Körper verkrampfte sich durch die nervöse Anspannung immer mehr. »Fahren Sie jetzt zum Schalter 16 und halten Sie genau davor.«

»Und dann?«

Er lächelte unglücklich. »Das«, sagte er, »wird wohl der Ort sein, an dem Ben Richards seine letzte Tat begeht.«

...Minus 036 ... und der Countdown läuft...

Als sie vor dem Schalter hielten, ertönte sogleich das Megaphon: »STEIGEN SIE AUS, BEN RICHARDS! DIE FLUGHAFENPOLIZEI ERWARTET SIE DRINNEN, WIE ABGEMACHT!«

Richards hob zum ersten Mal sein Megaphon vor den Mund. »ZEHN MINUTEN«, sagte er. »ICH MUSS NACHDENKEN.«

Schweigen.

»Merken Sie nicht, daß Sie sie direkt zwingen, auf Sie zu schießen?« fragte sie mit mühsamer Beherrschung.

Er stieß ein seltsames, dünnes Lachen aus, das wie das Pfeifen eines Teekessels klang. »Sie wissen, daß ich sie an der Nase herumführen werde. Sie wissen bloß noch nicht wie.«

»Das können Sie nicht«, rief sie. »Sehen Sie das denn immer noch nicht ein?«

»Vielleicht kann ich's doch«, sagte er.

...Minus 035 ... und der Countdown läuft...

»Hören Sie:

Als die Fernsehsanstalt mit den Spielen anfing, fanden alle, daß dies die besten Unterhaltungssendungen wären, die die Welt je gesehen hat, denn so etwas hat es angeblich vorher noch nie gegeben. Aber auf der Welt ist gar nichts neu. Schon die Gladiatoren in Rom haben dasselbe gemacht. Und es gibt noch so ein Spiel: Poker. Beim Poker ist das beste Blatt ein Royal Flush, das heißt eine große Straße in Kreuz. Und die spannendste Sache beim Poker ist ein Spiel, bei dem vier von den fünf Karten offen auf dem Tisch liegen, die fünfte aber verdeckt ist. Mit nur ein paar Pfennigen und Zehnern kann jeder dabei sein. Es kann einen vielleicht nur einen halben Dollar kosten, das Blatt des anderen zu sehen. Doch wenn man die Einsätze erhöht, dann wird diese verdeckte Karte immer wichtiger. Wenn dann, nach Dutzenden von Runden, deine Lebensversicherung, dein Haus und dein

Auto auf dem Spiel stehen, ist die Karte so hoch wie der Mount Everest. Bei der *Menschenjagd* ist es genauso, nur daß der Einsatz eben nicht Geld ist. Sie haben die Männer, die Waffen und viel Zeit. Und wir spielen mit ihren Karten, ihrem Geld und in ihrem Kasino. Wenn ich gefaßt werde, habe ich verloren. Aber vielleicht habe ich noch einen Trumpf im Ärmel. Ich habe den Nachrichtensender von Rockland informiert, das ist meine Kreuz-Zehn. Sie mußten mir freies Geleit geben, weil uns jeder zusehen konnte. Nach der ersten Straßensperre hatten sie keine Chance mehr, uns heimlich aus dem Weg zu räumen. Das ist irgendwie komisch, denn es ist ja gerade das Free-Vee, das der Fernsehanstalt ihren Nimbus verleiht. Wenn man etwas im Free-Vee gesehen hat, dann muß es wahr sein. Wenn nun das ganze Land gesehen hätte, wie die Jäger meine Geisel abknallen – eine wohlhabende Haus- und Ehefrau einfach abknallen –, wird jeder das für wahr halten, und das können sie sich nicht leisten. Das ganze System arbeitet mit einem großen Vertrauensvorschuß seitens des Publikums, und sie sind davon abhängig. Witzig, nicht wahr? Meine Leute stehen hier auf meiner Seite. Schon vorhin auf der Straße hat es Schwierigkeiten gegeben. Wenn die Polizisten und Jäger tatsächlich auf uns schießen, handeln sie sich eine Menge Ärger ein, und es kann etwas sehr Häßliches passieren. Ein Mann hat mir mal den Rat gegeben, mich immer an meine eigenen Leute zu halten. Er wußte gar nicht, wie recht er damit hatte. Ein Grund, warum sie mich bis jetzt mit Samthandschuhen angefaßt haben, liegt sicher darin, daß hier überall meine Leute rumstehen.

Meine Leute sind der Kreuz-Bube.

Die Kreuz-Dame bei der ganzen Geschichte sind Sie.

Und ich bin der König, der schwarzbärtige Mann mit den gekreuzten Schwertern.

Das sind die Karten, die offen auf dem Tisch liegen: die Medien, die Möglichkeit eines Aufruhrs, Sie und ich. Allein nützen sie gar nichts, schon ein Paar kann sie schlagen. Ohne das As sind sie ein Haufen Müll, aber mit dem As... unschlagbar.«

Er griff plötzlich nach ihrer Handtasche, eine Krokodillederimitation mit einem schmalen Silberkettchen, und stopfte sie unter seine Jacke, so daß diese an seinem Brustkorb eine deutlich sichtbare Ausbeulung aufwies.

»Ich habe kein As«, sagte er leise. »Wenn ich nur ein bißchen mehr nachgedacht hätte, dann hätte ich jetzt eins. Aber ich *habe* noch eine verdeckte Karte – eine, die sie nicht sehen können. Ich werde also bluffen.«

»Sie haben keine Chance«, erwiderte sie unnachsichtig. »Wie soll meine Handtasche Ihnen dabei helfen? Wollen Sie sie mit dem Lippenstift erschießen?«

»Ich glaube, daß sie ihr Betrügerspiel so lange weiterspielen werden, bis sie verlieren. Meiner Ansicht nach sind sie nämlich von Grund auf feige – und sie sitzen in der Klemme.«

»Richards! Die zehn Minuten sind um!«

Er hob wieder das Megaphon an die Lippen.

... Minus 034 ... und der Countdown läuft ...

»Jetzt hören Sie mir genau zu!« dröhnte seine Stimme über das Flughafengelände. Die Polizisten warteten gespannt. Die Menge bewegte sich unruhig hin und her. »Ich habe zwölf Pfund hochexplosiven Dynacore-Sprengstoff unter meiner Jacke stecken – die Sorte, die Black Irish genannt wird. Zwölf Pfund sind genug, um im Umkreis von einer Drittelmeile alles und jeden in die Luft zu jagen, und es reicht vermutlich auch, um die Treibstofftanks auf dem Flughafengelände in die Luft zu sprengen. Wenn Sie meinen Anweisungen nicht bis aufs I-Tüpfelchen folgen, werde ich Sie alle zur Hölle jagen. Ich habe einen General-Atomics-Zünderring in den Sprengstoff eingebaut; der Zünder ist bis zur Hälfte herausgezogen. Eine falsche Bewegung und Sie können sich alle auf den Boden knien und zum Abschied ihren Hintern küssen.«

Aus der Menge ertönten Schreie, und sie zog sich wie die Wassermassen bei Ebbe zurück. Die Polizisten wußten auf einmal nicht mehr, wen sie eigentlich im Zaum halten sollten. Männer und Frauen rannten über Felder und Straßen, strömten durch die Flughafentore und stellte sich neugierig hinter dem Starkstromzaun wieder auf. Ihre Gesichter waren vor Angst und Schrecken leer und ausdruckslos.

Die Polizisten traten ratlos von einem Fuß auf den anderen. Auf keinem Gesicht konnte Amelia einen Ausdruck von Ungläubigkeit sehen.

»RICHARDS!« dröhnte die Megaphonstimme von neuem. »DAS IST EINE LÜGE! KOMMEN SIE HERAUS!«

»ICH KOMME HERAUS«, antwortete Richards, »ABER VORHER GEBE ICH IHNEN MEINE ANWEISUNGEN. ICH MÖCHTE EINE VOLLGETANKTE JETMASCHINE MIT DER UNBEDINGT NOTWENDIGEN CREW, NICHT MEHR. ES SOLL EINE LOCKHEED/GA ODER EINE DELTA SUPERSONIC MIT MINDESTENS ZWEITAUSEND MEILEN FLUGWEITE SEIN. DIE MASCHINE SOLL IN NEUNZIG MINUTEN BEREITSTEHEN.«

Kameras surrten und Blitzlichter flackerten auf. Der Presse war die ganze Sache ebenfalls unheimlich, aber die Reporter hatten fünf Millionen Zuschauer im Nacken, und das war real. Ihr Job war real. Doch Ben Richards zwölf Pfund Black Irish konnte nichts weiter als eine herrliche Einbildung seines wunderbar schöpferischen, kriminellen Geistes sein.

»RICHARDS?« Ein Mann in dunkler Hose und mit trotz der kühlen Herbstluft aufgerollten Hemdsärmeln trat hinter einer Reihe von Wagen hervor, die vor dem Schalter 16 parkten. Er hatte ein Megaphon bei sich, das größer als das von Ben Richards war, und trug eine kleine Brille auf der Nase, deren Gläser in den schrägen Strahlen der Abendsonne funkelten. Mehr konnte Amelia aus der Entfernung nicht erkennen.

»ICH BIN EVAN MCCONE.«

Den Namen kannte er natürlich. Er sollte ihm Angst einjagen; und Richards war nicht überrascht, als er feststellte, daß sein Herz tatsächlich schneller schlug. Evan McCone, der Chefjäger. Ein direkter Nachkomme von J. Edgar Hoover und Heinrich Himmler. Das Stahlgerüst, auf das die Spielekommission sich stützte. Ein Schreckgespenst, ein Name, mit dem man Kindern Angst machte. Wenn du nicht sofort aufhörst, mit den Streichhölzern zu spielen, Johnny, rufe ich Evan McCone, und der wird schon dafür sorgen.

Flüchtig erinnerte er sich an seinen Traum und hörte die Stimme wieder: *Bist du der Mann, kleiner Bruder?*

»Wir wissen, dass Sie lügen, Richards. Kein Mann ohne G. A.-Ausweis kann sich Dynacore beschaffen. Lassen Sie die Frau frei und kommen Sie heraus. Wir wollen nicht auch sie töten müssen.«

Amelia stieß ein leises, wimmerndes Geräusch aus.

Richards dröhnte: »Das können Sie Ihrer Grossmutter erzählen, Kleiner. Sie können sich an jeder zweiten Strassenecke Sprengstoff besorgen, wenn Sie nur genug Geld dafür hinlegen. Und ich habe Geld. Geld von der Spielekommission. Sie haben noch sechsundachtzig Minuten.«

»Kommt überhaupt nicht in Frage.«

»McCone?«

»Ja?«

»Ich schicke die Frau zu Ihnen raus. Sie hat die Bombe gesehen.« Amelia starrte ihn entsetzt an. »Inzwischen machen Sie sich lieber an die Arbeit. Fünfundachtzig Minuten. Merken Sie sich, Sie Arschloch, ich bluffe nicht. Eine Kugel, und wir werden alle zum Mond fliegen.«

»Nein«, flüsterte sie. Vor Ungläubigkeit stand ihr Mund offen. »Sie glauben doch nicht etwa, daß ich für Sie *lügen* werde!«

»Wenn Sie es nicht tun, bin ich ein toter Mann. Ich bin angeschossen, habe einen gebrochenen Knöchel, eine kaputte Nase und weiß kaum noch, was ich sage, aber soviel ist sicher: Dies ist meine einzige Chance, ob es nun so oder so ausgeht. Hören Sie zu: Dynacore ist weiß und fest und fühlt sich ein bißchen schleimig an. Es...«

»Nein! Nein! *Nein!*« Sie hielt sich die Hände vor die Ohren.

»Es sieht aus wie ein Stück Seife, aber es ist viel massiver. Ich beschreibe Ihnen jetzt den Zünderring. Er sieht aus wie...«

Sie fing an zu weinen. »Ich kann es nicht, *verstehen* Sie das denn nicht? Ich habe meine Pflichten als Bürger dieses Staates. Mein Gewissen. Ich habe...«

»Ja, und die finden vielleicht bald heraus, daß Sie lügen«, erwiderte er trocken. »Aber das glaube ich eben nicht. Wenn

Sie mich decken, werden sie nämlich nachgeben. Ich werde in dem großen Silbervogel davonfliegen.«

»Ich *kann* nicht!«

»RICHARDS: SCHICKEN SIE DIE FRAU RAUS!«

»Der Zünderring ist golden«, fuhr er hastig fort. »Er hat einen Durchmesser von circa fünf Zentimetern. Sieht aus wie ein Schlüsselring ohne Schlüssel. Daran ist ein kleiner Metallstift befestigt, der den G. A.-Zünder enthält. Der Zünder sieht aus wie das Radiergummiende von einem Bleistift.«

Sie wiegte sich langsam vor und zurück und wimmerte leise. Ihre Hände kneteten ihre Wangen durch, als wären sie aus Teig.

»Ich hab' ihnen erzählt, daß ich den Zünder zur Hälfte rausgezogen hätte. Das bedeutet, daß sie einen winzigen Ring genau über dem Sprengstoff sehen können. Kapiert?«

Er bekam keine Antwort. Sie jammerte und stöhnte und wiegte sich immerfort vor und zurück.

»Natürlich haben Sie das kapiert«, sagte er leise. »Sie sind ja ein intelligentes Mädchen, nicht wahr?«

»Ich werde nicht lügen«, antwortete sie bestimmt.

»Wenn die Sie nach weiteren Einzelheiten fragen, haben Sie keinen blassen Schimmer, verstanden? Sie haben es nicht so genau sehen können. Sie hatten zuviel Angst. Nur eins noch: Ich habe diesen Ring in der Hand, seit sie an der ersten Straßensperre auf uns geschossen haben. Sie haben nicht gewußt, was es war, aber ich hab's ständig in der Hand gehalten.«

»Töten Sie mich lieber gleich.«

»Gehn Sie los«, befahl er. »Steigen Sie aus.«

Sie starrte ihn mit zitternden Lippen an, ihre Augen waren nur noch dunkle Höhlen. Die hübsche, selbstsichere Vorstadthausfrau war völlig verschwunden. Sie hatte keine Maske mehr, um sich zu schützen. Er fragte sich, ob sie später wieder eine aufsetzen würde, aber er nahm es nicht an. Jedenfalls würde es ihr nicht mehr so ohne weiteres gelingen.

»Gehen Sie«, sagte er. »Na los, nun gehen Sie schon.«

»Ich... ich... *ooooh, Goootf...*«

Sie stieß die Wagentür auf und fiel halb hinaus, halb sprang sie. Sofort stand sie wieder auf den Beinen und rannte los. Ihr aufgelöstes Haar flatterte hinter ihr her, und sie wirkte wunderschön – wie eine Göttin. Sie rannte direkt in einen Sternenschauer von Millionen aufstrahlender Blitzlichter.

Gewehrläufe richteten sich auf sie, belauerten sie und senkten sich wieder, als sie von der Menge verschluckt wurde. Richards riskierte einen kurzen Blick über das Armaturenbrett, konnte aber nichts erkennen.

Er duckte sich wieder in den Sitz, sah auf seine Armbanduhr und wartete auf sein Ende.

... Minus 033 ... und der Countdown läuft ...

Der rote Sekundenzeiger beschrieb zwei Kreise. Dann noch zwei und nochmal zwei.

»RICHARDS!«

Er hob das Megaphon an die Lippen: »NOCH NEUNUNDSIEBZIG MINUTEN, MCCONE!«

Konsequent bis zum Ende durchspielen. Die einzige Möglichkeit. Weitermachen bis zu dem Augenblick, in dem McCone das Feuer eröffnete. Es würde alles sehr schnell gehen. Und letztendlich war es ja doch scheißegal.

Nach einem nervenaufreibenden, ewig dauernden Schweigen: »WIR BRAUCHEN MEHR ZEIT. MINDESTENS DREI STUNDEN. WIR HABEN KEINE L/GA ODER DELTA ZUR VERFÜGUNG. SIE MUSS ERST EINGEFLOGEN WERDEN.«

Sie hatte es getan. Großer Gott, sie hatte es getan. Diese erstaunliche Frau hatte in den Abgrund geblickt und war hinübergesprungen. Ohne Netz und doppeltem Boden. Donnerwetter.

Natürlich würden sie ihr kein Wort glauben. Es gehörte zu ihrem Job, nichts und niemandem zu glauben. Jetzt, in diesem Augenblick würden sie sie in ein kleines Privatgemach im Flughafengebäude führen, wo sie von einem Dutzend Evan McCones erwartet wurde, welche ihr hart zusetzen würden. Und wenn sie einmal dort war, würde die Litanei beginnen: *Wir verstehen, daß Sie sehr aufgeregt sind, Mrs. Wil-*

liams, es ist nur für unsere Aufzeichnungen ... würde es Ihnen etwas ausmachen, die Sache noch einmal von vorne durchzugehen ... da ist noch eine Kleinigkeit, die uns nicht ganz klar ist ... sind Sie sicher, daß es nicht genau umgekehrt gewesen ist ... woher wissen Sie ... wieso ... was hat er Ihnen nun genau gesagt ...

Die einzige Möglichkeit, die ihnen jetzt noch blieb, war es, Zeit zu gewinnen, Richards mit dieser oder jener Entschuldigung hinzuhalten. Wir haben nicht genug Benzin, wir brauchen mehr Zeit. Im Augenblick befindet sich nicht die richtige Crew im Flughafen, wir brauchen mehr Zeit. Über der Startbahn 07 kreist eine fliegende Untertasse, wir brauchen mehr Zeit. Wir haben sie noch nicht zum Reden gebracht, wir brauchen mehr Zeit. Sie hat immer noch nicht ausgespuckt, daß Ihre hochexplosive Bombe nur aus einer kleinen Krokodillederhandtasche voller Kleenextücher, Kosmetika, Scheckkarten und Kleingeld besteht. Wir brauchen mehr Zeit.

Wir können es jetzt noch nicht riskieren, Sie einfach abzuknallen, wir brauchen mehr Zeit.

»RICHARDS?«

»NUN HÖRN SIE MAL ZU!« brüllte er durchs Megaphon. »SIE HABEN NOCH GENAU FÜNFUNDSIEBZIG MINUTEN, SONST FLIEGT HIER ALLES IN DIE LUFT!«

Keine Antwort.

Obwohl der Schatten des Jüngsten Gerichts drohend über dem Flughafen schwebte, kam die Zuschauermenge langsam wieder zurück. Die Augen der Leute waren weit aufgerissen und glänzten vor Neugier. In aller Eile hatte man ein paar Spotscheinwerfer montiert, die jetzt direkt den kleinen Wagen anstrahlten. Obwohl der Wagen in Licht badete, war nur die zerbrochene Windschutzscheibe zu sehen.

Richards versuchte, sich den kleinen Raum vorzustellen, in dem sie sie jetzt nach der Wahrheit löcherten, aber es gelang ihm nicht. Die Presse war natürlich ausgeschlossen. McCones Leute würden versuchen, ihr solche Angst einzujagen, daß nur noch ein Häufchen Elend, von ihr übrigblieb, und sie würden es auch schaffen. Aber wie weit würden sie bei einer Frau gehen, die nicht zum großen Heer der Asozialen, zur Masse der gesichtslosen Armen gehörte? Drogen. Richards wußte, daß es Drogen gab, die selbst einen Yaqui-Indianer dazu bringen würden, zu brabbeln wie ein Baby auf dem Arm seiner Mutter. Und McCone konnte sie ohne weiteres besorgen. Drogen, die einen Priester dazu veranlassen würden, sämtliche Beichtgeheimnisse wie eine Stenografiermaschine herunterzurasseln.

Oder ein bißchen Gewalt? Vielleicht die kleinen elektrischen Schlagstöcke, die beim Aufstand in Seattle im Jahr 2005 so wundervoll gewirkt hatten? Oder würden sie sie nur ständig mit ihren Fragen bombardieren?

All diese Gedanken führten zu nichts, aber er konnte sie nicht einfach abschalten. Hinter dem Flughafengebäude hörte er das unverwechselbare Aufheulen einer Lockheedmaschine, deren Motor aufgewärmt wird. Das war sein Vogel. Das Geräusch schwoll rhythmisch an und ab. Als es plötzlich aufhörte, wußte er, daß sie mit dem Auftanken begonnen hatten. Noch zwanzig Minuten, wenn sie sich beeilten.

Soweit waren sie also. Alle Karten lagen auf dem Tisch – bis auf eine.

McCone? Sind Sie schon weitergekommen, McCone? Haben Sie sie schon zum Reden gebracht?

Die Schatten auf dem Flughafengelände wurden länger. Alles wartete.

... Minus 032 ... und der Countdown läuft ...

Richards stellte fest, daß das alte Klischee wieder mal nicht stimmte. Die Zeit schien *nicht* stillzustehen. In mancherlei Hinsicht wäre es besser gewesen, wenn es so gewesen wäre. Dann wäre jedenfalls nicht diese sinnlose Hoffnung gewesen.

Zweimal informierte ihn die megaphonverstärkte Stimme noch, daß er lüge. Er antwortete, daß sie lieber das Feuer eröffnen sollten, wenn dem wirklich so sei. Fünf Minuten später teilte man ihm mit, daß die Flügelklappen vereist seien und daß sie jetzt Zeit brauchten, um eine andere Maschine aufzutanken. Richards antwortete ihnen, daß das vollkommen in Ordnung sei, solange das Flugzeug vor Ablauf des Ultimatums starten würde.

Die Minuten krochen dahin. Noch sechsundzwanzig, fünfundzwanzig, zweiundzwanzig, zwanzig... *(war sie immer noch nicht zusammengebrochen? Mein Gott, vielleicht...),* achtzehn, fünfzehn (der Flugzeugmotor heulte wieder auf, während die Crew das Treibstoffsystem überprüfte und alle Funktionen durchcheckte), dann noch zehn Minuten, acht...

»RICHARDS?«

»JA?«

»WIR BRAUCHEN EINFACH NOCH EIN BISSCHEN ZEIT. DIE FLÜGELKLAPPEN SIND VOLLKOMMEN VEREIST. WIR WERDEN VERSUCHEN, DAS EIS MIT FLÜSSIGEM WASSERSTOFF ZU SCHMELZEN, ABER DAS WIRD SEINE ZEIT DAUERN.«

»SIE HABEN ZEIT GENUG. NOCH GENAU SIEBEN MINUTEN. DANACH WERDE ICH AUF DAS FLUGFELD FAHREN. ICH WERDE DIE VERSORGUNGSRAMPE BENUTZEN. MIT EINER HAND WERDE ICH DAS LENKRAD HALTEN, MIT DER ANDEREN DEN ZÜNDERRING. SIE WERDEN MIR ALLE TORE ÖFFNEN. UND VERGESSEN SIE NICHT, DASS ICH DABEI IHREN BENZINTANKS IMMER NÄHER KOMME.«

»SIE SCHEINEN NICHT ZU BEGREIFEN, DASS WIR...«

»ICH HAB' GENUG VON DEM GEQUASSEL, LEUTE. SECHS MINUTEN.«

Der Sekundenzeiger drehte seine gleichmäßigen Runden. Drei Minuten noch, dann zwei, dann eine. In dem kleinen Zimmer würden sie jetzt so drohend auf sie einreden, daß er es sich gar nicht vorstellen mochte. Er versuchte, sich an ihr Aussehen zu erinnern, aber es gelang ihm nicht. Vor seinem inneren Auge vermischte es sich sofort mit anderen Gesichtern aus seiner unmittelbaren Vergangenheit: Stacey, Bradley, Elton und Virginia Parrakis und der kleine Junge mit dem Hund. Er erinnerte sich nur noch daran, daß ihr Gesicht weich und hübsch ausgesehen hatte, die fantasielose Schönheit, die sich jede reiche Frau bei Margaret Astor, Revlon und Schönheitschirurgen kaufen konnte. Ja, weich hatte das Gesicht gewirkt, aber unter der Oberfläche hatte er auch eine gewisse Härte registriert. Wann bist du so hart geworden, schöne Wespenfrau? Und bist du auch hart genug? Oder vermasselst du jetzt gerade alles?

Er fühlte etwas Warmes in seinem Mundwinkel und stellte fest, daß er sich in die Lippe gebissen hatte. Nicht nur einmal, sondern mehrmals.

Er wischte sich zerstreut über den Mund, was einen tropfenförmigen Blutflecken auf seinem Jackenärmel hinterließ, und startete den Wagen. Der Wagen hob sich sanft, die Luftfilter surrten.

»RICHARDS! WENN SIE DEN WAGEN IN BEWEGUNG SETZEN, SCHIESSEN WIR! DIE FRAU HAT GEREDET! WIR WISSEN ALLES!«

Aber niemand gab einen Schuß ab.

Es war fast wie eine Antiklimax im Theater.

...Minus 031 ... und der Countdown läuft...

Die Versorgungsrampe führte in einem großen, ansteigenden Bogen um den futuristischen Glasbau des Flughafengebäudes. Der Weg war von Polizisten gesäumt, die jegliche Art Waffen – von Tränengaspistolen bis hin zu Maschinengewehren – auf ihn richteten. Ihre Gesichter waren flach, dumm und sahen alle gleich aus. Sie starrten Richards, der jetzt aufrecht hinter dem Steuer saß und langsam an ihnen vorbeifuhr, an wie Ochsen, die erstaunt vor einem Berg stehen. Ungefähr so glotzen wahrscheinlich Kühe ihren Bauern an, dachte Richards amüsiert, wenn er durchdreht und sich wie ein kleines Kind schreiend und um sich schlagend auf dem Stallboden wälzt.

Das Tor zum Rollfeld (VORSICHT – UNBEFUGTEN IST DER ZUTRITT VERBOTEN – BITTE NICHT RAUCHEN) war weit geöffnet, und Richards fuhr seelenruhig hindurch. Er kam an den großen Versorgungstanks vorbei, die alle mit hochexplosivem Treibstoff gefüllt waren. Kleine Privatmaschinen standen ordentlich aneinandergereiht auf ihren Dockplätzen. Dahinter entdeckte er eine Fahrbahn: eine weitläufige, ölig schwarze Asphaltstraße mit unzähligen Ausfahrten und Zubringern.

Dort stand seine Maschine, ein Jumbo-Jet mit zwölf Turbomotoren, die gemütlich vor sich hinsummten. Die Start- und Landebahnen erstreckten sich weit nach hinten in das Zwielicht und schienen sich alle an einem geheimen Punkt zu treffen. Die Gangway wurde gerade von vier mit Overalls bekleideten Männern zum Einstieg der Maschine gerollt. Richards kam es vor, als rolle man eine Treppe vor seinen Galgen.

Und, als wolle er das Bild vervollständigen, trat der Henker aus dem Schatten, den der riesige Flugzeugbauch auf das Rollfeld warf. Evan McCone.

Richards betrachtete ihn mit der Neugier, die jeder Normalbürger einem Menschen entgegenbringt, den er bisher nur auf dem Bildschirm gesehen hatte. Egal, wie oft man so eine Berühmtheit schon auf dreidimensionalen Fernsehbildern gesehen hatte, wenn sie einem zum erstenmal als eine Person aus Fleisch und Blut gegenüberstand, konnte man kaum glauben, daß es sich um einen realen Menschen handelte. Und hatte man sich das einmal klargemacht, kam einem plötzlich die Realität wie eine Halluzination vor, so als dürfe dieser Mensch nicht außerhalb des Fernsehers existieren.

McCone war ein kleiner Mann mit einer randlosen Brille. Unter seinem Maßanzug war ein kleiner Bauchansatz zu sehen. Es ging das Gerücht, daß er Schuhe mit hohen Absätzen trug, aber falls das zutraf, fiel es nicht besonders auf. An seinem Revers schimmerte eine kleine silberne Anstecknadel. Im großen und ganzen sah er überhaupt nicht wie das Ungeheuer aus, für das er gehalten wurde. Er wirkte nicht wie der verlängerte Arm des C. I. A. oder F. B. I., nicht wie ein Killer, der alle Register des Schreckens von Schlagstöcken bis hin zur Folterung beherrschte.

»Ben Richards?« Er gebrauchte jetzt kein Megaphon mehr, und seine Stimme klang sanft und kultiviert, nicht im mindesten affektiert.

»Ja.«

»Ich habe eine beeidigte Erklärung der Spieleföderation, der anerkannten Exekutive der Kommission der Fernsehanstalt, bei mir. Sie berechtigt mich, Sie sofort festzunehmen und zu exekutieren. Erkennen Sie dieses Formular an?«

»Braucht eine Henne einen Totenschein?«

»Ah.« McCone schien belustigt. »Ich tue lediglich den Formalitäten Genüge; ich halte nämlich sehr viel von Formalitäten, Sie nicht? Nein, natürlich tun Sie das nicht. Sie sind ein ziemlich informeller Kandidat gewesen. Deshalb sind Sie ja auch immer noch am Leben. Wissen Sie eigentlich, daß Sie vor zwei Stunden den *Menschenjagd*-Rekord von acht Tagen und fünf Stunden gebrochen haben? Nein, das können Sie nicht wissen. Also, es stimmt tatsächlich. Ja, ja. Und dann Ihre Flucht aus dem C. V. J. M. in Boston. Ausgezeichnet. Soweit ich unterrichtet bin, sind die Einschaltquoten um zwölf Prozent gestiegen.«

»Wunderbar.«

»Fast hätten wir Sie bei dieser Portlandgeschichte gefaßt. Das war Pech. Parrakis hat bis zum letzten Atemzug geschworen, daß Sie in Auburn über Bord gegangen wären. Wir haben ihm geglaubt; er war so offensichtlich ein fürchterlicher Angsthase.«

»Offensichtlich«, wiederholte Richards leise.

»Aber Ihr letztes Spiel ist einfach brillant. Ich gratuliere Ihnen. In gewisser Weise bin ich sogar traurig, daß es jetzt dem Ende zugeht. Ich nehme an, daß ich nie wieder gegen einen so einfallsreichen Kandidaten antreten werde.«

»Zu schade«, spottete Richards.

»Aber jetzt ist es vorbei«, fuhr McCone ungerührt fort. »Die Frau hat uns alles erzählt. Wir haben ihr Sodium Pentothal gegeben. Etwas altmodisch, aber zuverlässig.« Er zog eine kleine Automatikpistole aus seinem Anzug. »Steigen Sie aus, Mr. Richards. Ich werde Ihnen einen letzten Gefallen tun. Ich werde es gleich hier erledigen, in aller Stille und ohne Kameras. Ihr Tod wird sozusagen innerhalb unserer Privatsphäre stattfinden.«

»Na, denn mal los«, sagte Richards lächelnd.

Er öffnete die Wagentür und stieg aus. Die beiden Männer starrten sich über das leere Rollfeld hinweg an.

...Minus 030 ... und der Countdown läuft...

McCone brach das Schweigen als erster. Er warf den Kopf in den Nacken und lachte.

Sein Lachen klang sehr kultiviert, leise und samtweich. »Oh, Mr. Richards, Sie sind wirklich gut. Exzellent. Sie stellen eine Behauptung auf, widerrufen sie, und fangen wieder von vorne an. Ich muß Ihnen ein Kompliment machen, ehrlich: Die Frau hat noch nicht geredet. Sie besteht stur darauf, daß die Ausbuchtung, die ich unter Ihrer Jacke sehe, wirklich Black Irish sei. Wir können sie leider nicht mit S. A. P. behandeln, weil das deutliche Spuren hinterlassen würde. Ein einziges E. E. G. würde dann unser kleines Geheimnis ans Licht bringen. Aber wir sind dabei, drei Ampullen Canogyn aus New York einfliegen zu lassen. Das läßt sich organisch nicht nachweisen. Wir erwarten es in etwa vierzig Minuten. Selbstverständlich nicht rechtzeitig, um Ihr Ultimatum einzuhalten.

Aber sie *lügt*, das ist ganz offensichtlich. Wenn Sie mir eine Bemerkung vergeben wollen, die in Ihren Augen etwas elitär anmuten mag, ich habe die Beobachtung gemacht, daß Mittelklassemenschen nur in bezug auf Sex wirklich gut lügen können. Darf ich Ihnen noch eine Beobachtung mitteilen? Natürlich darf ich das, und ich werde es tun.« McCone lächelte. »Ich vermute, es handelt sich um ihre Handtasche. Uns ist aufgefallen, daß sie keine bei sich hatte, obwohl sie doch einkaufen wollte. Wie Sie sehen, sind wir sehr aufmerksam. Was ist wohl mit ihrer Handtasche geschehen, wenn Sie sie nicht da unter Ihrer Jacke haben, Richards?«

Er ging nicht auf das Spiel ein. »Wenn Sie so sicher sind, warum schießen Sie dann nicht?«

McCone breitete bedauernd die Hände aus: »Oh, wie gern ich das jetzt tun würde! Aber man setzt kein unschuldiges Menschenleben aufs Spiel. Nicht, wenn die Chancen fünfzig zu eins für Sie stehen. Es erinnert zu sehr an russisches Roulette. Das menschliche Leben ist in gewisser Weise ein *heiliges* Tabu. Die Regierung – *unsere* Regierung – respektiert das. Wir sind human, Mr. Richards.«

»So, so«, sagte Richards und lächelte verächtlich. McCone blinzelte.

»Sie verstehen also ...«

Richards riß sich zusammen. Der Mann hypnotisierte ihn. Die Minuten flogen dahin, ein Hubschrauber mit drei Ampullen dieser Plapperdroge war von Boston unterwegs (und wenn McCone vierzig Minuten sagte, meinte er zwanzig), und er stand einfach da und hörte sich das Geschwätz dieses Männekens an. Mein Gott, der Mann war wirklich ein Ungeheuer.

»Nun hören Sie mir mal zu«, unterbrach er ihn scharf. »Wir haben nicht viel miteinander zu bereden, Kleiner. Wenn Sie ihr die Droge verpassen, wird sie Ihnen genau dasselbe Liedchen vorsingen. Für Ihren Bericht: Ich habe das Zeug hier bei mir, kapiert?«

Er sah McCone fest in die Augen und ging langsam auf ihn zu.

»Wir sehen uns noch, Speichellecker!«

McCone trat zur Seite. Richards würdigte ihn keines Blikkes, als er an ihm vorbeiging. Ihre Jackenärmel berührten sich.

»Für Ihren Bericht: Mir ist gesagt worden, daß der Zünder circa drei Pfund zum Explodieren bringt, wenn er halb herausgezogen ist. Ich habe ihn jetzt zu drei Viertel herausgezogen. Sie können es glauben oder es bleiben lassen.«

Zu seiner Befriedigung hörte er, daß der Atem des Mannes ein kleines bißchen schneller ging.

»Richards?«

Er stand jetzt auf der Gangway und blickte über seine Schulter zurück. Der kleine Mann mußte zu ihm aufsehen, wobei seine randlosen Brillengläser wieder in der Abendsonne funkelten. »Sobald Sie in der Luft sind, holen wir Sie mit unseren Bodengeschützen wieder herunter. Die Öffentlichkeit wird dann erfahren, daß Ben Richards den Finger am Zünder nicht ruhig halten konnte. Mögen Sie in Frieden ruhen.«

»Das werden Sie nicht wagen!«

»Nein?«

Richards lächelte wieder und sagte ihm den Grund: »Wir

werden nämlich sehr niedrig über ein dicht besiedeltes Gebiet fliegen. Rechnen Sie zu den zwölf Pfund Dynamit noch zwölf volle Turbotanks hinzu, und Sie haben einen wunderschönen großen Knall. Etwas zu groß, würde ich meinen. O ja, Sie würden es schon riskieren, wenn Sie damit durchkämen, aber Sie werden damit nicht durchkommen.« Er schwieg einen Augenblick. »Sie sind ja so überaus schlau. Haben Sie erwartet, daß ich mit dem Fallschirm direkt vor Ihren Füßen lande?«

»Ja«, antwortete McCone ruhig. »Der Fallschirm wird vor Ihnen auf einem der Passagiersitze liegen. So ein alter Hut, Mr. Richards. Oder haben Sie etwa noch einen Trick auf Lager?«

»Sie sind doch nicht schlau genug, mich mit dem Fallschirm reinzulegen. Ich wette, Sie haben es vergessen.«

»O nein, das wäre wohl doch zu offensichtlich gewesen. Sie hätten diesen nichtexistierenden Zünderring sicher in dem Augenblick gezogen, in dem Sie es bemerkt hätten. Das Risiko wäre zu groß gewesen.«

»Wiedersehen, Kleiner.«

»Auf Wiedersehen, Mr. Richards. Und guten Flug.« Er schmunzelte. »Ja, ja, Sie sind wirklich aufrichtig. Deshalb werde ich Ihnen auch noch einen Trumpf aufdecken, aber nur einen. Wir werden warten, bis die Droge da ist, bevor wir etwas unternehmen. Und mit der Bodenkanone haben Sie absolut recht. Das war nur ein Bluff. Immer das alte Spiel, nicht wahr? Aber ich kann warten. Sehen Sie, ich irre mich nie. Niemals. Ich weiß, daß Sie bluffen. Also können wir es uns leisten zu warten. Ich werde auf der Hut sein. *Au revoir*, Mr. Richards.« Er winkte ihm nach.

»Wohl bald«, antwortete Richards, aber er sagte es so leise, daß McCone ihn nicht mehr hören konnte. Er lächelte still in sich hinein.

...Minus 029 ... und der Countdown läuft...

Das Erste-Klasse-Abteil war ziemlich groß und hatte einen geräumigen Mittelgang, der mit dickem weinrotem Teppichboden ausgelegt war. Die Wände waren mit echtem, im Lauf der Zeit nachgedunkelten Segovia-Holz getäfelt. Zwischen dem Gang zur zweiten Klasse und dem Erste-Klasse-Abteil hing eine große 3-D-Leinwand, die im Augenblick jedoch zur Seite geschoben war. Auf dem Passagiersitz Nummer 100 entdeckte er das große Fallschirmpaket. Als er durch den Gang lief, strich er flüchtig mit seiner Hand darüber. Jemand hatte sogar die Kaffeemaschine eingeschaltet.

Er trat durch die Tür hinter der Bordküche und stand in einem kleinen Korridor, der zum Cockpit führte. Zu seiner rechten saß der Funkoffizier, ein circa dreißigjähriger Mann mit einem von Sorgenfalten zerfurchten Gesicht. Er bedachte ihn mit einem bitteren Blick und wandte sich dann wieder seinen Instrumenten zu. Ein paar Schritte weiter links saß der Navigator vor seinen Schalttafeln und Monitorschirmen.

»He, Leute, der Kerl, der uns alle umbringen will, ist soeben an Bord gekommen«, informierte er seine Mannschaft durch das kleine Mikrofon, das an seinem Kopfhörer befestigt war. Er musterte Richards mit einem kühlen Blick.

Richards sagte nichts. Der Mann hatte ja höchstwahrscheinlich recht. Er humpelte nach vorn in die Nase des großen Donnervogels.

Der Pilot war gut fünfzig oder sogar ein paar Jahre älter. Ein altes Schlachtroß, dessen rotverfärbte Nase darauf schließen ließ, daß er ganz gerne ein Glas trank. Seine klaren, wachsamen Augen sagten Richards allerdings, daß er noch lange kein echter Alkoholiker war. Sein Kopilot war etwa zehn Jahr jünger. Unter seinem Kopfhörer wallte eine ungeheure rote Löwenmähne hervor.

»Hallo, Mr. Richards«, begrüßte der Pilot ihn. Bevor er ihm ins Gesicht sah, warf er rasch einen Blick auf Richards ausgebeulte Jacke. »Entschuldigen Sie, wenn ich Ihnen nicht die Hand gebe. Ich bin Flugkapitän Don Holloway, und dies ist mein Kopilot Wayne Dunninger.«

»Unter diesen Umständen bin ich nicht sehr erfreut, Sie kennenzulernen«, brummte Dunninger.

Richards verzog den Mund. »Lassen Sie mich in diesem Sinne hinzufügen, daß es mir leid tut, hier sein zu müssen. Kapitän Holloway, Sie stehen doch sicher mit McCone in Verbindung, nicht wahr?«

»Selbstverständlich. Unser Funkoffizier heißt Kippy Friedman.«

»Geben Sie mir so ein Ding, damit ich mit ihm reden kann.«

Mit unendlicher Vorsicht reichte Holloway ihm ein Mikrofon.

»Machen Sie ruhig mit Ihren Vorbereitungen weiter«, sagte Richards. »Sie haben noch fünf Minuten.«

»Wollen Sie, daß wir die Sprengriegel an den hinteren Luken laden lassen?« fragte Dunninger trocken.

»Kümmern Sie sich um Ihre eigenen Angelegenheiten«, antwortete Richards kühl. Es war Zeit, die Sache zu einem Ende zu bringen. Er mußte jetzt seine letzte Karte ausspielen. Sein Kopf war heiß, sein Gehirn arbeitete so angestrengt, daß er Angst hatte, es könnte plötzlich aussetzen. Provozieren und widerrufen, so lief das Spiel.

Jetzt werde ich den Bogen gewaltig überspannen, McCone.

»Mr. Friedman?«

»Ja?«

»Hier spricht Ben Richards. Ich möchte mit McCone reden.«

Eine halbe Minute Funkstille. Holloway und Dunninger beachteten ihn nicht weiter. Routinemäßig gingen sie ihre Checkliste durch, überprüften die Luftklappen, die Türen, sämtliche Schalter, lasen den Druck- und den Höhenmesser ab. Das auf- und abschwellende Motorengeräusch der Maschine hatte wieder eingesetzt, doch jetzt klang es wesentlich lauter. Als McCones Stimme sich endlich meldete, war sie im Vergleich zu dem ungeheuren Lärm sehr leise.

»Hier ist McCone.«

»Kommen Sie an Bord, Kleiner. Sie und die Frau werden jetzt eine kleine Flugreise unternehmen. Zeigen Sie sich innerhalb von drei Minuten in der Einstiegsluke, oder ich ziehe am Zünderring.«

Dunninger versteifte sich in seinem Sitz, als wäre er angeschossen worden. Als er wieder seine Zahlen durchsagte, klang seine Stimme ängstlich und unsicher.

Wenn er genug Mut hat, wird er die Sache jetzt platzen lassen. Nach der Frau zu fragen, das war eine ungeheure Provokation. Wenn er genug Mut hat...

Richards wartete.

In seinem Kopf tickte eine unbarmherzige Uhr.

...Minus 028 ... und der Countdown läuft...

Als McCone sich wieder meldete, hatte seine Stimme einen merkwürdigen, aufgeregten Unterton. Angst? Möglicherweise. Richards Herz pochte hart gegen seine Rippen. Jetzt mußte es zur Entscheidung kommen. Vielleicht.

»Richards, Sie sind wahnsinnig. Ich werde doch nicht...«

»Jetzt hören Sie mir mal gut zu«, fiel Richards ihm mit lauter, fester Stimme ins Wort. »Und denken Sie daran, daß man unsere Unterhaltung im Umkreis von sechzig Meilen auf jedem Funkgerät mithören kann. Die Nachricht wird sich schnell verbreiten. Sie arbeiten nicht mehr im Dunkeln, Kleiner. Sie stehen mitten im Scheinwerferlicht auf offener Bühne. Sie werden an Bord kommen, denn Sie haben viel zuviel Schiß davor, mich reinzulegen, wenn Sie selber dabei draufgehen könnten. Die Frau kommt mit, weil ich ihr gesagt habe, wohin ich fliegen will.«

Zu schwach. Du mußt ihn härter anfassen. Laß ihm keine Zeit zum Nachdenken.

»Und selbst wenn Sie überleben sollten, obwohl ich den Ring ziehe, werden Sie nicht mal mehr als Apfelverkäufer unterkommen.« Er umklammerte die Tasche unter seiner Jacke mit nervösem, krampfhaftem Griff. »Das war's, in drei Minuten sind Sie hier. Ende der Durchsage!«

»Richards, warten Sie...«

Er schaltete das Mikrofon und damit McCones Stimme ab. Dann überreichte er es Holloway, der es mit leicht zitternden Fingern wieder in Empfang nahm.

»Sie haben Mut«, sagte Holloway leise. »Das muß ich Ihnen lassen. Ich habe noch nie einen Mann mit soviel Mumm in den Knochen getroffen.«

»Hier werden mehr Knochen rumfliegen, als wir je gesehen haben, wenn er an dem Zünder da zieht«, warf Dunninger trocken ein.

»Machen Sie bitte mit Ihren Vorbereitungen weiter«, sagte Richards. »Ich gehe hinaus, um unsere Gäste zu begrüßen. In fünf Minuten starten wir.«

Er ging nach hinten und schob den Fallschirm unterwegs auf den Fenstersitz. Dann setzte er sich so in den Mittelgang, daß er die Verbindungstür zwischen der ersten und zweiten Klasse im Auge hatte. Bald würde er's wissen. Es konnte nicht mehr lange dauern.

Seine Hand knetete ununterbrochen, mit zunehmender Hilflosigkeit, Amelia Williams Handtasche.

Draußen war es inzwischen dunkel geworden.

...Minus 027 ... und der Countdown läuft...

Sie kamen genau fünfundvierzig Sekunden vor Ablauf der Frist die Gangway herauf. Amelia atmete schwer. Ihr Haar wurde vom Abendwind, der über das von Menschenhand geschaffene Ödland fegte, zu einer zerzausten Haube aufgetürmt. McCone schien äußerlich unverändert; er blieb bei allem ruhig und gelassen, man könnte sogar sagen unberührt, doch seine Augen funkelten vor Haß, der ans Psychopathische grenzte.

»Sie haben dadurch nichts, aber auch gar nichts gewonnen, Sie Wurm«, erklärte er betont ruhig. »Wir haben noch nicht einmal angefangen, unsere Trümpfe auszuspielen.«

»Freut mich, Sie wiederzusehen, Mrs. Amelia«, begrüßte Richards freundlich die Frau.

Als ob er ihr ein Signal gegeben oder eine geheime Feder in ihr gelöst hätte, fing sie plötzlich an zu weinen. Es war kein hysterisches Weinen; eher eine vollkommen hoffnungslose, stille Trauer, die tief aus ihrem Inneren hervorzusteigen schien. Von ihren Gefühlen überwältigt, stolperte sie und ließ sich auf den weichen Plüschteppich fallen, auf dem sie sich zusammenkrümmte und das Gesicht in beiden Händen versteckte. Richards Blut war auf ihrer Bluse getrocknet und hatte eine schmutzigbraune Spur hinterlassen. Ihr weiter Rock breitete sich über ihre Beine aus, so daß sie wie eine verwelkte Blume aussah.

Richards empfand Mitleid mit ihr. Es war ein schales Gefühl, aber das einzige, das er im Augenblick für sie aufbringen konnte.

»Mr. Richards?« Es war Holloways Stimme, die über die Bordsprechanlage kam.

»Ja?«

»Haben wir grünes Licht... ich meine, können wir starten?«

»Ja.«

»Gut, dann erteile ich der Bodencrew den Auftrag, die Gangway zurückzuziehen und die Luke zu schließen. Werden Sie ja nicht nervös mit diesem Ding da.«

»Alles in Ordnung, Kapitän, vielen Dank.«

»Sie haben sich selbst ans Messer geliefert, indem Sie nach der Frau gefragt haben«, sagte McCone ungerührt. »Und das wissen Sie auch, nicht wahr?« Er lächelte zwar zugleich vorwurfsvoll und nachsichtig, aber man spürte trotz allem seine fast paranoide Angst. Seine Hände ballten und streckten sich ununterbrochen.

»Ah, ist das so?« bemerkte Richards milde und fügte im selben Tonfall hinzu: »Und da Sie sich niemals irren, werden Sie mich vermutlich noch beseitigen, bevor die Maschine sich in die Luft erhebt. Auf diese Art geraten Sie aus der Gefahrenzone und kommen sauber und unschuldig aus der ganzen Sache heraus, hab' ich recht?«

McCones Lippen umspielte ein höhnisches Lächeln, aber er preßte sie gleich darauf zusammen, bis sie weiß wurden. Unbeweglich stand er vor seinem Gegner. Das Flugzeug fing leicht zu zittern an, als die Motoren ansprangen und sich bei zunehmender Drehzahl warmliefen.

Das Geräusch wurde abrupt leiser, als jemand die Verbindungstür zur zweiten Klasse zuschlug. Richards beugte sich über einen der Passagiersitze und spähte zu dem runden Fenster hinaus. Er sah, wie die Bodenmannschaft die Gangway wegrollte.

Jetzt stehen wir alle zusammen unter dem Galgen, dachte er.

... Minus 026 ... und der Countdown läuft ...

Neben der zur Seite geschobenen Filmleinwand leuchtete das Signal BITTE ANSCHNALLEN UND DAS RAUCHEN EINSTELLEN auf. Das Flugzeug beschrieb einen weiten Bogen auf dem Rollfeld. Richards hatte sein gesamtes Wissen über Flugzeuge vom Free-Vee und aus den reißerischen Abenteuerromanen, die er früher mal gelesen hatte. Es war erst das zweite Mal, daß er an Bord so einer Maschine saß, und im Vergleich zu diesem Vogel war der Transporter, der ihn von Harding nach New York gebracht hatte, eine Badewanne gewesen. Die heftige Vibration unter seinen Fußsohlen verwirrte ihn.

»Amelia?«

Sie richtete sich langsam auf und hob ihm ihr tränenverschmiertes Gesicht entgegen. »Ja?« Ihre Stimme klang heiser und verwirrt, so als hätte sie vergessen, wo sie sich befand.

»Setzen Sie sich bitte, wir starten gleich.« Und zu McCone gewandt: »Setzen Sie sich, wohin Sie wollen. Sie können sich im ganzen Flugzeug frei bewegen, aber lassen Sie die Crew in Ruhe.«

McCone sagte nichts, sondern setzte sich gleich neben die Verbindungstür zwischen der ersten und zweiten Klasse. Dann schien er es sich anders überlegt zu haben. Abrupt stand er auf, marschierte durch die Tür und war ihren Blikken entschwunden.

Richards humpelte auf die Frau zu, wobei er sich an den Rückenlehnen aufstützte. »Ich würde gern am Fenster sitzen«, bat er leise. »Ich bin erst einmal geflogen.« Er versuchte zu lächeln, aber sie sah ihn nur dumpf und verständnislos an.

Er schlüpfte in seinen Sitz, und sie rutschte neben ihn. Sie schloß sogar den Sitzgurt für ihn, damit er die Hand nicht aus der Tasche zu nehmen brauchte.

»Sie sind ein Alptraum.«

»Es tut mir leid.«

»Ich habe ihnen nicht...« flüsterte sie, aber er legte ihr schnell die Hand auf den Mund und schüttelte den Kopf. Ihr ernst in die Augen sehend formte er mit den Lippen das Wort *Nein!*

Das Flugzeug hatte sich in einem schier endlosen Bogen gedreht, und jetzt heulten die Turbinen auf. Wie eine dicke, tolpatschige Ente, die auf das Teichufer zuwatschelte, bewegte die Maschine sich auf die Startbahn zu. Sie war so groß, daß Richards das Gefühl hatte, sie stünden still und die Erde zöge langsam unter ihnen hinweg.

Vielleicht ist alles bloß Einbildung, dachte er entsetzt. *Vielleicht haben sie vor den Fenstern zwei riesige 3-D-Leinwände angebracht, und...*

Er schob diese Gedanken beiseite.

Sie hatten das Ende der Startbahn erreicht, und der Jumbo wandte sich schwerfällig nach rechts. Im rechten Winkel fuhren sie an den Startbahnen zwei und drei vorbei. Vor der Startbahn eins blieb die Maschine noch einmal stehen.

Über die Bordsprechanlage informierte Holloway sie mit tonloser Stimme: »Wir starten jetzt, Mr. Richards.«

Das Flugzeug setzte sich sanft in Bewegung, langsam zuerst, und dann immer schneller werdend, bis es so gewaltig beschleunigte, daß Richards in das weiche Polster seines Sitzes gepreßt wurde. Er hätte vor Angst fast laut aufgeschrien.

Er lag regungslos in seinem Sitz und beobachtete, wie die Landelichter draußen mit atemberaubender Geschwindigkeit am Fenster vorbeiflitzten. Die zerrupften Büsche und abgestorbenen Bäume, die sich dunkel von dem flammend roten Horizont abhoben, rasten wie Ungeheuer auf ihn zu. Das Turbinengeheul wurde immer lauter und höher, und der Fußboden vibrierte immer stärker.

Plötzlich bemerkte er, daß Amelia Williams sich mit beiden Händen an seiner Schulter festklammerte; auch ihr Gesicht war eine von Angst und Entsetzen verzerrte Maske.

Lieber Gott, sie ist wohl auch noch nie geflogen!

»Wir fliegen«, sagte er leise. Er mußte den Satz immer wiederholen, war unfähig, damit aufzuhören. »Wir fliegen. Wir fliegen.«

»Wohin?« flüsterte sie leise.

Er konnte ihr nicht antworten. Er fing selber gerade erst an, es zu ahnen.

...Minus 025 ... und der Countdown läuft...

Die beiden Polizisten, die an der Straßensperre am Osteingang des Flughafens postiert waren, beobachteten, wie der silberne Vogel auf die Startbahn einbog und an Geschwindigkeit gewann. Seine Bordlichter blinkten grün und rot in der Dämmerung, und das anschwellende Turbinengeheul dröhnte ihnen in den Ohren.

»Er fliegt tatsächlich«, bemerkte der eine. »Himmel, er hat es geschafft.«

»Wohin?« wunderte sich der andere.

Sie sahen, wie der große Schatten sich vom Boden hob. Die Motoren hatten jetzt ein seltsam flaches Geräusch, wie der Artilleriebeschuß in ihren kalten morgendlichen Trainingsstunden. Er hob sich in einem steilen Winkel in den Himmel und wirkte dabei so real, so greifbar und prosaisch wie ein Stückchen Butter auf dem Frühstücksteller. Und doch schien es unwahrscheinlich, daß er flog.

»Glaubst du wirklich, daß er 'ne Bombe hat?«

»Teufel, woher soll ich das wissen?«

Das Motorengedröhn des Jets wurde allmählich leiser.

»Aber eins muß ich sagen«, brummte der erste, während er sich von den immer kleiner werdenden Lichtern abwandte und seinen Uniformkragen hochzog. »Ich bin heilfroh, daß er diesen Mistkerl McCone mitgenommen hat.«

»Darf ich dir mal 'ne persönliche Frage stellen?«

»Wenn ich sie nicht beantworten muß.«

»Würde es dir gefallen, wenn er die Bombe hochgehen ließe?«

Der Beamte schwieg eine lange Weile. Das Motorengeräusch wurde unterdessen schwächer und schwächer, bis das leise Summen nur noch eine Einbildung zu sein schien.

»Ja.«

»Glaubst du, daß er's tun wird?«

Ein unergründliches Lächeln in der Dunkelheit. »Mein Lieber, ich glaube, das wird einen großen Knall geben.«

...Minus 024 ... und der Countdown läuft...

Die Erde war unter ihnen zurückgeblieben.

Richards starrte fasziniert aus dem Fenster und konnte sich nicht satt sehen. Es kam ihm vor, als hätte er auf dem ersten Flug geschlafen, um diesen in seiner Einmaligkeit genießen zu können. Der Himmel hatte eine tiefblaue Farbe angenommen, und das Flugzeug flog in Augenhöhe auf einer Linie zwischen samtenem Königsrot und tiefem Schwarz. Einige Sterne funkelten verstohlen am Abendhimmel.

Das verlöschende Sonnenlicht war nur mehr ein gelborangefarbener Streifen am westlichen Horizont, der nicht mehr die Kraft hatte, der Erde Licht zu spenden. Unter sich entdeckte er ein Gewirr von Lichtern; wahrscheinlich Derra.

»Mr. Richards?«

»Ja?« Erschrocken fuhr er von seinem Sitz auf, als hätte ihn jemand gestochen.

»Wir befinden uns jetzt in Warteposition. Das heißt, wir fliegen in einem großen Bogen über den Voigt-Field-Flughafen. Ihre Anweisungen?«

Richards dachte scharf nach. Es hatte keinen Sinn, sie zuviel wissen zu lassen.

»Was ist die niedrigste Höhe, in der Sie diese Maschine fliegen dürfen?«

Es folgte eine lange Beratungspause. »Wir können es in einer Höhe von sechshundert Metern wagen«, antwortete Holloway vorsichtig. »Das ist zwar gegen die Sicherheitsbestimmungen, aber...«

»Kümmern Sie sich nicht darum«, unterbrach Richards

ihn. »Ich muß mich bis zu einem gewissen Grad in Ihre Hände geben, Mr. Holloway. Ich habe nur sehr wenig Ahnung vom Fliegen, und ich bin sicher, daß man Sie darüber informiert hat. Denken Sie bitte daran, daß die Leute, die sich so voller Einfallsreichtum an die Aufgabe gemacht haben, mich hereinzulegen, alle auf dem Boden zurückgeblieben und außer Gefahr sind. Wenn ich also herausfinden sollte, daß Sie mich anlügen ...«

»Niemand hier an Bord wird Sie belügen«, antwortete Holloway barsch. »Wir sind nur daran interessiert, diesen Vogel wieder heil auf die Erde zu bringen.«

»Gut, sehr gut.« Er nahm sich Zeit, um nachzudenken. Amelia saß stumm und aufrecht neben ihm, die Hände brav im Schoß gefaltet.

»Fliegen Sie immer nach Westen«, sagte er plötzlich. »Bleiben Sie auf sechshundert Metern. Und geben Sie mir unterwegs bitte die Sehenswürdigkeiten durch.«

»Sehenswürdigkeiten?«

»Die Punkte, die wir überfliegen«, erklärte Richards. »Ich bin bisher nur einmal geflogen.«

»Ach so.« Holloway klang erleichtert.

Das Flugzeug legte sich schräg in die Luft, und die dunkle Horizontlinie über dem Sonnenuntergang sank unter ihnen hinweg. Richards schaute immer noch fasziniert aus dem Fenster. Auf einmal entdeckte er vereinzelt glitzernde Lichtstrahlen, die sich in dem massiven Fensterglas brachen.

Wir jagen der Sonne nach, dachte er aufgeregt. *Ist das nicht erstaunlich?*

Es war genau fünf Minuten nach halb sieben.

... Minus 023 ... und der Countdown läuft ...

Die Rückenlehne des Sitzes vor ihm war eine reine Offenbarung. In einer kleinen Tasche steckte ein Handbuch mit den Sicherheitsvorschriften. Bei Luftturbulenzen bitte den Sicherheitsgurt festschnallen. Wenn der Luftdruck in der Kabine sinkt, bitte die Masken aus dem Fach direkt über Ihrem

Kopf nehmen. Bei Maschinenschaden wird die Stewardeß Ihnen weitere Anweisungen erteilen. Im Falle einer plötzlichen Explosion hoffen wir, daß Sie genug Zahnfüllungen haben, um hinterher identifiziert werden zu können.

Ein kleiner Free-Vee-Schirm war direkt in Augenhöhe vor ihm angebracht. Darunter war ein kleines Metallschild befestigt, mit dem der Zuschauer darüber in Kenntnis gesetzt wurde, daß die Übertragungen je nach Geschwindigkeit und Flughöhe in ihrer Qualität schwanken konnten. Für die ganz eifrigen Zuschauer gab es ein Kontrollsystem, das mit Sensorknöpfen bedient wurde.

Rechts unterhalb des Schirmes steckte ein Briefblock mit dem Emblem der Fluggesellschaft und einem Füller, der mit einer Kette daran befestigt war. Richards zog den Block heraus, legte ihn auf seine Knie und schrieb ungeschickt:

›Es steht 99 zu 1, daß man Sie mit einer Wanze ausgestattet hat. Sie steckt im Schuh oder in Ihrem Haar, vielleicht auch in Ihrem Blusenärmel. Ich wette, daß McCone uns belauscht und nur darauf wartet, daß Sie die Maske fallen lassen. Spielen Sie in ungefähr einer Minute einen hysterischen Anfall und flehen Sie mich an, den Zünder nicht zu betätigen. Das wird unsere Chancen erhöhen. Machen Sie mit?‹

Sie nickte. Richards zögerte einen Augenblick und kritzelte dann auf den Block: ›Warum haben Sie für mich gelogen?‹

Sie nahm ihm den Füller aus der Hand und ließ ihn einen Augenblick über dem Papier ruhen, bevor sie schrieb:

›Können Sie sich das nicht denken? Sie haben mich dazu gebracht, daß ich mich wie ein Mörder gefühlt habe. Und Ihre Frau. Sie kamen mir so...‹ Der Füller hielt inne, zitterte unschlüssig über dem Papier und kratzte dann weiter: ›...beklagenswert vor.‹

Richards zog die Augenbrauen in die Höhe und lächelte leicht – es tat weh. Er bot ihr noch einmal den Füller an, aber sie schüttelte nur stumm den Kopf. Da schrieb er: ›Fangen Sie in ungefähr fünf Minuten mit Ihrer Vorstellung an.‹

Sie nickte, und er knüllte das Papier zusammen, steckte es in den Aschenbecher in seiner Armlehne und zündete es an. Eine kleine, gelbe Stichflamme züngelte hoch und warf einen matten Widerschein auf das Bordfenster. Dann fiel der Brief zu Asche zusammen, in der Richards nachdenklich herumstocherte.

Knapp fünf Minuten später fing Amelia zu stöhnen an. Es klang so echt, daß Richards zuerst verwirrt auffuhr. Dann schoß es ihm plötzlich durch den Kopf, daß sie ihr Stöhnen tatsächlich nicht zu spielen brauchte.

»Bitte, nicht...«, jammerte sie. »Bitte lassen Sie das. Provozieren Sie den Mann doch nicht so... daß er sie töten muß. Ich habe Ihnen doch nichts getan. Ich möchte endlich nach Hause, zu meinem Mann und meiner Tochter. Auch ich habe eine Tochter. Sie ist sechs und wird sich jetzt fragen, wo ihre Mammie ist.«

Richards spürte, wie seine Augenlider zu zittern anfingen. Himmel, er hatte nicht gewollt, daß sie es so gut spielte. Nicht so verdammt gut.

»Er ist zwar ziemlich dumm«, beruhigte er sie, wobei er sich bemühte, ganz normal zu sprechen, als ob es keinen Zuhörer gäbe. »Aber ich halte ihn nicht für so blöd, daß er das tun würde. Es wird alles gut werden, Mrs. Williams, glauben Sie mir.«

»Sie können das leicht behaupten. Sie haben ja schließlich nichts zu verlieren.«

Er antwortete nicht darauf. Sie hatte ja so recht. Es gab wohl nichts, was er nicht schon verloren hatte.

»Zeigen Sie's ihm doch«, flehte sie. »Um Himmels willen, warum zeigen Sie ihm nicht einfach den Sprengstoff? Dann muß er ihnen ja glauben... dann wird er vielleicht die Bodenwachen zurückbeordern. Sie haben ihre Raketen auf uns gerichtet. Ich habe gehört, wie er es befohlen hat.«

»Ich kann es ihm nicht zeigen«, antwortete Richards. »Wenn ich es aus meiner Jacke herausziehe, muß ich entweder die Zündung sichern, oder, und das ist viel wahrscheinlicher, das Ding geht aus Versehen in die Luft. Außerdem«, fügte er mit spöttischer Stimme hinzu, »würde ich es ihn wohl auch dann nicht sehen lassen, wenn es mir möglich wäre. Schließlich ist er der erbärmliche Wurm, der dabei etwas zu verlieren hat. Soll er doch schwitzen.«

»Ich glaube, ich halte das nicht länger aus«, jammerte sie. »Ich habe das Gefühl, es wäre besser, wenn ich mich einfach auf Sie werfen und der Sache ein Ende machen würde. Es wird ja sowieso so ausgehen, nicht wahr?«

»Sie haben keine...« fing er an, doch in dem Moment wurde die Tür aufgestoßen, und McCone stürzte in den Mittelgang. Sein Gesicht wirkte ruhig, doch unter dieser Ruhe entdeckte Richards eine grimmige Anspannung, die er auf Anhieb erkannte. Es war die blanke Angst, weiß, wächsern und durchschimmernd.

»Mrs. Williams«, sagte er barsch. »Würden Sie bitte Kaffee machen? Für sieben Personen. Leider müssen Sie auf diesem Flug Stewardeß spielen.«

Sie stand auf, ohne einen von beiden anzublicken. »Wo?« fragte sie gelassen.

»Da vorn«, antwortete er in schmeichlerischem Ton. »Folgen Sie einfach Ihrer Nase.« Er stand da wie ein freundlich blinzelnder kleiner Mann, bereit, sich sofort auf sie zu stürzen, wenn sie auch nur eine Bewegung auf Richards zu machte.

Doch sie schritt ruhig durch den Mittelgang, ohne sich auch nur einmal umzublicken.

McCone fixierte Richards durch seine runden Brillengläser und fragte: »Würden Sie aufgeben, wenn ich Ihnen Amnestie gewähre, sobald wir gelandet sind, mein Freund?«

»*Freund?*« wiederholte Richards verwundert. »Das klingt ekelhaft aus Ihrem Mund.« Er streckte die Finger seiner freien Hand aus und betrachtete sie aufmerksam. Die Hand war schmutzig und mit Spuren getrockneten Bluts bedeckt. Überall waren Stiche und Kratzer von den Brombeerranken zu sehen, die ihm arg zugesetzt hatten auf dem Marsch durchs Unterholz im südlichen Maine, den er mit einem gebrochenen Knöchel bewältigt hatte. »Wirklich ekelhaft!« wiederholte er. »Wenn Sie es sagen, erinnert es an zwei Pfund fettiges Hamburgerfleisch, das in ranzigem Öl in einer Bratpfanne schwimmt. Die Art, wie man sie nur in den Billigstläden von Co-Op City kriegt.« Er warf einen Blick auf McCones gut verstecktes Rauschgiftpäckchen. »Aber das«, fuhr er fort, »das da erinnert eher an ein gutes Stück Rumpsteak, nicht wahr? Die besten Stücke enthalten überhaupt kein Fett bis auf den dünnen Rand auf der Außenseite, stimmt's?«

»Amnestie«, wiederholte McCone. »Wie hört sich das für Sie an?«

»Wie eine Lüge«, antwortete Richards lächelnd. »Wie eine dicke, fette Lüge. Glauben Sie etwa, ich wüßte nicht, daß Sie nichts weiter als eine bezahlte Hilfskraft sind, McCone?«

McCone wurde rot. Es war kein beschämtes Erröten, sondern ein wütendes Ziegelsteinrot. »Es wird mir gut tun, Sie wieder auf dem Boden zu wissen«, fauchte er. »Wir besitzen hochexplosive Geschosse, die Ihren Kopf in einen matschigen Pfirsich verwandeln werden, der vom obersten Stockwerk eines Wolkenkratzers auf die Straße gefallen ist. Sie sind mit Gas gefüllt und explodieren bei der geringsten Berührung. Wenn sie allerdings in den Bauch getroffen werden...«

Auf einmal brüllte Richards los: *»Jetzt reicht's! Ich ziehe jetzt an dem Ring!«*

McCone schrie auf und stolperte zwei Schritte rückwärts, fiel über die gepolsterte Sessellehne des Passagiersitzes Nummer 95 und ruderte wild mit den Armen durch die Luft, während er hintenüber in dem Sitz versank, als wären seine Füße mit einem Lasso eingefangen worden.

Er schlug die Hände mit gespreizten Fingern vors Gesicht und spähte entsetzt und vorsichtig hindurch, die Züge wie zu einer Totenmaske erstarrt, der jemand aus Spaß eine kleine, runde Brille aufgesetzt hatte.

Richards fing an zu lachen. Es klang zuerst etwas brüchig und heiser und selbst in seinen Ohren fremd und unvertraut. Wie lange war es her, daß er so richtig herzlich gelacht hatte, frei heraus, aus vollem Bauch und voller Kehle? Es kam ihm so vor, als wäre das sein ganzes graues, ödes und anstrengendes Leben lang noch nicht passiert. Aber jetzt genoß er es.

Sie Arschloch.

Er konnte McCones Stimme nicht hören, sondern las ihm das Wort vom Mund ab. McCones Gesicht war so traurig verzogen wie das eines alten, abgenutzten Teddybärs.

Richards lachte. Er hielt sich mit seiner freien Hand an der Sitzlehne fest und lachte und lachte und lachte.

... Minus 022 ... und der Countdown läuft ...

Als Holloway ihn über den Bordlautsprecher informierte, daß sie soeben die Grenze zwischen Kanada und Vermont überflogen (Richards nahm an, daß er sich in seinem Job auskannte; er selbst konnte unter sich nur Dunkelheit und ab und zu ein paar Lichter entdecken), stellte er vorsichtig seine Kaffeetasse ab und fragte:

»Würden Sie mir bitte eine Karte von Nordamerika geben, Kapitän Holloway?«

»Eine geographische oder eine politische Karte?« schaltete eine neue Stimme sich ein. Richards nahm an, daß sie dem Navigator gehörte. Jetzt mußte er sich vorsätzlich dumm stellen und durfte nicht wissen, welche Karte er wollte. Er wußte es tatsächlich nicht.

»Beides«, antwortete er tonlos.

»Werden Sie die Frau vorschicken, um sie zu holen?«

»Wie heißen Sie, Sportsfreund?«

Eine zögernde Pause. Der Mann hatte offenbar gemerkt, daß Richards ihn erkannt hatte. »Donahue.«

»Ich nehme an, Sie haben Beine, Donahue. Wie wär's, wenn Sie sie mal in Bewegung setzen und die Karten selbst nach hinten bringen würden?«

Donahue setzte seine Beine in Bewegung. Er hatte lange, fettige Haare, die streng nach hinten gekämmt waren, und seine Hose saß so eng, daß seine Geschlechtsteile darunter wie Golfbälle zu sehen waren. Die Karten steckten in einer Plastikhülle. Richards hatte keine Ahnung, worin Donahues Geschlechtsteile eingehüllt waren.

»Ich wollte nicht unhöflich sein«, sagte er widerwillig. Richards musterte ihn. Er hatte das Gefühl, den Mann sofort einordnen zu können. Wohlhabender Jüngling mit jeder Menge Freizeit, die er in den schäbigen Vergnügungsvierteln der großen Städte verbrachte, wo er sich mit einer Horde Gleichgesinnter herumtrieb, die die Gegend manchmal zu Fuß, meistens aber auch in teuren Luxuslimousinen unsicher machten. Die Schwulen. Schwule mußten selbstverständlich ausgerottet werden. Rettet unsere Toiletten für die Demokratie. Sie wagten sich selten aus der zwielichtigen Vergnügungszone in die echte Dunkelheit des Ghettos, und wenn sie es taten, wurden sie sofort aufgegriffen und zusammengeprügelt.

Donahue trat unter Richards' durchdringendem Blick unruhig von einem Fuß auf den anderen.

»Wünschen Sie noch etwas?«

»Sie sind schwul, nicht wahr, Sportsfreund?«

»Häh?«

»Nicht so wichtig. Gehen Sie zurück und helfen Sie denen da vorn.«

Donahue entfernte sich mit raschen Schritten.

Richards fand schnell heraus, daß die Karte, auf der die Staatsgrenzen eingezeichnet waren, die politische war. Er zog mit dem Finger eine Linie von Derry bis an die kanadische Grenze und rechnete so ihre ungefähre Position aus.

»Kapitän Holloway?«

»Ja?«

»Biegen Sie nach links ab.«

»Häh?« Holloway war offensichtlich verwirrt.

»Ich meine, fliegen Sie nach Süden. Immer direkt nach Süden, und denken Sie daran...«

»Ich denke dran«, sagte Holloway, »keine Sorge.«

Das Flugzeug drehte ab. McCone saß immer noch zusammengekrümmt in dem Sitz, in den er hineingestolpert war, und beobachtete ihn mit gierigen Augen.

...Minus 021 ... und der Countdown läuft...

Richards merkte, daß er immer wieder einnickte, und das machte ihm Angst. Das gleichmäßige Motorengeräusch wirkte einschläfernd, beinahe hypnotisierend. McCone bekam natürlich genau mit, was passierte, und seine Sitzhaltung wurde immer listiger. Auch Amelia merkte, was mit ihm los war. Sie saß geduckt in einem der Sitze vor ihm und beobachtete die beiden mit kläglicher Miene.

Richards trank noch zwei Tassen Kaffee, aber es nützte

nicht viel. Es fiel ihm immer schwerer, sich auf die Karte und auf Holloways regelmäßige Ortsangaben zu konzentrieren.

Schließlich stieß er sich mit der Faust in die Wunde, die die Kugel in seine Hüfte gerissen hatte. Der Schmerz war intensiv und plötzlich. Es war, als hätte er sich einen Eimer kaltes Wasser über den Kopf geschüttet. Ein halb geflüstertes, pfeifendes Stöhnen entwich ihm aus beiden Mundwinkeln – fast wie bei einer Stereoanlage. Frisches Blut durchnäßte sein Hemd und blieb an seiner Hand kleben.

Amelia stöhnte auf.

»Ruhig«, sagte Richards laut zu sich selbst. »Ganz ruhig bleiben, mein Junge.«

Gott, wird es nun bald vorbei sein? Ja, sehr bald.

Es war Viertel vor acht.

... Minus 020 ... und der Countdown läuft...

Es hätte ein schlechter Traum sein können, ein Alptraum, der aus der Dunkelheit in das ungesunde Dämmerlicht seines nur halb wachen Geistes aufgestiegen war – vielleicht war es doch eher eine Vision oder Halluzination. Sein Gehirn konzentrierte sich auf die Karte und die Navigation des Flugzeugs sowie auf die ständige Gefahr, die McCone darstellte. Gleichzeitig fand aber auch etwas nicht Greifbares, Dunkles statt. In dieser Dunkelheit bewegte sich etwas.

Wir haben seine Spur auf dem Radarschirm. Positiv.

Riesige, heulende Servomechanismen in der Dunkelheit. Sie bewegten sich durch die Nacht. Infrarotaugen, die unsichtbare Spektren durchdrangen. Blaßgrüne Linien auf dunklen Bildschirmen und sich drehende Radarschirme.

Da, wir haben ihn.

Lastwagen, die über holprige Landstraßen donnerten und über zweihundert Meilen hinweg in Funkverbindung miteinander standen, Mikrowellen, die durch die Nachtluft schwangen. Endlose Elektronenströme, ausgesandt von unsichtbaren Fledermausschwingen. Sie trafen auf und sandten das Echo zurück. Ein kräftiges *Bliep*, und dann der auf dem Schirm lauernde Punkt, bis der Vorgang sich wiederholte, und der Lichtpunkt in einer etwas südlicheren Position wieder auftauchte.

Sicher?

Ja. Zweihundert Meilen südlich von Newark. Könnte Newark sein.

Newark ist in der roten Zone. Ebenso Süd-New-York.

Stehen die Geschütze noch in Bereitschaft?

Klar.

Wir hätten ihn über Albany abknallen können.

Immer mit der Ruhe, Kamerad.

Lastwagen, die durch schlafende Städtchen donnern, in denen verschlafene Bewohner durch ihre mit Pappe abgesicherten Fensterscheiben spähen, ihre Augen voller Haß und Entsetzen. Wie prähistorische Ungeheuer dröhnt es durch die Nacht.

Öffnet die Löcher.

Riesige, röhrende Motoren schieben ungeheure Deckel beiseite und lassen sie auf dafür vorgesehenen Stahlschienen verschwinden. Kreisrunde Silos, die wie die Erdeingänge zu den unterirdischen Höhlen der Morlocks aussehen. Leichte Wasserstoffwolken entweichen in die Luft.

Da. Da ist er wieder. Newark.

Roger, hier ist Springfield. Haltet uns auf dem laufenden.

Betrunkene, die in den Gassen übernachten, öffnen beim Getöse der Lastwagen verschlafen die Augen und starren schweigend in die Fetzen des Nachthimmels, die durch die dicht an dicht gebauten Häuser zu sehen sind. Ihre Augen sind gelb unterlaufen und ausdruckslos. Aus ihren eingefallenen Mündern tropft der Speichel. Ihre Hände tasten nach Zeitungen, die sie vor der Nachtkälte schützen sollen, aber es gibt keine Zeitungen mehr. Die Fernsehanstalt hat sie alle kaputtgemacht. Free-Vee, das ist der Herrscher der Welt. Hallelujah. Reiche Leute rauchen Dope. Die blaßgelben Augen erhaschen ein hoch in der Luft blinkendes Licht. Grün, rot, grün, rot. Das Lastwagengetöse hat sich entfernt, es hallt nur noch in unregelmäßigen Abständen durch die Häuserschluchten, wie die unbarmherzige Faust der Vandalen. Die Betrunkenen legen sich wieder hin und schlafen weiter. Leise stöhnend.

Wir haben ihn. Westlich von Springfield.

Weitere Anweisungen in fünf Minuten.

Aus Harding?

Ja.

Er ist eingekreist.

Überall die unsichtbaren Fledermausschwingen, die ein flimmerndes Funknetz über die gesamte Nordostecke der Vereinigten Staaten ziehen. Die von GA-Computern gesteuerten Funksysteme arbeiten zuverlässig. Bodenraketen stehen an über tausend Stellen bereit und drehen sich je nach der Richtung, die die rot-grün blinkenden Bordlichter am Nachthimmel anzeigen. Es sind stählerne Klapperschlangen, in deren Mündern die ewige Verdammnis wartet.

Richards gab sich völlig dieser Vision hin, und trotzdem arbeitete sein Verstand weiter. Diese doppelte Funktionsfähigkeit seines Gehirns war auf gewisse Art tröstlich. Sie stellte eine Distanz zur Realität her, die an Wahnsinn grenzte. Langsam verfolgte er mit seinem blutverschorften Finger den Weg, den das Flugzeug nach Süden nahm. Jetzt waren sie südlich von Springfield, jetzt westlich von Hartford, und jetzt...

Wir haben ihn.

...Minus 019 ... und der Countdown läuft...

»Mr. Richards?«

»Ja.«

»Wir befinden uns über Newark, New Jersey.«

»Ja«, antwortete Richards, »ich habe es mitverfolgt. Holloway?«

Holloway antwortete nicht, aber Richards wußte, daß er zuhörte.

»Sie verfolgen uns schon die ganze Zeit über den Radarschirm, nicht wahr?«

»Ja.«

Richards sah McCone in die Augen. »Ich frage mich, ob sie nicht genau hier beschließen, daß sie auf ihren Bluthund verzichten können. Stellen Sie sich mal vor, sie tun es tatsächlich. Schließlich ist es kein allzu großer Verlust. Sie brauchen ja nur einen neuen zu trainieren.«

McCone knurrte drohend. Richards hielt das für eine völlig unbewußte Reaktion, die man vermutlich durch die Reihen seiner Vorfahren hindurch bis zum Neandertaler zurückverfolgen konnte, der sich lieber mit einem großen Stein in der Hand von hinten an seine Beute heranschlich, statt sich ihr im ehrenvollen, offenen, aber auch unintelligenten Kampf zu stellen.

»Wann fliegen wir wieder über unbewohntes Gebiet, Kapitän?«

»Gar nicht. Jedenfalls nicht, wenn wir weiter genau nach Süden fliegen. Wir kommen allerdings ein Stück über die offene See, wenn wir die Bohrtürme von North Carolina hinter uns gelassen haben.«

»Dann gehört also alles, was südlich von hier liegt, zum Stadtgebiet von New York?«

»Ja, das entspricht ungefähr der Ausdehnung der Stadt.«

»Vielen Dank.«

Die Lichter von New York lagen unter ihnen verstreut wie eine Handvoll Juwelen, die jemand nachlässig auf den schwarzen Samt einer Schmuckkassette geworfen hat.

»Kapitän?«

Müde: »Ja?«

»Von jetzt ab fliegen Sie genau nach Westen.«

McCone fuhr auf, als wäre ihm ein Geist erschienen. Amelia räusperte sich trocken.

»Nach Westen?« fragte Holloway erstaunt. Er klang unglücklich und zum ersten Mal ängstlich. »Sie verlangen, daß wir nach Westen fliegen? Das wird uns über völlig freies Gebiet führen. Zwischen Harrisburg und Pittsburg ist Pennsylvania reines Farmland. Östlich von Cleveland gibt es keine größere Stadt mehr.«

»Wollen Sie meine Strategie für mich planen, Kapitän?«

»Nein, ich...«

»Nach Westen«, unterbrach Richards kurz angebunden.

Newark verschwand unter ihnen.

»Sie sind verrückt«, brummte McCone. »Sie werden uns in der Luft zerfetzen.«

»Mit Ihnen und fünf weiteren unschuldigen Personen an Bord? In diesem ehrenvollen Lande?«

»Es wird ein Versehen sein«, erklärte McCone heiser. »Ein absichtliches Versehen.«

»Sehen Sie sich nie den *National Report* an?« fragte Richards lächelnd. »Wir machen keine Fehler. Schon seit 1950 haben wir keinen Fehler mehr gemacht.«

Die letzten Lichter von Newark waren unter der Tragfläche verschwunden und hatten eine tiefe Dunkelheit zurückgelassen.

»Sie lachen ja gar nicht mehr«, spottete Richards.

... Minus 018 ... und der Countdown läuft ...

Eine halbe Stunde später meldete Holloway sich wieder. Es klang etwas aufgeregt.

»Richards, der Flughafen in Harding hat uns gerade informiert, daß sie eine direkte Funkleitung zu uns herüberstrahlen. Die Spielekommission hat sich gemeldet. Man hat mir gesagt, daß es ziemlich wertvoll für Sie sein könnte, Ihr Free-Vee einzuschalten.«

»Danke schön.«

Er betrachtete den Bildschirm nachdenklich und hätte ihn fast eingeschaltet, doch dann zog er die Hand schnell wieder zurück, als stünde der ganze Vordersitz unter Hochspannung. Eine seltsame Müdigkeit und das Gefühl, diese Szene schon einmal erlebt zu haben, erfaßte ihn. Es kam ihm vor, als würde alles jetzt noch einmal von vorne anfangen: Sheila mit ihrem mageren, abgearbeiteten Gesicht, der Geruch von Mrs. Jenners gedünstetem Kohl im Hausflur, das Geplärr des Free-Vee in der Küche. *Tretmühle zum Reichtum* und *Schwimm mit den Krokodilen*. Cathys Schreien. Sie würden nie ein zweites Kind haben. Selbst wenn er all dies rückgängig machen und noch mal ganz von vorne anfangen könnte, sie würden nie wieder ein Kind haben. Schon dieses Mädchen war ein Wunder.

»Schalten Sie ein«, forderte McCone ihn auf. »Vielleicht haben sie uns – Ihnen – einen Handel anzubieten.«

»Halten Sie die Klappe«, sagte Richards. Er wartete, und die Müdigkeit strömte durch seinen Körper wie lauwarmes Wasser. Er hatte eine seltsame Vorahnung. Seine Schmerzen setzten ihm jetzt sehr zu. Seine Wunde blutete ununterbrochen, und seine Beine fühlten sich schwach und völlig taub an. Er war sich fast sicher, daß er nicht mehr würde aufstehen können, wenn dieses Affentheater zu Ende war.

Grunzend beugte er sich auf einmal vor und betätigte den Einschaltknopf. Auf dem Bildschirm erschien sofort ein klares, scharfes Bild. Das geduldig wartende Gesicht, das er darauf entdeckte, war sehr schwarz und sehr vertraut. Dan Killian. Er saß an seinem nierenförmigen Mahagonischreibtisch, auf dessen Vorderseite das Spieleemblem aufgemalt war.

»Oh, hallo«, begrüßte Richards ihn leise.

Er wäre fast rückwärts aus dem Sitz gefallen, als Killian sich plötzlich aufrichtete, strahlend lächelte und: »Hallo, Mr. Richards« sagte.

...Minus 017 ... und der Countdown läuft...

»Ich kann Sie nicht sehen«, sagte Killian, »aber hören kann ich Sie. Die Bordsprechanlage ist durch die Funkstation im Cockpit mit unserem Haus verbunden. Man hat mir gesagt, daß Sie verwundet sind.«

»Ist nicht so schlimm, wie es aussieht«, wiegelte Richards ab. »Ich hab' mir im Wald ein paar Kratzer geholt.«

»Ach ja«, erwiderte Killian. »Ihr berühmter Marsch durchs Unterholz. Bobby Thompson hat ihn gerade vorhin gesendet – natürlich zusammen mit Ihrem gegenwärtigen Abenteuer. Morgen wird dieser Wald wohl voller Leute auf der Suche nach einem Ihrer Hemdfetzen oder vielleicht einer Patronenhülse sein.«

»Das ist aber schade«, sagte Richards. »Ich hab' nämlich Kaninchen gesehen.«

»Sie sind der großartigste Kandidat, den wir je hatten, Mr. Richards. Durch dieses Zusammenspiel von Glück und Können sind Sie eindeutig der Beste. Sie sind für uns gut genug, um Ihnen einen Handel vorzuschlagen.«

»Was für einen Handel? Ein Erschießungskommando?«

»Diese Flugzeugentführung ist das Spektakulärste, was bisher dagewesen ist, aber sie ist auch das Dümmste, was Ihnen einfallen konnte. Wissen Sie warum? Weil Sie sich zum erstenmal von Ihren Leuten getrennt haben. Als sie den Boden verlassen haben, haben Sie sie zurückgelassen. Das gilt auch für die Frau, die Sie angeblich beschützt. Sie mögen vielleicht glauben, daß Sie zu Ihnen gehört; vielleicht glaubt sie es sogar selbst. Aber dem ist nicht so. Da oben ist niemand mehr außer uns, Richards. Eigentlich sind Sie jetzt schon tot.«

»Das sagt man mir ständig, und trotzdem atme ich immer noch.«

»Die letzten zwei Stunden haben sie ausschließlich aufgrund der Großmütigkeit der Spielekommission überlebt. Ich habe es so gewollt. Ich bin auch derjenige, der es schließlich durchgesetzt hat, daß wir Ihnen diesen Handel anbieten können. Die alte Garde hat sich dem Vorschlag heftig widersetzt – schließlich ist etwas Derartiges noch nie vorgekommen –, aber ich werde es durchdrücken.

Sie haben mich mal gefragt, wen Sie umbringen könnten, wenn Sie mit dem Fahrstuhl bis ganz hinauf fahren würden. Einer der Männer, die Sie da erwischt hätten, bin ich. Überrascht Sie das?«

»Ich glaube, ja. Ich hatte Sie immer für den Hausneger gehalten.«

Killian warf den Kopf zurück und lachte – aber es klang ein bißchen gezwungen. Er schien viel aufs Spiel gesetzt zu haben und litt unter dem Druck, der nun auf ihm lastete.

»Hier nun unser Vorschlag, Richards. Fliegen Sie direkt nach Harding. Am Flughafen wird eine Spielelimousine für Sie bereitstehen. Man wird Sie natürlich exekutieren – aber nur fürs Fernsehen. Sie werden sich unserem Team anschließen.«

McCone stieß plötzlich ein wütendes Brummen aus: »Du gemeiner, schwarzer Bastard...«

Amelia guckte verständnislos in die Luft.

»Sehr gut«, lobte Richards. »Ich wußte ja, daß Sie nicht schlecht sind, aber das ist ausgezeichnet. Sie wären ein fantastischer Gebrauchtwagenhändler, Killian.«

»Hat McCone angedeutet, daß ich lügen würde?«

»McCone ist ein hervorragender Schauspieler. Der kleine Tanz mit Gesang, den er am Flughafen aufgeführt hat, war oskarreif.« Er wußte immer noch nicht, was er von der ganzen Sache halten sollte. McCone hatte Amelia schnell zum Kaffeekochen geschickt, als sie gedroht hatte, sich auf die Bombe zu stürzen; gleichzeitig seine haßerfüllte Feindseligkeit – all das paßte einfach nicht zusammen. Oder doch? Sein Gehirn arbeitete fieberhaft. »Vielleicht haben Sie ihm das angetan, ohne daß er davon wußte. Sie rechneten mit seiner Reaktion, damit Sie glaubwürdiger erscheinen.«

»Sie haben Ihren Tanz mit Musik und der Plastikbombe endgültig hinter sich, Richards. Wir wissen – wissen *wirklich* –, daß Sie bluffen. Aber ich habe hier einen kleinen roten Knopf an meinem Schreibtisch, und der ist kein Bluff. Zwanzig Sekunden, nachdem ich draufgedrückt habe, wird Ihr Flugzeug von Bodenraketen unter Beschuß genommen, die alle mit Atomsprengköpfen versehen sind.«

»Das Black Irish ist ebenfalls kein Bluff.« Aber er hatte, als er das sagte, einen schalen Geschmack im Mund. Das Spiel bekam ihm gar nicht.

»O doch, das ist es«, entgegnete Killian ruhig. »Sie wären nie mit einer Sprengstoffladung an Bord einer Lockheed-G/A-Maschine gekommen. Nicht, ohne den Alarm auszulösen. Im Flugzeug befinden sich vier getrennte Alarmsysteme, um Entführer sofort aufspüren zu können. Ein fünftes haben wir in Ihrem Fallschirm untergebracht. Ich kann Ihnen versichern, daß wir die Kontrollampen im Tower voller Interesse und Spannung beobachtet haben, als Sie an Bord gestiegen sind. Man war allgemein der Ansicht, daß Sie den Sprengstoff hätten. Sie haben sich die ganze Zeit so sicher und entschlossen verhalten, daß es nur natürlich war, erst mal davon auszugehen. Wir waren mehr als erleichtert, als keines der Lämpchen aufleuchtete. Ich nehme an, daß Sie gar keine Gelegenheit hatten, sich den Sprengstoff zu besorgen. Vielleicht ist es Ihnen einfach zu spät eingefallen. Wie dem auch sei, das tut nichts zur Sache. Es macht Ihre Position etwas schlechter, aber...«

McCone war plötzlich aufgesprungen und stand nun neben Richards. »Jetzt ist es aber genug«, sagte er grinsend. »Jetzt blase ich dir dein verdammtes Gehirn raus, du Esel.« Die Mündung seiner Pistole berührte Richards Schläfe.

...Minus 016 ... und der Countdown läuft...

»Wenn Sie das tun, sind Sie ein toter Mann«, sagte Killian ruhig.

McCone zögerte, trat schnell einen Schritt zurück und starrte ungläubig den Bildschirm an. Sein Mund fing an zu zittern, und seine Gesichtszüge verzerrten sich. Nur mit Mühe gelang es ihm, ein paar Worte zu artikulieren. Vor Haß und Zorn klangen sie ganz heiser.

»Ich kann ihn erledigen! Jetzt, sofort! Dann sind wir alle frei. Ich...«

Müde entgegnete Killian: »Sie sind doch schon lange in Sicherheit, Sie Narr. Außerdem hätte Donahue ihn schon längst festgenommen, wenn wir es gewollt hätten.«

»Dieser Mann ist ein Krimineller!« brüllte McCone los. »Er hat Polizeibeamte getötet! Er hat anarchistische Verbrechen begangen – bis hin zur Luftpiraterie! Er hat... er hat mich und meine Abteilung öffentlich beleidigt!«

»Setzen Sie sich«, wies Killian ihn an, und seine Stimme klang dabei so kalt wie der unendliche Raum zwischen den Planeten. »Es wird Zeit, daß Sie sich daran erinnern, wer für Ihr Gehalt aufkommt, Chefjäger.«

»Das werde ich vor den Ratsvorsitzenden bringen!« McCone war jetzt außer sich. Speichel tropfte von seinen Lippen, wenn er redete. »Wenn das hier vorbei ist, wirst du wieder auf die Baumwollfelder zurückgejagt, Nigger! Du gottverdammter, nichtsnutziger Sohn einer...«

»Werfen Sie bitte Ihre Pistole auf den Boden«, schaltete eine andere Stimme sich ein. Richards drehte sich verblüfft um und erkannte den Navigator Donahue. Sein Blick war genauso kalt und tödlich wie vorher. Sein fettiges Haar glänzte in der indirekten Bordbeleuchtung. Er hielt eine kleine Magnum/Springstun-Maschinenpistole in der Hand, deren Lauf genau auf McCone gerichtet war. »Ich bin Robert S. Donahue, Alter. Kontrollrat der Spielekommission. Werfen Sie die Waffe auf den Boden.«

...Minus 015 ... und der Countdown läuft...

McCone starrte ihn eine schier endlose Sekunde lang an und ließ dann unbeholfen die Waffe auf den dicken Teppichboden fallen.

»Sie...«

»Ich denke, wir haben jetzt genug gehört«, unterbrach Donahue ihn. »Seien Sie ein braver Junge, gehen Sie nach hinten in die zweite Klasse und verhalten Sie sich ruhig.«

McCone ging ein paar Schritte rückwärts und schnaubte dabei wütend. Dabei sah er Richards gierig an – wie ein Vampir in den klassischen Filmen, der von einem Kruzifix in Schach gehalten wird.

Als er endlich verschwunden war, winkte Donahue Richards kurz mit seiner MP zu und erklärte grimmig lächelnd: »Der wird Sie nicht weiter belästigen.«

»Für mich sehen Sie immer noch wie ein Schwuler aus«, antwortete Richards gleichgültig.

Das Lächeln verschwand. Eine Sekunde lang blitzten Haß und Ablehnung in den Augen des Mannes auf, dann ging er schnell nach vorn.

Richards wandte seine Aufmerksamkeit wieder dem Bildschirm zu. Er stellte fest, daß sein Pulsschlag völlig ruhig geblieben war. Weder ging sein Atem kürzer, noch hatte er das Gefühl, daß seine Knie weich geworden wären. Der Gedanke an den Tod war zur Normalität geworden.

»Sind Sie noch da, Mr. Richards?« erkundigte Killian sich.

»Ja, ich bin hier.«

»Ist das Problem erledigt?«

»Ja.«

»Gut, dann lassen Sie uns zu dem zurückkehren, was wir vorhin besprochen haben.«

»Nur zu.«

Killian seufzte. »Ich sagte gerade, daß unsere Gewißheit darüber, daß Ihre Bombe ein reiner Bluff ist, Sie in die schwächere Position versetzt und gleichzeitig unsere Glaubwürdigkeit erhöht. Sehen Sie ein, warum?«

»Ja«, antwortete Richards gelassen. »Das heißt, daß Sie diesen Vogel jederzeit vom Himmel hätten holen können. Oder Sie hätten Holloway jederzeit landen lassen können. McCone hätte mich sofort erledigt.«

»Genau. Glauben Sie jetzt endlich, daß wir Ihren Trick durchschaut haben?«

»Nein. Aber Sie sind um einiges besser als McCone. Das mit Ihrem eingeschleusten Hausdiener da war ein geschickter Streich.«

Killian lachte. »Oh, Mr. Richards, Sie sind so ein seltener Vogel. So ein rares, schillerndes Exemplar.« Trotzdem klang er immer noch gezwungen, angespannt, unter Druck. Richards kam es so vor, als versuche er eine wichtige Information zurückzuhalten, die er auf keinen Fall preisgeben wollte.

»Wenn Sie die Bombe wirklich hätten, hätten Sie den Ring in dem Augenblick gezogen, in dem McCone Sie bedroht hat. Sie wissen ganz genau, daß er Sie getötet hätte. Aber Sie haben ganz ruhig dagesessen.«

Richards wußte, daß es vorbei war, und ihm war klar, daß sie es auch wußten. Er lächelte, weil er wußte, daß es Killian gefallen würde. Er war ein Mann mit einem klaren, ironischen Verstand. Gut, dann sollten sie eben dafür bezahlen, daß sie seine letzte Karte aufdeckten.

»Ich kaufe Ihnen den Mist nicht ab«, sagte er. »Wenn Sie weiter versuchen, mich in die Enge zu treiben, dann geht hier alles in die Luft.«

»Und Sie wären nicht der Mann, für den ich Sie halte, wenn Sie es nicht bis zum letzten Atemzug durchhalten würden. Mr. Donahue?«

»Ja, Sir?« Donahues kalte, gefühllose Stimme kam gleichzeitig aus dem Free-Vee und über die Bordanlage.

»Bitte gehen Sie zurück und holen Sie Mrs. Williams Handtasche aus Mr. Richards Jacke. Sie dürfen ihn dabei in keiner Weise verletzen.«

»Ja, Sir.« In Richards stieg eine unheimliche Erinnerung an den Computer in der Eingangshalle des Spielegebäudes hoch, der seinen ehemaligen Plastikausweis ausgedruckt hatte: *ratter, ratter, ratter.*

Donahue tauchte wieder in der Kabine auf und ging gelassen auf Richards zu. Sein Gesicht war glatt, kalt und leer. *Programmiert,* schoß es Richards durch den Kopf.

»Bleiben Sie auf der Stelle stehen, Sie Schönling!« befahl Richards scharf und bewegte seine Hand leicht unter seiner Jacke. »Der Mann da befindet sich in Sicherheit auf dem Boden. Sie sind es, der mit mir sterben wird.«

Einen winzigen Moment schien Donahue zu zögern, und für den Bruchteil einer Sekunde blitzte Unsicherheit in seinen Augen auf, doch dann schritt er unbeirrt weiter. Er hätte an der Côte d'Azur promenieren oder sich einem Artgenossen in einem luxuriösen Schwulenlokal nähern können.

Richards erwog kurz, den Fallschirm zu packen und damit zu fliehen. Hoffnungslos. Wohin hätte er denn fliehen sollen? Die Toilette am Ende des Mittelganges der dritten Klasse wäre seine Endstation.

»Wir sehen uns in der Hölle wieder«, sagte er leise drohend und machte eine Geste, als zöge er am Ring. Diesmal war die Reaktion besser. Nicht voll befriedigend, aber immerhin eine Reaktion. Donahue stöhnte leise auf und schlug die Hände vors Gesicht. Eine instinktive Geste, die so alt war wie die Menschheit. Als er seine Hände wieder runternahm und feststellte, daß er sich immer noch unter den Lebenden befand, blickte er verlegen und erbost um sich.

Richards zog Amelias Krokodillederhandtasche unter seiner verschmutzten, zerrissenen Jacke hervor und warf sie mit aller Kraft. Sie knallte Donahue an die Brust und landete dann mit einem dumpfen Geräusch auf dem Teppichboden, wo sie wie ein toter Vogel in sich zusammensank. Richards Hand war schweißnaß. Als sie endlich wieder auf seinem Knie lag, wirkte sie seltsam weiß und fremd. Donahue hob die Tasche auf, durchsuchte sie flüchtig und reichte sie dann Amelia. Richards empfand eine dumpfe Art von Trauer, als er ihm dabei zusah. Irgendwie hatte er einen alten, treuen Freund verloren.

»Bumm«, sagte er leise.

...Minus 014 ... und der Countdown läuft...

»Ihr Sklave ist nicht schlecht«, sagte Richards müde zum Bildschirm, nachdem Donahue sich wieder zurückgezogen hatte. »Ich hab' ihn immerhin dazu gebracht zusammenzuzucken, aber ich hatte gehofft, er würde sich in die Hose machen.« Ihm fiel auf, daß er anfing, alles doppelt zu sehen. Es kam und ging. Vorsichtig untersuchte er seine Wunde noch einmal. Sie war schon wieder fast verschorft. »Und was nun?« fragte er. »Haben Sie schon die Kameras aufgebaut, damit Sie das Ende des Desperados auch richtig mitfilmen können?«

»Kommen wir zu unserem Handel«, antwortete Killian leise. Sein Gesicht blieb ausdruckslos. Aber Richards spürte, daß die Nachricht, die er so verzweifelt zurückzuhalten versuchte, jetzt bis dicht unter die Oberfläche aufgetaucht war. Plötzlich erfaßte ihn wieder diese entsetzliche Müdigkeit. Am liebsten hätte er den Bildschirm abgeschaltet. Er wollte nichts mehr hören. Innerlich zitterte er auf einmal ganz fürchterlich – ein regelrechtes Erdbeben. Aber er konnte nicht abschalten. Immerhin war es umsonst.

»Weiche von mir, Satan«, stöhnte er heiser.

»Wie bitte?« Killian sah verwirrt aus.

»Ach nichts. Was wollen Sie mir sagen?«

Killian antwortete nicht. Er sah aufmerksam auf seine Hände hinunter und dann wieder in die Kamera. In einer unbekannten Kammer seines Gehirns meldete sich jetzt eine so starke Vorahnung, daß Richards sie nicht mehr unterdrükken konnte. Er hatte das Gefühl, als riefen die Geister der Armen und Namenlosen, die Seelen der Betrunkenen, die nachts in den verlassenen Gassen schliefen, seinen Namen.

»McCone hat ausgespielt«, sagte Killian leise. »Das wissen Sie selbst, denn Sie haben das zuwege gebracht. Sie haben ihn wie ein weiches Ei zerquetscht. Wir möchten, daß Sie seinen Platz einnehmen.«

Richards, der geglaubt hatte, daß ihn gar nichts mehr erschüttern könnte, stellte fest, daß er völlig ungläubig mit offenem Mund dasaß. Das war eine Lüge! Es mußte eine Lüge sein! Und trotzdem – Amelia hatte ja ihre Tasche zurück. Sie hatten keinen Grund mehr, zu lügen oder ihm etwas vorzumachen. Er war schwer verletzt und allein. Sowohl McCone als auch Donahue waren bewaffnet. Eine kleine Kugel, sauber hinter seinem Ohr durch den Kopf geschossen, hätte die Geschichte ohne Aufsehen beendet.

Also: Killian sagte die Wahrheit!

»Sie sind verrückt«, stotterte er.

»Nein. Sie sind der beste Kandidat, den wir je hatten. Und der beste Kandidat kennt auch die besten Verstecke. Machen Sie endlich mal die Augen auf und sehen Sie ein, daß die *Menschenjagd* weit mehr ist, als eine Massenunterhaltungssendung. Sie sorgt dafür, daß die Gesellschaft von gefährlichen Objekten befreit wird. Richards, die Fernsehanstalt ist auf der Suche nach neuen, unverbrauchten Talenten. Das muß sie sein.«

Richards versuchte, etwas zu sagen, brachte aber keinen Ton heraus. Die Müdigkeit hatte ihn immer noch fest im Griff; sie wurde immer schwerer, besitzergreifender.

»Es hat aber noch nie einen Chefjäger mit Familie gegeben«, sagte er steif. »Das sollten Sie doch wissen. Die Gefahr der Erpressung...«

»Ben«, unterbrach Killian ihn unendlich sanft, »Ihre Frau und Ihre Tochter sind tot. Sie sind schon vor zehn Tagen umgekommen.«

...Minus 013 ... und der Countdown läuft...

Dan Killian sprach zu ihm, hatte wohl schon eine ganze Weile geredet, aber Richards hörte ihn nur aus weiter Ferne, und seine Stimme wurde von einem Echo in seinem Kopf verzerrt. Es war, als säße er in einem tiefen Brunnen und jemand riefe ständig zu ihm hinunter. In ihm war es mit einem Schlag dunkel geworden, und diese Dunkelheit diente als Hintergrund für eine Serie von Fotografien und Bildern, die nun an seinem inneren Auge vorbeizogen. Eine alte Kodakaufnahme von Sheila als Studentin an der Technischen Hochschule, wie sie mit einem Block unter dem Arm durch den Flur schlendert. Damals waren die Miniröcke gerade wieder in Mode gekommen. Eine eingerahmte Fotografie von ihnen beiden, wie sie auf einem Pier in der Bucht sitzen (freier Eintritt), wie sie händchenhaltend und mit dem Rükken zur Kamera aufs Wasser hinausschauen. Ein mit Sepiatusche nachgefärbtes Foto von einem jungen Mann in einem schlecht sitzenden Anzug und einer kleinen Frau, die sich das beste Kleid ihrer Mutter ausgeliehen hat. Beide stehen vor einem Standesbeamten, der eine dicke Warze auf der Nase hat. Sie hatten in der Hochzeitsnacht über diese Warze gekichert. Ein schwarzweißer Schnappschuß eines Jungen mit schweißbedecktem Oberkörper, der eine weiße Bleischürze umgebunden hat und in einem gruftartigen, mit Gaslampen erleuchteten Keller an den schweren Getrieben der GA-Maschinen arbeitet. Eine verblichene Farbfotografie (so verblichen, daß man die abgeblätterte Tapete kaum erkennt) von einer jungen Frau mit einem riesigen Bauch, die am Fenster steht, den Vorhang zur Seite schiebend, und auf die Straße hinaus nach ihrem Mann Ausschau hält. Das Licht spielt wie eine samtene Katzenpfote auf ihrer Wange. Das letzte Foto: wieder eine uralte Kodakaufnahme von einem dürren Kerl, der ein winziges Bündel von einem Baby hoch über den Kopf hält, auf seinem Gesicht ein Ausdruck von Triumph und Liebe, der sich in seinem strahlenden Lächeln widerspiegelt. Die Bilder rauschten immer schneller an ihm vorbei, wirbelten herum und verschwanden, aber sie brachten ihm weder Trost noch Erleichterung. Er spürte weder Trauer noch Angst über seinen Verlust, nur eine alles umfassende Taubheit.

Killian versicherte ihm, daß die Fernsehanstalt mit ihrem Tod nichts zu tun habe, es sei ein furchtbarer Unfall gewesen. Richards glaubte ihm – nicht nur, weil es alles viel zu fantastisch klang, um nicht wahr zu sein, sondern weil Killian wußte, daß sein erster Schritt, sollte er den Job als Chefjäger annehmen, nach Co-Op City führen würde, wo er innerhalb von einer Stunde erfahren würde, was sich tatsächlich ereignet hatte.

Herumtreiber, natürlich. Gleich drei auf einmal. (Oder sollten es Sheilas Kunden gewesen sein? fragte er sich plötzlich, schmerzlich berührt. Sheila hatte bei ihrem letzten Telefongespräch so geheimnisvoll getan, so, als hätte sie etwas zu verbergen gehabt.) Sie hatten sie in einer Seitenstraße überfallen. Vermutlich waren sie mit einer drohenden Bewegung auf Cathy zugegangen, und Sheila hatte versucht, das Kind zu schützen. Beide waren durch Messerstiche gestorben.

Das brachte ihn wieder zur Besinnung. »Speisen Sie mich nicht mit so einem Blödsinn ab!« brüllte er plötzlich los. Amelia zuckte zurück und verbarg ihr Gesicht in beiden Händen. »Was ist passiert? Ich will genau wissen, wie es passiert ist.«

»Mehr kann ich Ihnen auch nicht sagen. Ihre Frau ist von mindestens sechzig Messerstichen getötet worden.«

»Cathy«, sagte Richards leise, gedankenlos, und Killian zuckte zusammen.

»Ben, möchten Sie ein bißchen Zeit, um darüber nachzudenken?«

»Ja. Ja, das wäre gut.«

»Es tut mir sehr, sehr leid, mein Freund. Ich schwöre bei meiner Mutter, daß wir nichts damit zu tun hatten. Wir hatten uns vorgestellt, daß wir sie und Ihre Tochter von Ihnen trennen würden, aber Sie hätten sie heimlich besuchen können, für den Fall, daß Sie unseren Vorschlag angenommen hätten. Ein Mann arbeitet nicht freiwillig für die Leute, die seine Familie abgeschlachtet haben. Das ist uns klar.«

»Ich brauche Zeit, um nachzudenken.«

»Als Chefjäger«, fuhr Killian leise fort, »könnten Sie sich

diese Bastarde vorknöpfen und Hackfleisch aus ihnen machen. Und viele, viele andere, die genau wie diese sind.«

»Ich möchte nachdenken. Wiedersehen.«

»Ich ...«

Richards schaltete das Free-Vee ab, so daß nur noch eine schwarze Fläche zu sehen war. Wie versteinert saß er in seinem Sitz. Seine Hände baumelten zwischen seinen Knien. Die Flugzeugmotoren summten gleichmäßig in der Dunkelheit.

So, dachte er, *jetzt hat der Knoten sich also gelöst.*

...Minus 012 ... und der Countdown läuft...

Eine Stunde verging.

Die Zeit ist gekommen, sagte das Walroß, zu sprechen von manchen Dingen: von Segelschiff und Siegelwachs und... haben Schweine Schwingen?

Bilder flirrten vor ihm auf und versanken wieder. Stacey. Bradley. Elton Parrakis mit seinem Babygesicht. Der Alptraum seiner Flucht. Das Anzünden der Zeitungsstapel im Bostoner CVJM-Keller mit seinem allerletzten Streichholz. Das Quietschen der Bremsen und der Benzingestank der Polizeiwagen, die ihn verfolgten. Das sprühende Maschinengewehrfeuer. Laughlins säuerliche Stimme. Die Bilder von diesen beiden Kindern, den Junior-Gestapoagenten.

Warum eigentlich nicht?

Jetzt band ihn nichts mehr, schon gar nicht moralische Bedenken. Wie könnte Moral ein Thema für einen Mann sein, der, losgelöst von allem, frei im Kosmos trieb? Wie weise von Killian, ihm das so sanft und gleichzeitig brutal vor Augen zu halten. Ihm klarzumachen, wie allein er wieder war. Bradley und sein leidenschaftlicher Kampf gegen die Luftverschmutzung schienen meilenweit entfernt, irreal, unwichtig. Nasenfilter, ja. Es hatte eine Zeit gegeben, da war ihm der Kampf um Nasenfilter groß und wichtig vorgekommen. Das war vorbei.

Den Geruch der Armut wirst du immer mit dir rumschleppen.

Klar. Und Richards Lenden hatten einen Artgenossen für diese Killermaschine gezeugt. Die Armen würden sich wohl irgendwann mal an die Umweltbedingungen anpassen, würden mutieren. In zehn- oder fünfzigtausend Jahren würden ihre Lungen ihr eigenes Filtersystem entwickeln. Dann würden sie sich erheben und den Reichen die künstlichen Filter aus den Nasen reißen, würden zusehen, wie sie sich krank und stöhnend auf den Straßen wanden und langsam ihr Leben aushauchten, wie sie in einer Atmosphäre erstickten, in der Sauerstoff nur mehr eine geringe Rolle spielte. Und wie waren Ben Richards Zukunftsaussichten? Jämmerlich.

Eine Trauerzeit würde folgen. Sie würden das akzeptieren, ihn sogar dabei unterstützen. Es würde Augenblicke des Zornes geben, gefolgt von offener Auflehnung. Und wieder ein paar vergebliche Versuche, die Öffentlichkeit auf die bewußte Luftverschmutzung durch die Regierung aufmerksam zu machen? Vielleicht. Darum würden sie sich schon kümmern. Sie würden sich auch um ihn kümmern – in der Erwartung, daß er sich eines Tages um ihre Angelegenheiten kümmern würde. Instinktiv wußte er, daß er dazu fähig wäre. Er nahm an, daß er sogar eine gewisse geniale Veranlagung für diesen Job hatte. Sie würden ihm helfen, ihn zunächst mal verarzten. Drogen und Doktoren. Dann eine Gesinnungsänderung.

Danach Frieden.

Seine Streitsüchtigkeit würde wie Unkraut aus ihm herausgejätet werden.

Er sehnte sich nach Frieden wie ein Durstiger in der Wüste nach Wasser.

Amelia weinte in ihrem Sitz still vor sich hin. Im Grunde hätten all ihre Tränen schon getrocknet sein sollen. Er fragte sich beiläufig, was nun aus ihr werden würde. In ihrem gegenwärtigen Zustand konnte sie unmöglich zu ihrem Mann und ihrer Tochter zurückkehren. Sie war schlichtweg nicht mehr die Lady, die routinemäßig, den Kopf voller Kochrezepte und Termine für Wohltätigkeitsveranstaltungen, an einem Stoppschild gehalten hatte. Sie hatte in den Abgrund geblickt. Er nahm an, daß man sie einer Therapie unterziehen, vielleicht mit Medikamenten behandeln würde. Die

Kreuzung, an der beide Wege sich trennten, die Gründe, warum sie den falschen Weg gewählt hatte. Man würde in sie dringen und versuchen, das alles herauszufinden.

Plötzlich hatte er das Verlangen, auf sie zuzugehen und sie zu trösten. Ihr zu sagen, daß es ja gar nicht so schlimm um sie stünde und daß ein einfaches, psychotherapeutisches Pflaster sie schnell wieder gesundmachen würde. Und am Ende wäre dann alles viel besser als vorher.

Sheila. Cathy.

Ihre Namen kamen und gingen, krallten sich in seinem Gehirn fest und hinterließen einen Nachhall wie weit entfernte Sonntagsglocken, wie Worte, die man so lange wiederholt, bis sie keinen Sinn mehr ergeben. Sprich deinen Namen mehr als zweihundertmal aus, und du stellt fest, daß er keine Bedeutung mehr hat. Er konnte immer noch nicht trauern. Er spürte nur Verärgerung und Verlegenheit. Sie hatten ihn genommen und durch den Dreck geschleift, und nun sollte er als gemeines Arschloch daraus hervorgehen. Er mußte an einen kleinen Jungen aus seiner Highschool-Zeit denken, der sich eines Morgens geweigert hatte, den Schwur auf die Fahne zu sprechen. In dem Augenblick war ihm seine Hose runtergerutscht.

Das Flugzeug summte leise durch die Nacht. Er fiel in einen Halbschlaf, in dem ihn wieder die Bilder der vergangenen Ereignisse heimsuchten. Er empfand dabei nichts mehr.

Dann ein letztes Bild aus seinem Album: ein acht mal zehn Zentimeter großes Foto, vermutlich von einem Kaugummi kauenden Polizeibeamten aufgenommen. Unser Beweisstück C, meine Damen und Herren Schöffen. Ein verstümmelter, zerschnittener Babykörper in einem blutüberströmten Kinderwagen. Splitter und Risse an der billigen Pappwand dahinter. Das billige Spielzeugauto, daß er für einen Zehner erstanden hatte, auf dem Boden zertreten. Ein großer schmieriger Blutfleck auf dem abgewetzten einäugigen Teddybär.

Er schrak aus seinen Träumen auf und saß aufrecht im Sitz. Aus seinem Mund löste sich ein durchdringender Schrei. Der Druck seiner Lungen war so stark, daß seine Zunge wie ein Segel in seinem Mund flatterte. Jedes Ding in diesem Erste-

Klasse-Abteil stand plötzlich klar und überdeutlich vor ihm. Die Realität war überwältigend und furchtbar. Es war die bruchstückhafte, kurzgefaßte Realität eines Zeitungsausschnitts. Zum Beispiel das Bild, wie man Laughlin aus dem abgebrannten Geräteschuppen in Topeka gezogen hatte. Alles und jedes stand in voller Deutlichkeit und Technicolorfarben vor ihm.

Amelia schrie gleichzeitig mit ihm los. Ihre weit aufgerissenen Augen wirkten wie zerbrochene Porzellantürknöpfe, und sie versuchte, ihre Faust in den Mund zu stopfen.

Donahue kam in den Gang gerannt. Seine Augen glänzten vor Begeisterung wie kleine schwarze Perlen. »Was ist los? Was ist passiert? McCone?«

»Nein«, antwortete Richards. Sein Herzschlag beruhigte sich gerade so weit, daß er die Worte ohne Krächzen herausbringen konnte. »Nur ein schlechter Traum. Ich habe an meine kleine Tochter gedacht.«

»Oh«, sagte Donahue, und seine Augen spiegelten gespieltes Mitleid wider. Es gelang ihm nicht sehr gut. Vermutlich würde er sein ganzes Leben ein Idiot bleiben. Vielleicht würde er selbst das auch lernen. Er wandte sich um, um zu gehen.

»Donahue?«

Donahue drehte gelangweilt den Kopf.

»Ich hab' Ihnen einen ganz schönen Schrecken eingejagt, was?«

»Nein«, antwortete dieser kurzangebunden und verschwand. Sein Kopf war nach vorn gebeugt, und sein schmaler Hintern war so hübsch wie ein Mädchenpo.

»Ich kann Ihnen noch viel mehr Angst einjagen«, rief Richards ihm nach. »Ich könnte zum Beispiel drohen, Ihnen den Nasenfilter herauszureißen.«

Exit Donahue.

Richards schloß müde die Augen. Das Polizeifoto tauchte wieder auf. Er öffnete die Augen wieder, schloß sie erneut. Das Bild war verschwunden. Er wartete, und als er sicher war, daß es nicht wiederkommen würde, beugte er sich vor und schaltete das Free-Vee ein.

Dan Killian erschien beinahe sofort auf dem Bildschirm.

... Minus 011 ... und der Countdown läuft ...

»Richards?« Killian beugte sich vor und machte keinen Versuch, seine Spannung zu verbergen.

»Ich habe mich dazu entschlossen, Ihren Vorschlag anzunehmen«, erklärte Richards.

Killian lehnte sich in seinen Stuhl zurück. Nur seine Augen lächelten in seinem dunklen Gesicht. »Ich freue mich sehr«, sagte er.

... Minus 010 ... und der Countdown läuft ...

»Donnerwetter«, sagte Richards erstaunt. Er stand am Eingang zum Cockpit.

Holloway drehte sich um. »Oh, hallo.« Er hatte gerade mit etwas gesprochen, das er Detroit-VOR nannte. Dunninger trank Kaffee.

Die beiden Kontrollkonsolen arbeiteten ohne Aufsicht. Aber sie rasselten, blinkten und schalteten, als würden sie von Geisterhänden und -füßen bedient. Hebel bewegten sich. Lichter blinkten auf, eine ständige Kommunikation fand statt – die Frage war bloß, mit wem?

»Wer fliegt eigentlich diese Maschine?« fragte Richards fasziniert.

»Otto«, antwortete Dunninger.

»Otto?«

»Otto ist unser automatischer Pilot, verstehen Sie?« Dunninger lächelte plötzlich freundlich. »Ich freue mich, Sie in unserem Team willkommen zu heißen. Sie werden es nicht glauben, aber ein paar von uns haben Ihnen ziemlich fest die Daumen gedrückt.«

Richards nickte zerstreut.

Holloway gab sich ebenfalls Mühe, freundlich zu sein. »Dieser Otto erstaunt mich auch jedesmal wieder. Selbst noch nach zwanzig Jahren. Er ist todsicher. Und sehr klug. Er macht uns alte Hasen zu ... na, sagen wir mal: zu schäbigen Orangenkisten neben einem Chippendaleschreibtisch.«

»O tatsächlich?« Richards starrte in die Dunkelheit hinaus.

»Ja. Man gibt ihm einfach das AZ – Anflugsziel – ein, und alles weitere übernimmt Otto. Er wird auf dem ganzen Flug vom Radarfunk unterstützt. Der Pilot ist so ziemlich überflüssig, abgesehen von den Starts und Landungen. Und, natürlich, wenn es Schwierigkeiten geben sollte.«

»Was können Sie denn tun, wenn es Schwierigkeiten gibt?« erkundigte Richards sich.

»Beten«, antwortete Holloway. Vielleicht hatte er es als Scherz gemeint, aber das Wort hatte einen ernsthaften Unterton, der noch lange in der Kabine nachhallte.

»Steuern diese Knüppel tatsächlich das Flugzeug?« wollte Richards wissen.

»Nur nach oben oder unten«, erklärte Dunninger. »Für die Seitwärtsbewegungen sind die Pedale zuständig.«

»Klingt so einfach wie bei einer Seifenkiste.«

»Ein bißchen komplizierter ist es schon«, schränkte Holloway ein. »Man muß schon ein paar Knöpfe mehr drücken.«

»Was passiert, wenn Otto mal durchdreht?«

»Das passiert nie«, antwortete Dunninger lächelnd. »Wenn es vorkommt, darf man ihn einfach nicht beachten. Aber der Computer irrt sich nie.«

Richards wollte wieder gehen, aber der faszinierende Anblick der blinkenden Konsolen, der winzigen adjustierenden Knüppel- und Pedalbewegungen hielt ihn fest. Holloway und Dunninger hatten sich wieder ihrer Arbeit zugewandt. Unverständliche Zahlen und Namen flogen zwischen den beiden hin und her.

Holloway blickte sich noch einmal um und war überrascht, ihn immer noch da stehen zu sehen. Er lächelte ihm zu und deutete nach vorn in die Dunkelheit. »Bald können Sie da vorne Harding auftauchen sehen.«

»Wie lange dauert's noch?«

»In zirka fünf oder sechs Minuten werden Sie den erleuchteten Horizont über der Stadt sehen können.«

Als er sich das nächste Mal umdrehte, war Richards gegangen. »Ich bin froh, wenn wir den Kerl endlich auf der Erde abgesetzt haben«, sagte er zu Dunninger. »Es ist wie ein böser Spuk.«

Dunninger blickte düster auf seinen Kontrollschirm, der sein Gesicht in blaßgrünes Licht tauchte. »Hast du bemerkt, daß er Otto nicht leiden kann?«

»Ja, das habe ich«, antwortete Holloway.

...Minus 009 ... und der Countdown läuft...

Richards ging durch den engen Korridor zurück. Friedman, der Funkoffizier, blickte nicht auf. Auch Donahue achtete nicht auf ihn. Richards betrat die Stewardeßkombüse und blieb stehen.

Der Kaffee duftete stark und gut. Er goß sich einen Becher ein und setzte sich auf einen der Sitze, die die Stewardessen in ihrer Freizeit benutzten. Die Silex-Kaffeemaschine dampfte und blubberte.

In den Kühlschränken entdeckte er eine reichhaltige Ansammlung von gefrorenen Luxusmahlzeiten. Auch die Bar war mit Alkohol- und Saftflaschen gefüllt.

Ein Mann braucht ab und zu mal einen guten Suff, dachte er.

Er schlürfte seinen Kaffee. Er war stark und tat gut. Die Silex blubberte und dampfte.

Hier bin ich also, dachte er und nahm noch einen Schluck. Daran bestand kein Zweifel, da saß er also und schlürfte seinen Kaffee.

Töpfe und Pfannen waren alle ordentlich beiseite geräumt. Das rostfreie Stahlspülbecken strahlte in Hochglanz. Und die Silex auf der Wärmeplatte dampfte und blubberte leise vor sich hin. Sheila hatte sich immer eine Silex gewünscht. Eine Silex hält lange, hatte sie behauptet.

Er weinte.

Er sah eine kleine Toilette, die bisher nur von schmalen Stewardessenhintern benutzt worden war. Die Tür stand halb offen, und er entdeckte sogar das blaue, desinfizierte Wasser in der Kloschüssel. Verrichten Sie Ihr Geschäft in überwältigendem Luxus in fünftausend Fuß Höhe.

Er trank seinen Kaffee, lauschte auf die dampfende, blubbernde Silex und weinte. Die Tränen versiegten genau in dem Augenblick, in dem er den Becher leergetrunken hatte.

Er stand auf und stellte ihn in das funkelnde Spülbecken. Dann nahm er die Silex-Kanne, betrachtete sie einen Augenblick, während er sie an ihrem braunen Plastikgriff hielt, und schüttete den restlichen Kaffee in den Ausguß. Am oberen Rand der Kanne hatten sich winzige Kondenstropfen gebildet.

Er wischte sich mit dem Jackenärmel über die Augen und trat wieder in den engen Korridor. Mit der Kanne in der Hand stellte er sich hinter Donahue.

»Möchten Sie etwas Kaffee?« fragte er ihn.

»Nein«, antwortete Donahue kurz, ohne aufzublicken.

»Ich glaube doch«, sagte Richards und ließ die Kanne mit aller Kraft, die er noch hatte, auf Donahues gesenkten Kopf hinabsausen.

...Minus 008 ... und der Countdown läuft...

Von der Anstrengung riß seine Wunde nun zum dritten Mal auf, aber die Kanne war nicht zerbrochen. Richards fragte sich, ob das Glas mit irgendeinem Material (Vitamin B 12 vielleicht) verstärkt worden war, damit es die Erschütterungen bei Luftturbulenzen aushielt. Am Boden entdeckte er einen großen Flecken, der von Donahues Blut stammte. Donahue fiel lautlos vornüber auf seine Karten. Ein dünner Blutfaden lief über eine der Plastikhüllen und tropfte langsam auf den Boden.

»Roger, Five-by, C-eins-neun-acht-vier«, ertönte eine helle Radiostimme.

Richards hielt immer noch die Silex-Kanne in der Hand. In dem Blut klebten Donahues Haare.

Er ließ die Kanne fallen, hörte aber keinen Aufprall. Auch hier war der Boden mit Teppich ausgelegt. Der Glasdeckel rollte ihm vor die Füße. Ein zwinkernder, blutunterlaufener Augapfel. Die Fotografie von der blutenden Cathy in ihrem

Kinderwagen tauchte wieder vor seinen Augen auf, und er fing an zu zittern.

Er zog Donahues toten Kopf an den Haaren hoch und durchwühlte seine blaue Uniformjacke. Da war ja die Pistole. Er wollte den Kopf schon wieder auf den Schreibtisch zurückfallen lassen, doch dann zögerte er und bog ihn noch weiter nach hinten. Donahues Mund stand offen, die blöde Fratze eines Idioten. Blut tropfte auf sein Kinn.

Richards wischte eines seiner Nasenlöcher sauber und spähte hinein.

Tatsächlich, da war's – ein winziges, unscheinbares Maschennetz.

»Melden Sie sich, E. T. A. C-eins-neun-acht-vier«, sagte die Radiostimme.

»He, das ist für Sie!« rief Friedman vom anderen Ende des Korridors. »Donahue...«

Richards humpelte durch den Gang. Er fühlte sich auf einmal sehr schwach. Friedman blickte hoch. »Würden Sie Donahue sagen, er soll seinen faulen Arsch in Bewegung setzen und...«

Richards zielte auf seine Oberlippe. Die Zähne flogen heraus wie die Perlen eines zerrissenen Colliers. Haar, Blut und Gehirn spritzten zu einem Rohrschachbild an die Wand hinter seinem Stuhl, an der ein 3-D-Pinupgirl seine unendlich langen Beine lasziv um einen polierten Mahagonibettpfosten schlang.

Aus dem Cockpit war ein unterdrückter Schrei zu hören, und Holloway machte einen verzweifelten Versuch, schnell die Tür zu verriegeln. Richards entdeckte eine winzige Narbe auf seiner Stirn. Sie hatte die Form eines Fragezeichens und konnte gut vom Sturz eines kleinen Jungen herrühren, der auf einem zu schmalen Baumast Pilot spielen wollte.

Er schoß ihm in den Bauch, und der Kapitän fiel mit einem erschrockenen Aufschrei vornüber: »Uuuuaaaahhh!« Seine Füße rutschten unter ihm weg, und er landete auf seinem Gesicht.

Dunninger drehte sich in seinem Sitz um. Sein Gesicht war rund wie der Mond. »He, Sie werden mich doch nicht erschießen«, sagte er. Er hatte nicht genug Luft in der Lunge, um seinen Worten Nachdruck zu verleihen.

»Doch«, antwortete Richards freundlich und drückte ab. Ein greller Blitz flammte kurz auf, und er hörte einen kurzen, heftigen Knall, als Dunninger hintenüberfiel.

Stille.

»Melden Sie sich, E. T. A. C-eins-neun-acht-vier«, wiederholte die Radiostimme.

Richards übergab sich und spie eine Pfütze Kaffee und Galle auf den Boden. Die krampfartige Muskelbewegung riß seine Wunde noch weiter auf, und er spürte jetzt einen stechenden Schmerz in seiner Seite.

Er humpelte zu den Konsolen hinüber, die immer noch unverändert in ihrem komplexen Tandemsystem weiterarbeiteten. So viele Schalter und Kontrollichter.

Gab es denn auf einem so wichtigen Flug keine offene Direktleitung? Doch, sicherlich.

»Roger«, sagte Richards im Plauderton.

»Haben Sie die Free-Vee-Übertragung empfangen, C-eins-neun-acht-vier? Wir hatten hier Schwierigkeiten. Ist alles in Ordnung?

»Alles in Ordnung«, antwortete Richards.

»Sagen Sie Dunninger, daß er mir ein Bier schuldet«, sagte die Stimme geheimnisvoll, und dann war nur noch das atmosphärische Rauschen zu hören.

Otto steuerte den Jumbo.

Richards ging nach hinten, um seine Sache zu beenden.

...Minus 007 ... und der Countdown läuft...

»Oh, mein Gott«, stöhnte Amelia Williams auf.

Richards blickte kurz an sich herunter. Seine rechte Seite war vom Brustkasten bis zur Hüfte von hellrotem Blut durchnäßt.

»Wer hätte gedacht, daß ein alter Mann soviel Blut hat?« sagte er.

McCone spähte durch die Verbindungstür. Er erfaßte mit

einem Blick, was los war, und zog seine Pistole. Sie schossen gleichzeitig.

McCone stürzte hinter die Verbindungstür zwischen erster und zweiter Klasse. Richards fiel hart auf seinen Hintern. Er war plötzlich sehr müde. In seinem Bauch klaffte ein riesiges Loch. Er konnte seine Gedärme sehen.

Amelia schrie jetzt ununterbrochen. Ihre Hände zerkratzten ihr Gesicht, das sich zu einer häßlichen Hexengrimasse verzerrt hatte.

McCone stolperte wieder in die erste Klasse zurück. Er lächelte. Die obere Hälfte seines Schädels war weggeschossen, aber er lächelte trotzdem.

Zwei Schüsse konnte er noch auf Richards abfeuern. Die erste Kugel pfiff über seinen Kopf. Die zweite traf ihn direkt unter seinem Schlüsselbein.

Richards schoß noch einmal. McCone drehte sich zweimal um sich selbst wie ein Clown in einem sinnlosen Kindertanz. Die Pistole fiel ihm aus der Hand. Er blickte verwundert an die Styropordecke, so als wolle er sie mit der in der zweiten Klasse vergleichen, dann fiel er vornüber. Der Geruch von verbranntem Fleisch und Pulver war so scharf und durchdringend wie der Duft von gärenden Äpfeln in einer Saftpresse.

Amelia hörte nicht auf zu schreien. Richards mußte denken, wie bemerkenswert zäh sie doch war.

...Minus 006 ... und der Countdown läuft...

Richards richtete sich sehr langsam auf. Mit einer Hand hielt er die Gedärme in seinem Bauch fest.

Er schlich vornübergebeugt, die Hand ständig vor seinen Bauch gepreßt, durch den Mittelgang. Es sah aus, als würde er sich ständig verbeugen. Mit einer Hand griff er nach dem Fallschirm und schleifte ihn auf dem Boden hinter sich her. Zwischen seinen Fingern rutschte ein Stück grauer Wurst heraus, und er stopfte es zurück. Er hatte das Gefühl, als hätte jemand in seinem Bauch Streichhölzer angezündet.

Seine Gedärme zu berühren tat weh, und er konnte sich des Eindrucks nicht erwehren, daß er ziemlich bald in die Hose machen würde.

»Oh, Goooott«, stöhnte Amelia. »Goooott, ooooohhh, Goooott!«

»Nehmen Sie den Fallschirm«, sagte er zu ihr.

Sie wiegte sich unablässig vor und zurück und schien ihn gar nicht zu hören. Er ließ den Fallschirm fallen und schlug ihr ins Gesicht. Aber er hatte nicht mehr viel Kraft. Er ballte eine Faust und stieß sie ihr in die Seite. Sie sagte nichts mehr. Ihre Augen blickten starr geradeaus.

»Schnallen Sie sich den Fallschirm um«, wiederholte er. »Wie einen Rucksack, verstehen Sie? So.«

Sie nickte. »Ich... kann... nicht... springen... Angst.«

»Wir stürzen gleich ab. Sie müssen.«

»Kann nicht.«

»Na gut, dann muß ich Sie erschießen.«

Sie sprang plötzlich auf, stieß ihn zur Seite und riß den Fallschirm mit einer heftigen Bewegung an sich. Ihre Augen funkelten wild.

Während sie fahrig an den Schnüren und Schnallen herumfummelte, entfernte sie sich Schritt um Schritt von ihm.

»Nicht so. Das kommt nach unten.«

Sie brachte den Riemen in die richtige Position und wäre beinahe rückwärts über McCone gestolpert, während Richards sich ihr näherte. Aus seinem Mund tropfte Blut.

»Jetzt müssen Sie sich den Riemen um den Bauch schnallen, ja, so...«

Sie arbeitete mit zitternden Händen und weinte, als es ihr nicht auf Anhieb gelang. Die ganze Zeit starrte sie ihm entsetzt ins Gesicht. Sie glitt fast in McCones Blutlache aus; dann riß sie sich zusammen und stieg vorsichtig über ihn hinweg.

Auf diese Weise kamen sie langsam durch die zweite Klasse und in die dritte. Die Streichhölzer in seinem Bauch waren zu Flammenwerfern geworden.

Der Notausstieg war mit Riegeln blockiert, die nur vom Cockpit aus gelöst werden konnten.

Er gab ihr die Pistole. »Aufschießen. Ich... ich halte den Rückstoß nicht aus.«

Mit abgewandtem Gesicht und zusammengekniffenen Augen schoß sie zweimal auf die Tür. Dann war Donahues Magazin leer, aber die Tür blieb geschlossen. Richards überkam eine verzweifelte, Übelkeit erregende Schwäche. Amelia hielt die Reißleine des Fallschirms zwischen den Fingern und spielte nervös damit.

»Vielleicht...«, begann sie, doch da löste sich die Tür plötzlich von selbst aus ihren Angeln und verschwand in der Nacht. Amelia Williams wurde hinausgeschleudert.

...Minus 005 ... und der Countdown läuft...

Zusammengekrümmt stand Richards in diesem plötzlichen Hurrikan und hielt sich krampfhaft an der Rückenlehne eines Sitzes fest. Ganz langsam gelang es ihm, aus dem Zugwind herauszukommen. Wären sie noch höher geflogen, und wäre die Luftdruckdifferenz noch größer gewesen, hätte es ihn sofort hinausgerissen. So aber konnte er sich noch festhalten, und nur seine Gedärme wurden von dem Sog hinausgezogen, so daß sie auf dem Boden schleiften. Die dünne, scharfe Nachtluft schnitt ihm wie eiskaltes Wasser in die Eingeweide. In ihnen brannte es wie loderndes Feuer.

Durch die zweite Klasse. Hier ging es schon viel besser, der Sog war etwas schwächer. Jetzt über McCones Leiche (bitte die Füße heben) und dann durch die erste Klasse. Das Blut rann jetzt unablässig aus seinem Mund.

Vor dem Korridor zum Cockpit blieb er einen Augenblick stehen und sammelte seine Eingeweide wieder ein. Er wußte, daß es ihnen außerhalb seines Körpers nicht gutging. Das mochten sie gar nicht. Hier draußen wurden sie ganz schmutzig. Zu gern hätte er um seine armen, geschundenen Gedärme geweint, die nicht um dieses Abenteuer gebeten hatten.

Er konnte sie nicht wieder zurückstopfen, alles war durcheinandergeraten. Horrorvisionen aus seiner Schulzeit rauschten an ihm vorbei. Biologieunterricht. Allmählich dämmerte die unabwendbare Wahrheit in ihm auf: Dies war wirklich sein Ende. Er heulte jämmerlich auf und spuckte einen Mundvoll Blut aus.

Aus dem Flugzeug kam keine Antwort. Alle waren tot oder verschwunden. Er war mit Otto allein an Bord.

Alle Farbe schien aus der Welt zu fließen in gleichem Maße, wie ihm das Blut aus dem Körper strömte. Vornübergebeugt lehnte er am Türrahmen wie ein Betrunkener an einem Laternenpfahl und beobachtete, wie die Welt sich in öden Grautönen vor seinen Augen drehte.

Das war's dann. Ich sterbe.

Er schrie laut auf und erlangte wieder sein volles Bewußtsein. Noch nicht. Noch darf ich nicht.

Er stolperte durch den Korridor, seine in sich verschlungenen Gedärme hinter sich her schleifend. Erstaunlich, wieviel von dem Zeug man in sich hatte. Und wie rund, fest und griffig es war.

Er trat aus Versehen auf einen Teil, der aus ihm heraushing, und etwas in seinem Inneren zog fürchterlich. Der Schmerz war unglaublich, und er schrie aus vollem Halse, wobei das Blut aus seinem Mund an die Wand spritzte. Er verlor das Gleichgewicht und wäre beinahe hingefallen, wenn die Wand ihn nicht gehalten hätte.

Ein Schuß in die Eingeweide. Mein Gott, meine Eingeweide sind zerschossen.

Unsinnigerweise antwortete sein Gehirn darauf mit einem: *Ratter-ratter-ratter.*

Eins mußte er noch erledigen.

Ein Schuß in die Eingeweide galt als die schlimmste Todesart. In einer Mitternachtspause hatten sie einmal darüber diskutiert, welcher Tod der schlimmste sei. Er war damals noch Maschinenputzer gewesen. Gesund und munter, voller Blut, Urin und zeugungsfähiger Samen waren sie da noch gewesen, hatten ihre Pausenbrote gemampft und die verschiedenen Möglichkeiten verglichen: Strahlungstod, vergiftet werden, erfrieren, sich das Genick brechen, gefoltert werden, ertrinken. Und dann hatte jemand den Schuß in die Eingeweide erwähnt. Harris vielleicht, der Dicke, der während der Arbeit verbotenerweise Bier trank.

Es tut verdammt weh, hatte er gesagt. *Und es dauert lange.*

Und sie hatten alle zustimmend und feierlich genickt, hatten jedoch keine Ahnung gehabt, *wie* weh das tat.

Richards schleppte sich, beide Hände vor den Bauch gepreßt, durch den Korridor. Vorbei an Donahue. Vorbei an Friedman mit seiner radikalen Kieferoperation. Seine Arme waren taub, aber in seinem Bauch (in dem, was einmal sein Bauch gewesen war) brannte ein höllischer Schmerz. Und trotzdem bewegte er sich vorwärts, und sein zerfetzter Körper gehorchte den Befehlen, die ein wahnsinniger Napoleon in seinem Gehirn ausstieß.

Mein Gott, ist dies wirklich Ricos Ende?

Er hätte nie geglaubt, wie viele Todesklischees er in seinem Gehirn gespeichert hatte. Es war, als kehre sein Verstand sich jetzt gegen ihn, bemüht, ihn in seinen letzten, fiebernden Sekunden von innen her zu zerfressen.

Eine. Sache. Noch.

Er stolperte über Holloways Leiche und blieb vollkommen erschöpft liegen. Ein Schläfchen. Jaaah. Nur ein Viertelstündchen. Viel zu schwer, jetzt aufzustehen. Otto summt so schön, summt das Geburtstagskind in den Schlaf. Schhh, schhh, schhh. Schlaf, Kindlein schlaf, dein Vater ist ein Schaf...

Er hob den Kopf – eine enorme Anstrengung, er war eisen-, stahl-, bleischwer – und glotzte auf die beiden Zwillingskonsolen, die immer noch routinemäßig arbeiteten. Weit hinten konnte er durch die Plexiglasscheibe Harding erkennen.

Viel zu weit weg.

Dein' Mutter ist ein Trampeltier, was kann das arme Kind dafür...

…Minus 004 … und der Countdown läuft…

Das Funksprechgerät krächzte: »C-eins-neun-acht-vier, bitte melden. Sie fliegen zu tief, C-eins-neun-acht-vier. Bitte, melden Sie sich. Bitte melden. Mel…«

»Halt die Klappe«, flüsterte Richards.

Schwerfällig kroch er auf den klappernden und blinkenden Kontrollschalter zu. Die Pedale bewegten sich langsam vor und zurück. Die Steuerknüppel drehten sich in winzigen Kreisen. Er schrie laut auf, als ihn ein neuerlicher Schmerz durchzuckte. Eine Darmschlinge hatte sich an Holloways Kinn festgehakt. Er kroch zurück, befreite sich und begann seinen beschwerlichen Weg von neuem.

Seine Arme rutschten unter ihm weg, und einen Augenblick lang schwebte er wie schwerelos in der Luft, die Nase tief in den weichen Teppichboden gepreßt. Er stieß sich mit aller Mühe hoch und kroch weiter. In den Pilotensitz zu klettern, glich der Besteigung des Mount Everest.

…Minus 003 … und der Countdown läuft…

Da stand es vor ihm. Groß und quadratisch hob es sich dunkel gegen den erhellten Nachthimmel ab. Das Mondlicht verlieh ihm eine alabasterne Farbe.

Er tippte kurz an den Steuerknüppel. Der Boden fiel senkrecht nach links ab. Fast hätte es ihn aus Holloways Sitz geschleudert. Er schob den Knüppel zurück, doch seine Korrektur war zu stark, und das Flugzeug sackte nach rechts ab. Der Horizont neigte sich schräg über ihm.

Lieber die Pedale. Ja, das ging besser.

Ganz vorsichtig berührte er wieder den Knüppel. Der Höhenmesser vor seinen Augen sank von 2000 auf 1500 Fuß. Es dauerte nur den Bruchteil einer Sekunde. Er brachte den Knüppel in die alte Position. Er konnte kaum noch sehen. Das rechte Auge war total ausgefallen. Komisch, daß nicht beide gleichzeitig ihre Funktion aufgaben.

Wieder ruckte er an dem Knüppel. Es schien, als schwebte das Flugzeug nun schwerelos durch die Nacht. Der Höhenmesser fiel von 1500 auf 1200 und dann auf 900 Fuß. Er zog den Knüppel zurück.

»C-eins-neun-acht-vier!« Der Lotse klang jetzt aufgeregt. »Was ist los bei euch? Bitte melden!«

»Na rede schon, Junge!« krächzte Richards. »Wau! Wau!«

...Minus 002 ... und der Countdown läuft...

Der Silbervogel schoß nun wie ein Kristallpfeil durch den Nachthimmel, und Co-Op City lag unter ihm ausgebreitet wie eine riesige Spielzeugstadt.

Er flog direkt darauf zu. Es kam immer näher. Das Spielegebäude.

...Minus 001 ... und der Countdown läuft...

Der Jumbo überquerte jetzt den Kanal. Eine unsichtbare, mächtige Hand schien das dröhnende Monstrum in der Luft zu halten. Ein Drogensüchtiger starrte von einem Hauseingang verblüfft in den Himmel hinauf. Er hielt dies wohl für eine Halluzination seines letzten Trips. Der letzte Traum, der ihn aus seinem Elend heraus in den General-Atomics-Himmel führen sollte, in dem es umsonst zu essen gab und alle Atomkraftwerke nur aus absolut sicheren schnellen Brütern bestanden.

Das Motorengetöse trieb die Leute aus ihren Häusern auf die Straße; ihre Gesichter reckten sich blaß leuchtend dem Himmel entgegen. Die Schaufensterscheiben klirrten und zerbarsten. Kanaldeckel wurden von dem Sog mitgerissen und kullerten durch die Gassen. Ein Polizist ließ seinen Schlagstock fallen und preßte die Hände auf seine Ohren. Seinen Schrei konnte er selbst nicht hören.

Das Flugzeug verlor immer noch an Höhe; es raste jetzt wie

eine unheimliche Fledermaus über die Dachfirste. Eine Tragfläche verfehlte ein großes Warenhochhaus nur um wenige Meter.

Im gesamten Raum Harding fielen plötzlich die Free-Vee-Schirme aus. Die Leute starrten mit stiller Verblüffung und ungläubigen Augen auf die Bildstörung. Sie hatten Angst.

Donnergetöse erfüllte die Luft.

Killian blickte von seinem Schreibtisch auf und starrte entsetzt durch sein riesiges Bürofenster, das eine ganze Wand einnahm.

Die glitzernde Horizontlinie der Stadt war verschwunden. Die Sicht wurde von einem näher rasenden Lockheed-Jumbo-Jet verdeckt. Die Bordlichter blinkten gemächlich grün und rot, grün und rot, und eine wahnsinnige Sekunde lang, eine Sekunde voller Überraschung, Entsetzen und Ungläubigkeit, konnte er Richards blutüberströmtes Gesicht sehen, das ihn häßlich angrinste. Seine dunklen Augen leuchteten dämonisch.

Richards lächelte.

Und zeigte ihm den Mittelfinger.

»Jesus« war alles, was Killian noch herausbrachte.

...Minus 000 ... und der Countdown läuft...

Leicht zur Seite geneigt donnerte die Maschine gegen das Spielegebäude. Sie hatte einen Gutteil des oberen Drittels erwischt. Die Tanks waren noch zu einem Viertel voll, und ihre Geschwindigkeit betrug noch immer etwas über fünfhundert Meilen pro Stunde.

Die Explosion war überwältigend. Die Nacht leuchtete auf wie das zornige Gesicht Gottes, und noch zwanzig Häuserblocks weiter regnete es Feuer vom Himmel.